ANA *de* AVONLEA

ALMA CLÁSICOS ILUSTRADOS

ANA *de* AVONLEA

L. M. MONTGOMERY

Traducción de Catalina Martínez Muñoz

Ilustrado por
Giselfust

Título original: *Anne of Avonlea*

© de esta edición:
Editorial Alma
Anders Producciones S.L., 2022
www.editorialalma.com

 @almaeditorial

© de la traducción: Catalina Martínez Muñoz, 2022

© de las ilustraciones: Giselfust

Diseño de la colección: lookatcia.com
Diseño de cubierta: lookatcia.com
Maquetación y revisión: LocTeam, S.L.

ISBN: 978-84-18395-83-3
Depósito legal: B10150-2022

Impreso en España
Printed in Spain

ÍNDICE

A mi maestra
HATTIE GORDON SMITH
con agradecimiento y gratitud
por su apoyo y simpatía.

Brotan las flores a su paso
por las prudentes sendas del deber,
y las severas líneas de la vida
con ella son lazadas de belleza.

JOHN GREENLEAF WHITTIER

UN VECINO
FURIBUNDO

❧

Una chica alta y delgada de dieciséis años y medio, con los ojos grises y serios, y el pelo de un color que sus amigos llamaban caoba, se había sentado en el amplio umbral de la casa de ladrillo de una granja, en la Isla del Príncipe Eduardo, una tarde perfecta de agosto, con la firme intención de analizar sintácticamente un pasaje de Virgilio.

Pero una tarde de agosto, con su neblina azulada tendida como un paño sobre las laderas en sazón, el élfico murmullo de las brisas en los álamos y la fastuosa danza de las amapolas rojas en un rincón del huerto de los cerezos, como un incendio contra la oscura arboleda de abetos jóvenes, era mucho más propicia para los sueños que para las lenguas muertas. El libro de Virgilio no tardó en deslizarse al suelo, olvidado, y Ana —con la barbilla en las manos entrelazadas y la vista en la espléndida masa de nubes esponjosas que se habían amontonado justo encima de la casa del señor J. A. Harrison, como una gigantesca montaña blanca— se encontraba muy lejos de allí, en un mundo delicioso en el que cierta maestra de escuela desempeñaba una labor magnífica, modelaba el destino de futuros estadistas e inculcaba nobles y elevadas ambiciones en las mentes y los corazones juveniles.

Lo cierto es que, si nos ceñimos estrictamente a los hechos —cosa que, hay que reconocerlo, Ana hacía solo cuando no le quedaba más remedio—, no parecía probable que en la escuela de Avonlea hubiera demasiado material para crear personajes célebres, pero nunca se sabe lo que puede ocurrir cuando una maestra emplea su influencia para bien. Ana tenía ciertos ideales románticos acerca de los logros que podía conseguir una maestra que hiciera las cosas bien, y estaba en mitad de una escena exquisita, a cuarenta años vista, en compañía de un personaje famoso —aunque la razón exacta de su fama quedaba envuelta en una conveniente bruma, Ana pensó que sería muy bonito hacerlo rector de una universidad o primer ministro de Canadá— que se inclinaba para besarle la mano ya arrugada y le aseguraba que había sido ella quien prendió su ambición, y que todo su éxito en la vida se lo debía a las lecciones que hacía tantos años le había enseñado en la escuela de Avonlea. La agradable fantasía quedó hecha añicos por una interrupción sumamente desagradable.

Una tímida vaca de Jersey venía trotando por el camino, y cinco segundos después llegaba el señor Harrison... Aunque «llegar» era una palabra demasiado suave para describir cómo irrumpió en el patio.

Saltó la cerca en vez de abrirla y, de muy malos modos, se plantó delante de la asombrada Ana, que se había levantado y lo miraba con desconcierto. El señor Harrison era su nuevo vecino de la derecha, y hasta ese momento Ana solo lo había visto de lejos un par de veces.

A primeros de abril, antes de que Ana volviera de Queen's, el señor Robert Bell, dueño de la granja que lindaba al oeste con la de los Cuthbert, vendió sus tierras y se mudó a Charlottetown. La granja la compró un tal señor J. A. Harrison, de quien únicamente se sabía su nombre y que era de New Brunswick. No tuvo que pasar ni un mes en Avonlea para criar fama de raro, «un cascarrabias», según la señora Rachel Lynde. La señora Rachel era una mujer sin pelos en la lengua, como quizá recuerden quienes ya la conocen. Lo cierto es que el señor Harrison no era como los demás; y, como todo el mundo sabe, esa es precisamente la principal característica de un cascarrabias.

En primer lugar, llevaba la casa solo y había declarado públicamente que no quería mujeres necias fisgoneando en sus dominios. Las mujeres de Avonlea se vengaron contando horripilantes historias de su comida y del estado de su casa. El señor Harrison había contratado de ayudante a un chiquillo de White Sands, John Henry Carter, y fue este quien propagó el rumor. Para empezar, nunca se comía a la misma hora en casa de Harrison. El señor Harrison «picaba algo» cuando tenía hambre, y si John Henry andaba por ahí en ese momento entraba a comer algo, pero si no tenía que esperar a que al señor Harrison volviera a entrarle hambre. John Henry juraba con tristeza que se habría muerto de hambre de no ser porque los domingos, cuando volvía a casa, se hartaba a comer, y los lunes por la mañana su madre siempre le preparaba un cesto con «manduca» para llevarse.

En cuanto al asunto de lavar los platos, el señor Harrison ni siquiera se molestaba en disimular, y solo se ocupaba de lavarlos cuando llegaba un domingo de lluvia. Entonces se ponía manos a la obra, los lavaba todos a la vez en el tonel donde recogía el agua de la lluvia y luego los dejaba escurrir hasta que se secaran.

Además, el señor Harrison era «tacaño». Cuando le pidieron una aportación para el salario del párroco, el señor Allan, contestó que antes de nada tenía que ver cuántos dólares valían sus sermones y qué provecho sacaba de ellos; que él no compraba un cerdo sin verlo primero. Y cuando la señora Lynde fue a pedirle una contribución para las misiones —y de paso a echar un vistazo a la casa por dentro—, el señor Harrison le dijo que nunca había visto tanto paganismo como entre las cotillas de Avonlea, y que con mucho gusto contribuiría a una misión para cristianizarlas si la señora Rachel Lynde quería emprenderla. La señora Rachel dijo después que era una suerte que la pobre señora de Robert Bell estuviera descansando en su sepultura, porque le habría partido el alma ver en qué estado se encontraba su casa, de la que tan orgullosa estaba ella.

—¿Te acuerdas de que la señora Bell fregaba el suelo de la cocina cada dos días? —preguntó con indignación Rachel Lynde a Marilla Cuthbert—. ¡Pues no veas cómo está ahora! Tuve que recogerme la falda para entrar.

Por último, el señor Harrison tenía un loro que se llamaba Ginger. Como nadie había tenido nunca un loro en Avonlea, esto se consideraba muy poco respetable. Y ¡qué loro! De creer lo que decía John Henry Carter, en la vida se había visto pájaro más blasfemo. ¡Las palabrotas que soltaba! La señora Carter se habría llevado a su hijo John Henry inmediatamente si hubiera estado segura de poder colocarlo en otra parte. Además, Ginger le había dado un picotazo en la nuca al chico, un día que se agachó demasiado cerca de la jaula. La señora Carter le enseñaba la marca a todo el mundo cuando el pobre John Henry volvía a casa los domingos.

Todas estas cosas pasaron volando por la cabeza de Ana mientras el señor Harrison se quedaba parado delante de ella, aparentemente mudo de ira. Ni cuando estaba de mejor humor podía decirse que el señor Harrison fuese un hombre guapo: era bajito, gordo y calvo. Y en ese momento, con la cara redonda roja de rabia y los ojos azules y saltones, que casi parecían a punto de salírsele del cráneo, Ana pensó que era la persona más fea que había visto en la vida.

De repente, el señor Harrison recuperó el habla.

—No voy a consentirlo —farfulló— ni un día más. ¿Me ha oído, señorita? Ya es la tercera vez, señorita... ¡La tercera vez! La paciencia ha dejado de ser una virtud, señorita. Ya le advertí a su tía, la última vez, que no volviera a permitirlo... Y lo ha permitido... Lo ha permitido... Lo que no entiendo es qué pretende. Por eso estoy aquí, señorita.

—¿Puede explicarme cuál es el problema? —preguntó Ana, con la mayor dignidad. Había ensayado mucho, de un tiempo a esta parte, para tener su dignidad en buen estado de funcionamiento a comienzos de curso, pero por lo visto no consiguió ejercer efecto alguno en el airado J. A. Harrison.

—¿Problema, dice? ¡Madre mía! Yo diría que es más que un problema. El problema, señorita, es que he vuelto a encontrarme a esa vaca de Jersey de su tía en mi campo de avena no hace ni media hora. Es la tercera vez, fíjese bien. La encontré el martes pasado y la encontré también ayer. Vine a decirle a su tía que no volviera a permitirlo. Y lo ha permitido. ¿Dónde está su tía, señorita? Quiero verla un momento para decirle lo que pienso... Lo que piensa J. A. Harrison, señorita.

—Si se refiere usted a la señorita Marilla Cuthbert, no es mi tía, y se ha ido a East Grafton a visitar a una pariente lejana que está muy enferma —explicó Ana, enfatizando sus palabras con la dignidad que requería la ocasión—. Siento mucho que mi vaca haya entrado en su campo de avena... La vaca es mía, no de la señorita Cuthbert... Me la regaló Matthew hace tres años, cuando era una ternerilla; la trajo de la granja del señor Bell.

—¿Que lo siente, dice usted, señorita? Sentirlo no arregla nada. Más vale que venga a ver los destrozos que ha hecho esa vaca en mi avena. Ha pisoteado el campo entero, señorita.

—Lo siento mucho —repitió Ana con firmeza—, pero es posible que si tuviera usted las cercas bien cuidadas Dolly no habría podido entrar. La parte de la cerca que separa su campo de avena de nuestro pasto es suya, y el otro día me fijé en que no está en muy buen estado.

—Mi cerca está perfectamente —protestó el señor Harrison, más enfadado que nunca al ver que la guerra se libraba en territorio enemigo—. Ni los barrotes de una cárcel podrían cerrar el paso a un demonio de vaca como esa. Y a usted, birria pelirroja, le digo que si la vaca es suya, como dice, más vale que se ocupe de vigilarla para que no estropee el cereal de los vecinos en vez de sentarse a leer noveluchas baratas —añadió, fulminando con la mirada el inocente ejemplar de Virgilio, de color tostado, que Ana tenía a sus pies.

Algo además del pelo de Ana, que siempre había sido su punto débil, se puso rojo en ese momento.

—Prefiero ser pelirroja antes que calva o que tener solo una cortinilla de pelo alrededor de las orejas —atacó.

Dio en el blanco, porque el señor Harrison era muy sensible a la calvicie. Una vez más se atragantó de ira, y solo acertó a mirar a Ana enmudecido, mientras ella recobraba la compostura y aprovechaba su ventaja.

—Puedo ser condescendiente con usted, señor Harrison, porque yo tengo imaginación. Me resulta muy fácil imaginar lo fastidioso que debe de ser encontrarse una vaca en su campo de avena y no voy a guardarle rencor por las cosas que ha dicho. Le prometo que Dolly no volverá a entrar en su avena. Tiene usted mi palabra de honor.

—Bueno, ocúpese de que no vuelva —murmuró el señor Harrison en un tono algo más comedido. Pero se fue echando chispas, y Ana lo oyó refunfuñar un buen rato mientras se alejaba.

Muy disgustada, cruzó el patio y encerró a la díscola vaca de Jersey en el establo.

«Para salir de ahí tendría que echar la cerca abajo —pensó—. Ahora parece muy tranquila. Yo diría que se ha empachado de avena. Ojalá se la hubiera vendido al señor Shearer cuando me lo propuso, la semana pasada, pero me pareció mejor esperar hasta que subastáramos el ganado, para venderlo todo junto. Creo que es cierto que el señor Harrison es un cascarrabias. No he visto en él ni una señal de alma gemela.»

Ana siempre tenía los ojos bien abiertos para descubrir almas gemelas.

Marilla Cuthbert entraba en el patio con el carro justo cuando Ana volvía del establo. Nada más verla, Ana se fue corriendo a preparar el té. Luego, mientras se lo tomaban, hablaron del incidente.

—Voy a alegrarme mucho cuando haya pasado la subasta —dijo Marilla—. Es demasiada responsabilidad tener tanto ganado en la granja y solo a Martin para ocuparse de todo, porque es un informal. Aún no ha vuelto, y eso que prometió volver anoche si le daba el día libre para ir al funeral de su tía. La verdad es que ya no sé cuántas tías tiene. Es la cuarta que muere desde que lo contratamos hace un año. Daré las gracias cuando vea la cosecha recogida y el señor Barry se haga cargo de la granja. Tendremos que dejar a Dolly encerrada en el establo hasta que venga Martin, porque la cerca del pasto de atrás hay que repararla. ¡Qué mundo tan lleno de preocupaciones!, como dice Rachel. La pobre Mary Keith se está muriendo y no sé qué va a ser de sus dos hijos. Tiene un hermano en la Columbia Británica y le ha escrito para ver si puede hacerse cargo de ellos, pero de momento no ha tenido noticias.

—¿Cómo son los niños? ¿Qué edad tienen?

—Han cumplido seis... Son gemelos.

—Ah, siempre me han interesado especialmente los gemelos, desde que la señora Hammond tuvo tantos —dijo Ana con entusiasmo—. ¿Son guapos?

—¡Madre mía! No sabría qué decir... Estaban muy sucios. Davy estaba en el jardín haciendo tartas de barro y Dora salió a buscarlo. Davy la tiró de cabeza en el pastel más grande y luego, cuando Dora se echó a llorar, se metió él también y se rebozó, para enseñarle que no había ningún motivo por el que llorar. Mary dice que Dora es una niña muy buena pero que David no para de hacer travesuras. Se podría decir que nadie lo ha educado nunca. Su padre murió cuando Davy era un bebé, y Mary casi siempre ha estado enferma desde entonces.

—Me dan mucha pena los niños que no tienen quien los eduque —contestó Ana, muy seria—. Ya sabes que yo no tenía a nadie hasta que vosotros me adoptasteis. Espero que su tío cuide de ellos. ¿Qué parentesco exacto tiene usted con la señora Keith?

—¿Con Mary? Ninguno. Era con su marido... Primo tercero nuestro. Mira, ahí está la señora Lynde. Ya me imaginaba yo que vendría a preguntar por Mary.

—No le cuente lo del señor Harrison y la vaca —imploró Ana.

Marilla lo prometió. Pero la promesa era innecesaria, porque Rachel Lynde ni siquiera había terminado de sentarse cuando dijo:

—Al venir de Carmody he visto al señor Harrison persiguiendo a vuestra vaca para echarla del campo de avena. Estaba hecho una furia. ¿Ha armado mucho escándalo?

A Ana y a Marilla les hizo gracia y cruzaron una mirada furtiva. Había pocas cosas en Avonlea de las que Rachel Lynde no estuviera al corriente. Esa misma mañana Ana había dicho: «Si te fueras a tu dormitorio a medianoche, cerraras la puerta con cerrojo, bajaras la persiana y estornudaras, al día siguiente la señora Lynde te preguntaría cómo estás del resfriado».

—Eso parece —reconoció Marilla—. Yo no estaba. Le ha echado una buena bronca a Ana.

—Me parece que es un hombre muy desagradable —dijo Ana, moviendo la cabeza con resentimiento.

—Es la mayor verdad que has dicho nunca —fue la solemne respuesta de la señora Lynde—. Ya pensé que habría líos cuando Robert Bell le vendió la granja a uno de New Brunswick, os lo garantizo. No sé qué va a ser de

Avonlea, con tantos forasteros como están viniendo. De seguir así no vamos a poder ni dormir seguros en nuestra cama.

—Pero ¿qué más forasteros han venido? —preguntó Marilla.

—¿No os habéis enterado? Pues veréis, para empezar está la familia de los Donnell. Han alquilado la casa antigua de Peter Sloane. Peter ha contratado al padre para que se ocupe del molino. Vienen de muy al este y nadie sabe nada de ellos. Luego, está la familia de Timothy Cotton, que no puede parar quieta. Se vienen de White Sands, y no serán más que una carga para todos. Él bebe... cuando no está robando... y ella es una holgazana, incapaz de dar un palo al agua. ¡Lava los platos sentada! La señora de George Pye ha adoptado al sobrino huérfano de su marido: Anthony Pye. Irá contigo a la escuela, Ana, conque prepárate, ya te lo digo. Y tendrás otro alumno más de fuera. Paul Irving viene de Estados Unidos a vivir con su abuela. ¿Te acuerdas de su padre, Marilla? Stephen Irving... El que dio calabazas a Lavendar Lewis, la de Grafton.

—Yo creo que no le dio calabazas. Se pelearon... Supongo que fue culpa de los dos.

—Bueno, el caso es que no se casó con ella. Y dicen que desde entonces ella se ha vuelto rara a más no poder... Vive sola, en esa casita de piedra a la que llama el Pabellón del Eco. Stephen se fue a Estados Unidos, entró en el negocio de su tío y se casó con una yanqui. Desde entonces no ha vuelto a casa, aunque su madre ha ido a verlo una o dos veces. Su mujer murió hace dos años y va a mandar al chico a pasar una temporada con su abuela. Tiene diez años, y no sé yo si será un alumno muy apetecible. Con esos yanquis nunca se sabe.

La señora Lynde miraba por encima del hombro a todo el que tuviera la desgracia de haber nacido o haberse criado en cualquier parte que no fuese la Isla del Príncipe Eduardo, como quien pregunta si algo bueno puede salir de Nazaret. «A lo mejor» eran buenas personas, por supuesto, pero era más prudente dudar de partida. Tenía prejuicios sobre todo contra los «yanquis». A su marido le había estafado diez dólares un patrón para el que trabajó una vez en Boston, y ni los ángeles ni las autoridades ni el mismísimo Dios habrían podido convencer a Rachel Linde de que el país entero no tenía la culpa.

—Al colegio de Avonlea no le pasará nada malo porque llegue un poco de sangre nueva —contestó Marilla con aspereza—. Y si este niño se parece en algo a su padre, será muy bueno. Steve Irving era el chico más amable que se ha visto nunca por aquí, aunque algunos lo tomaban por orgulloso. Seguro que la señora Irving estará encantada de acoger al niño. Está muy sola desde que murió su marido.

—Sí, puede que sea un buen niño, pero será distinto de los niños de Avonlea —insistió la señora Lynde, como si con eso zanjara la cuestión. Su parecer sobre cualquier persona, lugar o cosa siempre estaba justificado—. ¿Qué es eso que he oído de que vas a crear una Asociación para la Mejora de Avonlea, Ana?

—Solo se lo he propuesto a los chicos y las chicas en la última reunión del Club de Debates —explicó Ana, poniéndose colorada—. Les pareció muy bien… Y el señor y la señora Allan piensan lo mismo. Ahora hay asociaciones de este tipo en muchos pueblos.

—Pues te vas a meter en un buen lío si haces eso. Más vale que lo dejes, Ana, te lo digo yo. A la gente no le gusta que vengan a mejorarla.

—Ah, es que no queremos mejorar a «la gente». El objetivo es Avonlea. Hay montones de cosas que se podrían hacer para que el pueblo sea más bonito. Por ejemplo, si consiguiéramos convencer al señor Levi Boulter para que derribe esa casa tan vieja y horrible de la granja de arriba, ¿no mejoraría el pueblo?

—Desde luego que sí —reconoció Rachel Lynde—. Ya son muchos años soportando esa ruina que hace daño a la vista. Y si tus amigos son capaces de convencer a Levi Boulter para que haga algo por el bien común sin recibir nada a cambio, ya me gustaría estar presente para verlo y oírlo todo. Pero bueno, ya sé que si te lo propones vas a seguir adelante. Cuando se te mete una cosa en la cabeza siempre te sales con la tuya.

Y algo en la manera en que Ana apretó los labios indicó que la observación de la señora Lynde no iba muy desencaminada. Ana estaba empeñada en crear la Asociación para la Mejora de Avonlea. Gilbert Blythe, que iba a ser el maestro de White Sands, aunque volvería siempre a casa el viernes por la noche y se quedaría hasta el lunes, estaba entusiasmado con la idea, y los demás se sumaban con ganas a cualquier cosa que significara reunirse de vez en cuando y por tanto «divertirse» un poco. Cuáles serían las «mejoras» era un asunto sobre el que nadie tenía una idea demasiado clara, aparte de Ana y Gilbert. Habían debatido y planeado hasta que en su cabeza empezó a existir un Avonlea ideal, ya que no en otra parte.

La señora Lynde tenía otra noticia más.

—Le han dado la escuela de Carmody a Priscilla Grant. ¿No estudiaste tú en Queen's con una chica que se llamaba así, Ana?

—Sí, claro. ¡Priscilla la maestra de Carmody! ¡Qué maravilla! —exclamó Ana. Sus ojos grises se iluminaron como dos estrellas vespertinas, y la señora Lynde volvió a preguntarse si alguna vez resolvería la duda de si Ana Shirley era o no era una chica guapa.

Capítulo II
PRISA PARA VENDER Y TIEMPO PARA ARREPENTIRSE

La tarde siguiente Ana fue a Carmody, de compras, con Diana Barry. Diana, cómo no, era miembro de la Asociación para la Mejora de Avonlea, y las dos amigas casi no hablaron de otra cosa en todo el camino de ida y vuelta.

—Lo primero que tendríamos que hacer es pintar eso —dijo Diana cuando pasaban por delante del salón de actos de Avonlea, un edificio bastante destartalado, construido en una hondonada del bosque y rodeado de píceas por todas partes—. Da pena verlo, y deberíamos ocuparnos de esto antes de pedirle al señor Levi Boulter que derribe su casa. Papá dice que nunca lo conseguiremos. Que Levi Boulter es demasiado tacaño para perder el tiempo en eso.

—A lo mejor deja que lo hagan los chicos, si se encargan de llevarse los tableros y devolvérselos convertidos en astillas para el fuego —señaló Ana con esperanza—. Tenemos que organizarlo lo mejor posible y conformarnos con ir despacio al principio. No podemos mejorarlo todo de golpe. Primero habrá que educar la sensibilidad social, naturalmente.

Diana no estaba del todo segura de qué significaba educar la sensibilidad social, pero le sonó bien y se sentía muy orgullosa de pertenecer a una asociación que tuviera semejante objetivo en perspectiva.

—Anoche se me ocurrió una cosa que podríamos hacer, Ana. ¿Sabes ese triángulo donde se cruzan los caminos de Carmody, Newbridge y White Sands? Las píceas lo están invadiendo todo. ¿No sería bonito despejarlo y dejar solo los dos o tres abedules que hay?

—Fantástico —asintió Ana con alegría—. Y poner un asiento rústico debajo de los abedules. Y cuando llegue la primavera haremos un arriate en el centro y plantaremos geranios.

—Sí. Solo tenemos que encontrar el modo de que la mujer de Hiram Sloane no le deje a su vaca acercarse al camino, porque se comería los geranios —contestó Diana, riéndose—. Empiezo a ver lo que quieres decir con educar la sensibilidad social, Ana. Ahí tienes la casa de Boulter. ¿Has visto alguna vez semejante colonia de pájaros? Y además está justo al borde del camino. Una casa vieja y con las ventanas rotas siempre me hace pensar en algo muerto y con los ojos arrancados.

—Una casa vieja y deshabitada es una cosa muy triste —dijo Ana en tono soñador—. Siempre me da la sensación de que está pensando en el pasado y llorando por sus antiguas alegrías. Marilla dice que hace mucho tiempo vivió aquí una familia numerosa, y que era un sitio muy bonito, con un jardín precioso y con rosales trepadores por todas partes. Estaba lleno de niños, de risa y de canciones, y ahora está vacío y el viento es el único que pasea por aquí. ¡Qué triste y solo se debe de sentir! A lo mejor la familia vuelve las noches de luna… Los fantasmas de los niños de entonces, y las rosas y las canciones… Y la casa puede soñar por unas horas que vuelve a ser joven y alegre.

Diana negó con la cabeza.

—Yo ya no me imagino esas cosas, Ana. ¿No te acuerdas cómo se pusieron mamá y Marilla cuando nos imaginamos que había fantasmas en el Bosque Encantado? Sigo sin poder pasar tranquila por ahí cuando ya ha oscurecido, y si empezara a imaginarme cosas sobre la casa de los Boulter también me daría miedo pasar por delante. Además, esos niños no están muertos. Son adultos y les va muy bien… Uno de ellos es carnicero. Y las flores y las canciones no pueden tener fantasmas.

Ana reprimió un suspiro. Quería mucho a Diana y siempre habían sido buenas amigas, pero había aprendido, hacía ya mucho tiempo, que cuando quería adentrarse en el reino de la fantasía tenía que ir sola, recorrer un camino encantado por el que ni siquiera su mejor amiga podía seguirla.

Cayó un chaparrón mientras las chicas estaban en Carmody, pero no duró mucho y el viaje de vuelta por caminos estrechos, entre las ramas cubiertas de relucientes gotas de agua, y entre frondosas vaguadas de helechos empapados, que desprendían olores aromáticos, fue una delicia. Justo cuando llegaban al camino de los Cuthbert, Ana vio algo que estropeó la belleza del paisaje.

Delante, a mano derecha, se extendía el ancho campo gris verdoso de avena tardía del señor Harrison, exuberante y mojado, y justo en el centro, hundida hasta los flancos relucientes entre la hierba suntuosa y parpadeando con parsimonia por encima de las espigas había... ¡una vaca de Jersey!

Ana soltó las riendas y se levantó, con una tensión en los labios que nada bueno presagiaba para el cuadrúpedo invasor. Sin decir palabra, bajó del carro ágilmente y saltó la cerca antes de que Diana pudiera entender qué pasaba.

—Ana, vuelve —gritó su amiga, en cuanto recuperó la voz—. Te vas a destrozar el vestido con la avena húmeda... Lo vas a destrozar. ¡No me oye! Bueno, nunca conseguirá sacar de ahí a esa vaca ella sola. Tengo que ayudarla.

Ana había irrumpido en el campo hecha una furia. Diana bajó del carro de un salto, ató al caballo a un poste, se echó al hombro la falda de su bonito vestido de cuadros, subió a la cerca y echó a correr detrás de su desesperada amiga. Corría más deprisa que Ana, a quien la falda empapada se le pegaba a las piernas, y no tardó en alcanzarla. A su paso dejaron un rastro que helaría el corazón del señor Harrison cuando lo descubriera.

—Ana, por favor, para —dijo la pobre Diana, jadeando—. Me falta el aire y tú te estás calando.

—Tengo que... sacar... de aquí... a esa vaca... antes... de que... la vea... el señor Harrison —explicó Ana, sin resuello—. Me da... igual... empaparme... si podemos... sacarla.

Pero la vaca no parecía ver ningún motivo para darse prisa en salir del terreno que tan sabroso alimento le ofrecía, y en cuanto se le acercaron las chicas, sin aliento, dio media vuelta y salió disparada hacia la otra punta del campo.

—Ciérrale el paso —gritó Ana—. Corre, Diana, corre.

Diana corrió. Ana lo intentó, y la vaca díscola se puso a dar vueltas por el campo como poseída. Aunque no lo dijo, Diana pensó que lo estaba. Tardaron diez minutos en reconducirla y sacarla por un extremo del campo al camino de los Cuthbert.

Es innegable que Ana, en ese preciso instante, estaba de un humor que era cualquier cosa menos angelical. Tampoco la tranquilizó lo más mínimo ver que una calesa se detenía justo en la entrada del camino, que en ella iban el señor Shearer, de Carmody, y su hijo, y que los dos lucían una amplia sonrisa.

—Tendrías que haberme vendido esa vaca cuando quise comprártela la semana pasada, Ana —dijo el señor Shearer con una carcajada.

—Se la vendo ahora si la quiere —respondió la despeinada y colorada dueña de la vaca—. Ahora mismo puede ser suya.

—Hecho. Te doy veinte por ella, como ya te ofrecí. Y aquí Jim puede llevarla directamente a Carmody. Irá a la ciudad con la remesa esta misma tarde. El señor Reed, de Brighton, quiere una vaca de Jersey.

Cinco minutos después, Jim Shearer y la vaca de Jersey desfilaban por la carretera y la impulsiva Ana llegaba en el carro a Tejas Verdes con sus veinte dólares.

—¿Qué va a decir Marilla? —preguntó Diana.

—No le molestará. Dolly era mía, y no es probable que sacara más de veinte dólares por ella en la subasta. Pero como el señor Harrison vea la avena pisoteada sabrá que la vaca ha vuelto a entrar, y yo le había dado mi palabra de honor de que no volvería a ocurrir. Bueno, ya he aprendido la lección de no dar mi palabra de honor cuando hay vacas por medio. Es imposible fiarse de una vaca que es capaz de saltar una cerca o romper el portón del establo.

Marilla había ido a casa de Rachel Lynde, y cuando volvió ya se había enterado de la venta y el traslado de Dolly, porque la señora Lynde había visto la mayor parte del trato desde su ventana y lo demás lo había adivinado.

—Supongo que es mejor que se la hayan llevado, pero tienes una manera muy imprudente de hacer las cosas, Ana. De todos modos, no entiendo cómo ha podido escaparse del establo. Ha debido de romper alguna tabla.

—No se me ocurrió mirar —admitió Ana—. Ahora mismo voy a verlo. Martin no ha vuelto todavía. Quizá se ha muerto alguna otra tía suya. Se parece a lo del señor Peter Sloane y los octogenarios. La otra tarde, la señora Sloane estaba leyendo el periódico y le dijo a su marido: «Aquí dice que acaba de morir otro octogenario. ¿Qué es un octogenario, Peter?». Y el señor Sloane contestó que no lo sabía, pero que debían de ser criaturas muy enfermas, porque lo único que se oía decir de ellas era que se morían. Lo mismo pasa con las tías de Martin.

—Martin es como todos esos franceses —protestó Marilla—. No puedes contar con ellos para nada.

Marilla estaba echando un vistazo a lo que Ana había comprado en Carmody cuando oyó un grito en el corral. Momentos después Ana entraba en la cocina corriendo y retorciéndose las manos.

—¿Y ahora qué pasa, Ana Shirley?

—Ay, Marilla, ¿qué voy a hacer? Es terrible. Y todo es culpa mía. ¿Cuándo aprenderé a pararme a reflexionar un poco antes de actuar a lo loco? La señora Lynde siempre ha dicho que algún día haría algo horroroso, ¡y acabo de hacerlo!

—Qué niña tan desquiciante eres, Ana. ¿Qué es lo que has hecho?

—Le he vendido al señor Shearer la vaca de Jersey del señor Harrison... La que le compró al señor Bell. Dolly está en el establo.

—Pero ¿tú estás soñando, Ana?

—Ojalá. Esto no es ningún sueño, aunque se parece mucho a una pesadilla. Y la vaca del señor Harrison ya habrá llegado a Charlottetown. Ay, Marilla, yo creía que había dejado de meterme en líos, y estoy en el peor de toda mi vida. ¿Qué hago?

—¿Qué haces? No hay nada que hacer, niña, aparte de contárselo al señor Harrison. Podemos ofrecerle nuestra vaca a cambio, si no quiere el dinero. Vale lo mismo que la suya.

—Pero seguro que se enfada muchísimo y se pone desagradable —gimoteó Ana.

—Yo diría que sí. Parece un hombre irritable. Si quieres voy yo a explicárselo.

—De ninguna manera —protestó Ana—. No soy tan miserable. Todo esto es culpa mía y no voy a permitir que le caiga a usted el castigo. Iré yo, y ahora mismo. Cuanto antes mejor, porque va a ser de lo más humillante.

La pobre Ana cogió su sombrero y los veinte dólares, y ya estaba saliendo cuando miró de reojo hacia la despensa. La puerta estaba abierta y en la mesa reposaba una tarta que había hecho esa mañana: un mejunje especialmente rico, decorado con castañas y un glaseado de color rosa. Ana lo reservaba para la noche del viernes, cuando los jóvenes de Avonlea se reunirían en Tejas Verdes con el propósito de organizar la Asociación por la Mejora de Avonlea. Pero ¿quiénes eran los jóvenes en comparación con el señor Harrison, legítimamente ofendido? Ana pensó que la tarta ablandaría el corazón de cualquier hombre, sobre todo si tenía que hacerse él la comida, y la guardó inmediatamente en una caja. Se la llevaría a su vecino, como ofrenda de paz.

«Si es que me da oportunidad de decir algo —pensó con pesimismo mientras saltaba la cerca del camino y echaba a andar por un atajo que cruzaba los campos, dorados a la luz del espléndido atardecer de agosto—. Ahora sé cómo se siente alguien cuando va camino del patíbulo.»

Capítulo III
EN CASA DEL
SEÑOR HARRISON

L a casa del señor Harrison era una construcción antigua, encalada y de aleros bajos, levantada frente a un frondoso bosquecillo de píceas.

El señor Harrison, en mangas de camisa, estaba en el porche, a la sombra de la parra, saboreando su pipa de tabaco como todas las tardes. Cuando vio quién se acercaba por el camino, se levantó de un salto, entró en casa corriendo y cerró la puerta. Esto fue simplemente el incómodo efecto de la sorpresa mezclada con una buena dosis de vergüenza por su arranque de mal genio del día anterior, pero casi se llevó por delante el poco valor que quedaba en el corazón de Ana.

«Si ya está así de enfadado, ¿cómo se pondrá cuando se entere de lo que he hecho?», reflexionó con angustia mientras llamaba a la puerta.

Pero el señor Harrison abrió, con una sonrisa tímida, y la invitó a pasar en un tono bastante suave y cordial, aunque un tanto nervioso. Había dejado la pipa y se había puesto una chaqueta. Le ofreció a Ana con mucha cortesía una silla cubierta de polvo, y su recibimiento habría sido de lo más agradable de no ser por el comentario de un loro que observaba entre los barrotes de su jaula con un gesto travieso en los ojos dorados. Ana casi no había tenido tiempo de sentarse cuando Ginger dijo:

—¡Madre mía! ¿A qué habrá venido esta birria pelirroja?

Sería difícil decir quién se puso más colorado de los dos, si el señor Harrison o Ana.

—No le hagas caso al loro —dijo el señor Harrison, lanzando a Ginger una mirada llena de ira—. Siempre está diciendo tonterías. Me lo regaló mi hermano, que era marinero. Los marineros no siempre emplean un lenguaje exquisito y los loros lo imitan todo.

—Ya me imagino —contestó la pobre Ana, ahogando su resentimiento en la necesidad de su misión. No podía permitirse el lujo de desairar al señor Harrison dadas las circunstancias: eso era evidente. Cuando una acaba de vender una vaca de Jersey que no es suya tan a la ligera, sin que el dueño lo sepa ni dé su consentimiento, no puede una ofenderse si su loro repite comentarios desagradables. Aun así, «la birria pelirroja» no estaba tan mansa como lo habría estado si no hubiera sido por el loro.

—He venido a confesarle algo, señor Harrison —anunció con determinación—. Es... es sobre... la vaca de Jersey.

—¡Madre mía! —exclamó el señor Harrison con inquietud—. ¿Ha vuelto a entrar en mi avena? Bueno, da igual... Da igual si ha entrado. No tiene importancia... Ninguna en absoluto... Ayer me precipité demasiado, es la verdad. Da igual si ha entrado.

—Ojalá fuera solo eso —suspiró Ana—. Es diez veces peor. Yo no...

—¡Madre mía! ¿No irás a decirme que ha entrado en el trigo?

—No... no... no es el trigo, pero...

—¡Entonces son las coles! Ha entrado en las coles que estoy cultivando para el concurso, ¿eh?

—No son las coles, señor Harrison. Se lo voy a contar todo... Para eso he venido... Pero, por favor, no me interrumpa. Me pongo muy nerviosa. Déjeme que se lo cuente y no diga nada hasta que haya terminado... Seguro que entonces tendrá mucho que decir —contestó Ana, diciendo esto último para sus adentros.

—No diré ni una palabra —asintió el señor Harrison, y así fue. Pero Ginger, que no estaba obligado por ningún pacto de silencio, no paraba de graznar periódicamente «birria pelirroja», con gran fastidio de Ana.

—Ayer encerré a mi vaca de Jersey en el establo. Esta mañana fui a Carmody, y al volver vi una vaca de Jersey en su campo de avena. Entre Diana y yo conseguimos echarla, y no se imagina usted lo que nos costó. Yo acabé empapada, agotada y muy enfadada... Y justo en ese momento pasó por aquí el señor Shearer y me ofreció comprar la vaca. Se la vendí en el acto, por veinte dólares. Hice mal. Tendría que haber esperado y consultado con Marilla, por supuesto. Pero es que tengo una tendencia horrible a hacer las cosas sin pensar: todo el que me conozca le dirá lo mismo. El señor Shearer se llevó la vaca directamente para embarcarla en el tren de la tarde.

—Birria pelirroja —repitió Ginger, en un tono de profundo desprecio.

En ese momento, el señor Harrison se levantó y, con un gesto que habría petrificado de terror a cualquier ave que no fuese un loro, se llevó la jaula de Ginger a otra habitación y cerró la puerta. Ginger se puso a chillar y a decir palabrotas, haciendo gala de su mala fama, hasta que al verse solo terminó por entregarse a un silencio mohíno.

—Discúlpeme y continúe —dijo el señor Harrison, volviendo a su asiento—. Mi hermano el marinero nunca enseñó a ese loro buenos modales.

—Llegué a casa y, después de tomar el té fui al establo. Señor Harrison... —Ana se inclinó hacia delante, entrelazó las manos como hacía antiguamente, de pequeña, y miró al apurado señor Harrison con sus ojos grandes y grises—... Mi vaca seguía encerrada en el establo. ¡La que le vendí al señor Shearer era la suya!

—¡Madre mía! —exclamó el señor Harrison, atónito por tan inesperada conclusión—. ¡Qué cosa tan extraordinaria!

—No tiene nada de extraordinario que yo me meta en líos y perjudique a otras personas —señaló Ana con tristeza—. Soy famosa por eso. Yo creía que con la edad iría dejando de hacer estas cosas... Cumplo diecisiete en marzo... Pero parece que no. Señor Harrison, ¿es demasiado pedir que me perdone? Me temo que ya no estamos a tiempo de recuperar su vaca, pero aquí le traigo el dinero que me dieron por ella... O puede quedarse a cambio con la mía si lo prefiere. Es una vaca muy buena. Y no sé cómo decirle lo mucho que lo siento.

—Bueno, bueno —dijo el señor Harrison atropelladamente—, no diga una sola palabra más, señorita. No tiene importancia... No tiene ninguna importancia. En la vida ocurren accidentes. Yo también me precipito demasiado a veces, señorita... Me precipito demasiado. Es que no puedo evitar decir lo que pienso, y la gente me tiene que aceptar tal como soy. Si esa vaca se hubiera metido en mis coles... Pero da igual: no se ha metido, así que no pasa nada. Creo que prefiero quedarme con tu vaca a cambio, ya que quieres deshacerte de ella.

—Ay, gracias, señor Harrison. Cuánto me alegro de que no se enfade. Me temía que iba a enfadarse.

—Supongo que habrás venido muerta de miedo, después de la bronca que te eché ayer, ¿eh? Pero no me hagas caso. Es que soy un bocazas, nada más... Tengo la mala costumbre de decir la verdad, aunque sea un poco fea.

—A la señora Lynde le pasa lo mismo —asintió Ana, sin poder evitarlo.

—¿Quién? ¿La señora Lynde? No me diga que me parezco a esa vieja cotilla —protestó el señor Harrison—. No me parezco... en nada. ¿Qué traes en esa caja?

—Una tarta —dijo Ana pícaramente. Era tal su alivio, ante la inesperada amabilidad del señor Harrison, que su ánimo remontó el vuelo, liviano como una pluma—. La he traído para usted... He pensado que quizá no tomaba tarta muy a menudo.

—Pues la verdad es que no. Y mira que me gusta. Te lo agradezco mucho. Esa capa de azúcar tiene muy buena pinta. Espero que por dentro esté igual de bien.

—Lo está —le aseguró Ana, con alegría—. En otra época mis tartas *no* lo estaban, como bien podrá decirle la señora Allan, pero esta ha salido perfecta. La había hecho para la asociación, pero ya tendré ocasión de hacer otra.

—Bueno, pues ¿sabe qué le digo, señorita? Que tiene que ayudarme a comérmela. Voy a poner agua a hervir y tomaremos una taza de té. ¿Qué le parece?

—¿Me permite que lo haga yo? —preguntó Ana con aire dubitativo.

El señor Harrison se echó a reír.

—Ya veo que no confías demasiado en mi capacidad para hacer el té. Te equivocas... Sé preparar un té tan bueno como el mejor que hayas probado. Pero adelante. Por suerte el domingo pasado llovió y hay platos limpios de sobra.

Ana se levantó de un salto y se puso manos a la obra. Enjuagó varias veces la tetera antes de poner el té a reposar. Después deshollinó el fogón, sacó los platos de la despensa y puso la mesa. El estado de la despensa la horrorizó, pero tuvo la prudencia de no decir nada. El señor Harrison le indicó dónde encontrar el pan, la mantequilla y una lata de melocotones. Ana decoró la mesa con un ramo de flores del jardín, haciendo como si no viera las manchas del mantel. El té enseguida estuvo listo y Ana se vio a la mesa del señor Harrison, sirviendo el té y hablando libremente de la escuela, sus amigos y sus planes. Casi no daba crédito a sus sentidos.

El señor Harrison había traído de nuevo a Ginger, con el argumento de que el pobre pájaro se sentiría solo, y Ana, sintiéndose capaz de perdonar cualquier cosa y a cualquiera, ofreció al loro una nuez. Pero Ginger, profundamente dolido, rechazó todo intento de amistad. Malhumorado, en su percha, ahuecó las plumas hasta convertirse en una pelota verde y dorada.

—¿Por qué lo llama Ginger? —preguntó Ana, a quien le gustaba poner a las cosas el nombre más conveniente y no veía que «Ginger» casara nada bien con un plumaje tan divino.

—Fue mi hermano el marinero quien le puso el nombre. A lo mejor es por su mal carácter. Aprecio mucho a ese pájaro... No se figura usted cuánto. Tiene sus defectos, claro. Me ha costado muy caro, entre unas cosas y otras. A algunos les molesta que diga palabrotas, pero no hay quien le quite esa costumbre. Mira que lo he intentado... Y otros también lo han intentado. Hay gente que tiene prejuicios sobre los loros. ¿Verdad que es una bobada? A mí me gusta. Ginger me hace mucha compañía. Por nada del mundo renunciaría a ese pájaro... por nada del mundo, señorita.

El señor Harrison le lanzó esta última frase a Ana como una bomba, como si sospechara que la joven tenía la intención latente de convencerlo para que renunciase al loro. Lo cierto era que a Ana empezaba a caerle bien aquel vecino raro, nervioso y gruñón, y antes de que hubiera terminado la merienda ya eran buenos amigos. Cuando Ana habló de la Asociación para la Mejora de Avonlea, el señor Harrison se mostró muy partidario.

—Me parece muy bien. Adelante. Hay mucho que mejorar en esta aldea... y en su gente también.

—Bueno, no sé yo —saltó Ana sin perder un segundo. En su fuero interno, y delante de sus mejores amigos, admitía algunos defectillos en Avonlea y su gente, fácilmente subsanables, pero que lo dijera el señor Harrison, que era casi un forastero, era una cosa muy distinta—. A mí Avonlea me parece un sitio precioso, y la gente muy agradable.

—Parece que tienes mucho carácter —observó el señor Harrison, viendo las mejillas encendidas y los ojos indignados de Ana—. Supongo que va bien con un pelo como el tuyo. Avonlea es un sitio bastante decente; si no lo fuera no me habría instalado aquí. Pero digo yo que reconocerás que tiene algún defecto que otro.

—A mí me gusta más por eso —contestó Ana con lealtad—. No me gustan ni los sitios ni la gente que no tienen defectos. Creo que una persona perfecta sería muy poco interesante. La señora Milton White dice que nunca ha conocido a una persona perfecta, pero sí ha oído hablar de una... La primera mujer de su marido. ¿No cree que debe de ser muy incómodo estar casada con un hombre que dice que su primera mujer era perfecta?

—Más incómodo sería estar casado con la mujer perfecta —afirmó el señor Harrison, con una comprensión inexplicable y repentina.

Cuando terminaron de merendar, Ana insistió en lavar los platos, a pesar de que el señor Harrison le aseguró que tenía platos suficientes para varias semanas. Le habría gustado muchísimo barrer también el suelo, pero no había ninguna escoba a la vista y no quiso pedirla, por miedo a que no hubiese.

—Podrías pasarte de vez en cuando a hablar conmigo —propuso el señor Harrison cuando Ana ya se marchaba—. No estoy lejos, y tenemos que ser buenos vecinos. Me interesa bastante esa asociación tuya. Creo que puede ser divertido. ¿A quién vais a enderezar primero?

—No vamos a hacer nada con la gente... Son los sitios lo que nos proponemos mejorar —explicó Ana, muy digna. Sospechaba que su vecino se burlaba del proyecto.

El señor Harrison la vio alejarse desde la ventana: una muchacha ágil y de aspecto infantil que brincaba alegremente por el campo envuelta en el resplandor del atardecer.

—Soy un viejo amargado, solitario y cascarrabias, pero esa niña tiene algo que hace que vuelva a sentirme joven... Y es una sensación tan agradable que me gustaría repetirla de vez en cuando.

—Birria pelirroja —graznó Ginger con sorna.

El señor Harrison lo amenazó con el puño.

—Pájaro gruñón —refunfuñó—. Casi me arrepiento de no haberte retorcido el pescuezo cuando mi hermano el marinero te trajo a casa. ¿Es que nunca vas a dejar de crearme problemas?

Ana volvió a casa feliz y le contó sus aventuras a Marilla, que se había preocupado mucho al ver que tardaba tanto y estaba a punto de salir a buscarla.

—El mundo en realidad es estupendo, ¿verdad que sí, Marilla? —fue la alegre conclusión de Ana—. La señora Lynde se quejó el otro día de que no era gran cosa. Dijo que siempre que te ilusionas con algo agradable lo más seguro es que al final te lleves un chasco... Puede que sea verdad. Pero también tiene un lado bueno. Y es que las cosas malas tampoco están a la altura de nuestras expectativas... Casi siempre acaban saliendo mucho mejor de lo que se espera. Yo me esperaba una experiencia horrorosa cuando salí esta tarde a ver al señor Harrison; y resulta que ha sido muy amable. Casi me lo he pasado bien. Creo que vamos a ser muy buenos amigos, si somos comprensivos el uno con el otro. Todo ha acabado estupendamente. Aun así, Marilla, no volveré a vender una vaca si no estoy segura de quién es su dueño. Y ¡no me gustan los loros en absoluto!

Capítulo IV

DIFERENTES OPINIONES

Una tarde, cuando ya se ponía el sol, Jane Andrews, Gilbert Blythe y Ana Shirley se encontraban al lado de una cerca, a la sombra de una pícea que mecía dulcemente sus ramas, donde un cortafuegos conocido como la Senda de los Abedules desembocaba en la carretera principal. Jane había pasado la tarde con Ana, y esta la acompañó un trecho del camino de vuelta a casa; en la cerca se cruzaron con Gilbert, y en ese momento estaban los tres hablando del día siguiente, primero de septiembre, un día trascendental porque empezaba el curso. Jane se iría a Newbridge y Gilbert a White Sands.

—Los dos me lleváis ventaja —suspiró Ana—. Vais a enseñar a niños que no os conocen, mientras que yo tengo que dar clase a mis propios compañeros, y la señora Lynde tiene miedo de que no me respeten tanto como a una desconocida, a menos que me ponga muy seria desde el principio. Pero es que yo no creo que una maestra tenga que ser seria. ¡Ay, qué responsabilidad!

—Yo creo que nos irá bien —dijo Jane con tranquilidad. Jane no tenía la inquietante aspiración de ser una influencia positiva. Su objetivo era ganarse el sueldo honradamente, agradar a la junta escolar y ver su nombre en la lista de honor del inspector de educación. No había en ella más ambiciones—.

Lo principal es guardar el orden, y para eso una maestra tiene que ponerse un poco seria. Si mis alumnos no hacen lo que les digo, los castigaré.

—¿Cómo?

—Pues con la vara, naturalmente.

—Ay, Jane, no hagas eso —protestó Ana, horrorizada—. ¡No *puedes* hacer eso, Jane!

—Puedo y lo haré si se lo merecen —aseguró Jane.

—Yo *nunca* podría pegar a un niño —dijo Ana con idéntica determinación—. No creo en eso en absoluto. La señorita Stacy nunca nos pegó, y el orden era perfecto; y el señor Phillips siempre estaba pegando y no conseguía un mínimo de orden. No; si no consigo arreglármelas sin pegar no seré maestra de escuela. Hay mejores maneras. Procuraré ganarme el cariño de mis alumnos, para que *quieran* hacer lo que les digo.

—¿Y si no lo hacen? —preguntó la práctica Jane.

—Tampoco les pegaré. Estoy segura de que no serviría de nada. Venga, Jane, no pegues a los niños, hagan lo que hagan.

—¿Tú qué opinas, Gilbert? —preguntó Jane—. ¿No crees que algunos niños necesitan unos buenos azotes de vez en cuando?

—¿No te parece una crueldad y una salvajada pegar a un niño... a *cualquier* niño? —preguntó Ana, muy seria y poniéndose colorada.

—Bueno —dijo Gilbert despacio, dividido entre sus verdaderas convicciones y el deseo de estar a la altura del ideal de Ana—, creo que las dos posturas tienen su parte de razón. No creo que haya que pegar a los niños *mucho*. Creo, como dices tú, Ana, que en general hay mejores maneras de tratarlos y que el castigo corporal tendría que ser el último recurso. Por otro lado, como dice Jane, creo que, excepcionalmente, si un niño no se deja influir de ninguna otra forma, se merece unos azotes y le sentarán bien. Mi norma será el castigo corporal como último recurso.

Gilbert, en el intento de complacer a las dos partes, como suele ocurrir y como es lógico, no consiguió complacer a ninguna. Jane asintió con la cabeza.

—Pegaré a mis alumnos cuando se porten mal. Es el método más rápido y más eficaz para convencerlos.

Ana miró a Gilbert con decepción.

—Yo nunca pegaré a un niño —repitió con firmeza—. Estoy convencida de que no es ni justo ni necesario.

—¿Y si un niño se burlara de ti a tus espaldas cuando le dices que haga algo?

—Le haría quedarse después de clase y le hablaría con cariño pero con firmeza —contestó Ana—. Hay algo bueno en todas las personas, si uno sabe encontrarlo. Un maestro tiene la obligación de encontrarlo y fomentarlo. Eso nos dijo el profesor de Didáctica en Queen's, ya lo sabéis. ¿Creéis que vais a encontrar algo bueno en un niño pegándole? Es mucho más importante ser una buena influencia para los niños que enseñarles lectura, escritura y matemáticas. Eso dice el profesor Rennie.

—Pero ten en cuenta que el inspector los va a examinar de esas tres asignaturas y no te calificará bien si los niños no alcanzan el nivel —observó Jane.

—Yo antes que estar en la lista de honor prefiero que mis alumnos me quieran y me recuerden al cabo de los años como una persona que los ayudó mucho —aseguró Ana.

—¿No castigarías nunca a los niños, aunque se porten mal? —preguntó Gilbert.

—Bueno, sí, supongo que no tendré más remedio, pero sé que no me hará ninguna gracia. Podría dejarlos sin recreo o ponerlos de pie o mandarles copiar una frase cien veces.

—Pero ¿verdad que no castigarías a las niñas sentándolas con los niños? —preguntó Jane con malicia.

Gilbert y Ana se miraron y sonrieron como bobos. Tiempo atrás, a Ana la castigaron a sentarse con Gilbert, y el castigo tuvo tristes y amargas consecuencias.

—Bueno, el tiempo dirá cuál es el mejor método —señaló Jane filosóficamente cuando se despidieron.

Ana volvió a Tejas Verdes por la Senda de los Abedules, ya en penumbra, rumorosa y envuelta en la fragancia de los helechos, pasando por el Valle de las Violetas y la Laguna de los Sauces, donde la luz y la oscuridad se besaban a los pies de los abetos, y finalmente por el Paseo de los Enamorados: rincones a los que Diana y ella habían dado nombre hacía mucho tiempo. Iba despacio, saboreando la dulzura del bosque, de los campos y del crepúsculo estrellado del verano, y pensando con mucha seriedad en las obligaciones que iba a contraer al día siguiente. Al entrar en el patio de Tejas Verdes, oyó la voz fuerte y firme de la señora Lynde a través de la ventana abierta de la cocina.

«La señora Lynde ha venido a darme buenos consejos para mañana —pensó Ana, haciendo una mueca—, pero creo que no voy a entrar. Me parece que sus consejos son como la pimienta... Excelentes en pequeñas cantidades, pero abrasadores en las dosis que ella pone. Mejor me acerco a charlar un rato con el señor Harrison.»

No era la primera vez que Ana se acercaba a charlar con el señor Harrison desde el curioso incidente de la vaca de Jersey. Había ido varias tardes por allí, y su vecino y ella ya eran buenos amigos, aunque había momentos y ocasiones en los que Ana se hartaba un poco de esa franqueza de la que él tanto se enorgullecía. Ginger seguía mirándola con recelo y nunca dejaba de saludarla sarcásticamente con su «birria pelirroja». El señor Harrison trataba de quitarle esta costumbre saltando de emoción cada vez que veía llegar a Ana y diciendo: «Ay, ya está aquí esta niña tan guapa», o cualquier otro elogio por el estilo. Pero como si nada. Ginger lo había calado y se reía de él. Ana nunca iba a saber la cantidad de halagos que el señor Harrison le hacía a sus espaldas, porque lo cierto es que a la cara nunca le hacía ninguno.

—Bueno, supongo que has ido al bosque a hacer buen acopio de varas para mañana —fue su saludo mientras Ana subía los peldaños del porche.

—Pues no —protestó, llena de indignación. Era un blanco excelente para las bromas, porque siempre se tomaba las cosas demasiado en serio—. En mi escuela nunca habrá una vara, señor Harrison. Necesitaré un palo para señalar, claro, pero *solamente* para señalar.

—Entonces, ¿piensas darles con la correa? Bueno, a lo mejor tienes razón. La vara escuece más de primeras, pero la correa duele más tiempo, eso es cierto.

—No pienso hacer nada de eso. No voy a pegar a mis alumnos.

—¡Madre mía! —exclamó el señor Harrison, con sincero asombro—. ¿Y cómo piensas poner orden?

—Tratándolos con cariño, señor Harrison.

—Eso no sirve. No sirve de nada, Ana. «La letra con sangre entra.» Cuando iba al colegio, el maestro me zurraba con la vara todos los días, porque decía que si en ese momento no estaba haciendo alguna diablura seguro que la estaba tramando.

—Los métodos han cambiado desde entonces, señor Harrison.

—Pero la naturaleza humana no. Te aseguro que no te harás con los polluelos si no tienes la vara a mano. Es imposible.

—Bueno, primero lo intentaré a mi manera —insistió Ana, que era muy terca y muy dada a aferrarse a sus teorías.

—Veo que eres cabezota —fue la franca observación del señor Harrison—. Bueno, bueno, ya veremos. Algún día, cuando te saquen de quicio... y la gente con un pelo como el tuyo es muy proclive a desquiciarse... te olvidarás de esas ideas tan bonitas y zurrarás a alguno. De todos modos eres demasiado joven para ser profesora... demasiado joven e infantil.

Entre unas cosas y otras, Ana se acostó esa noche con un ánimo muy pesimista. Durmió mal y a la mañana siguiente tenía una cara tan pálida y trágica que Marilla se asustó y se empeñó en darle un té de jengibre ardiendo. Ana se lo bebió a sorbitos, con paciencia, aunque incapaz de imaginarse qué bien podía hacerle el té de jengibre. De haber sido un brebaje mágico, con el poder de conferir edad y experiencia, se habría tragado un litro sin rechistar.

—¡Marilla! ¿Y si fracaso?

—Veo difícil que puedas fracasar por completo en un solo día, y habrá muchos más días —replicó Marilla—. Lo que te pasa, Ana, es que quieres enseñarles a esos niños todo y corregirles todos los defectos en un segundo, y si no lo consigues crees que has fracasado.

Capítulo V
UNA PROFESORA HECHA Y DERECHA

C uando Ana llegó a la escuela esa mañana —por primera vez en la vida había recorrido la Senda de los Abedules ciega y sorda a su belleza—, todo estaba en silencio y en calma. La maestra anterior había enseñado a los niños a esperarla en sus pupitres, y, al entrar en el aula, lo que vio Ana fue una pulcra hilera de «caras resplandecientes como la mañana» y ojos vivos y llenos de curiosidad. Colgó el sombrero y miró a sus alumnos, con la esperanza de que no notaran lo asustada y tonta que se sentía y no se dieran cuenta de cómo temblaba.

La noche anterior se había quedado casi hasta las doce preparando un discurso que pensaba dar a sus alumnos como inauguración del curso. Lo revisó y lo mejoró con ahínco, y después se lo aprendió de memoria. Era un discurso estupendo, con ideas muy interesantes, que hacía especial énfasis en la ayuda mutua y la búsqueda sincera del conocimiento. La única pega era que Ana no se acordaba de una sola palabra.

Al cabo de un rato que le pareció un año —en realidad solo habían pasado diez segundos—, acertó a decir con un hilillo de voz: «Abrid el Testamento, por favor», y se hundió en la silla sin resuello, protegida por el alboroto y los golpes de las tapas de los pupitres. Mientras los niños leían los versículos,

Ana dominó su humor trémulo y observó el variopinto surtido de chiqui-
llos, peregrinos en su viaje al Mundo Adulto.

A muchos los conocía bien, por supuesto. Sus compañeros de curso se
habían graduado el año anterior, pero todos los demás habían compar-
tido escuela con ella, menos los de primero y otros diez recién llegados a
Avonlea. En su fuero interno, a Ana le interesaban más estos diez que otros
cuyas posibilidades ya veía con toda claridad. Era posible que los nuevos
fuesen tan corrientes como los demás, pero también «podía» haber algún
genio entre ellos. La idea resultaba emocionante.

Solo, en un pupitre del rincón, estaba Anthony Pye. Tenía un gesto
huraño y sombrío y miraba a Ana con hostilidad en los ojos negros. Ana
decidió en ese mismo instante ganarse el afecto de ese niño y dejar a los
Pye boquiabiertos.

En el otro rincón había un niño nuevo, sentado con Arty Sloane: un cha-
valín con pinta alegre, la nariz respingona, muchas pecas y unos ojos enormes, azul claro, con las pestañas casi blancas... A lo mejor era el chico de
los Don*nell;* y, a juzgar por el parecido, su hermana era la niña que se había
sentado con Mary Bell al otro lado del pasillo. Ana pensó qué clase de madre mandaría a la niña a la escuela así vestida. Llevaba un vestido de seda
rosa muy claro, adornado con muchos lazos de algodón, unas bailarinas
blancas y medias de seda. Tenía el pelo del color de la arena, torturado por
un sinfín de rizos antinaturales y rematado por un rimbombante lazo rosa
más grande que la cabeza. A juzgar por su expresión estaba muy satisfecha
de sí misma.

Esa cosita pálida, con el pelo castaño claro, fino y sedoso, que caía
como una cascada en leves ondas alrededor de los hombros... tenía que
ser Annetta Bell, pensó Ana. Sus padres antes vivían en el distrito escolar de Newbridge, pero por haber desplazado su casa cincuenta metros al
norte de su emplazamiento original ahora estaban en Avonlea. Tres niñas
pálidas, apretujadas en un banco: las Cotton, seguro; y no cabía la menor
duda de que la pequeña belleza de rizos castaños y ojos avellana que echaba miraditas coquetas a Jack Gill por encima del Testamento era Prillie
Rogerson: su padre se había casado recientemente en segundas nupcias y

había traído a la niña, que vivía con su abuela en Grafton. A la chica alta y desgarbada sentada en uno de los pupitres de atrás, que parecía tener demasiados pies y manos, Ana no la identificaba; enseguida supo que se llamaba Barbara Shaw y que había venido a vivir a Avonlea con una tía. También descubrió que, si Barbara alguna vez conseguía recorrer el pasillo sin tropezar con sus pies o los de los demás, los niños de Avonlea dejarían constancia del acontecimiento por escrito en el tablón del porche, para conmemorarlo.

Pero cuando la mirada de Ana se cruzó con la del niño que ocupaba el primer pupitre, el que estaba enfrente del suyo, sintió un pequeño escalofrío, como si hubiera encontrado a su genio. Dedujo que este tenía que ser Paul Irving, y que la señora Rachel Lynde por una vez había acertado cuando profetizó que no sería como los demás niños de Avonlea. No solo eso: Ana vio que no se parecía a ningún niño de ninguna parte; que era un alma sutilmente afín a la suya la que desde el fondo de unos ojos azules muy oscuros la examinaba con tanta atención.

Sabía que Paul tenía diez años, aunque no aparentaba más de ocho. Tenía la carita más linda que Ana había visto nunca en un niño... Unos rasgos exquisitamente delicados y elegantes, enmarcados por un halo de rizos castaños. La boca era preciosa, carnosa sin llegar a fruncirse en un mohín: los labios rojos se rozaban muy ligeramente hasta unirse en las comisuras bien definidas, en las que por muy poco no llegaban a formarse hoyuelos. Tenía un aire sereno, serio y reflexivo, el de un espíritu muchos años mayor que su cuerpo, pero cuando Ana le sonrió amablemente, esta expresión se borró de inmediato con una sonrisa que parecía iluminar todo su ser como si una lámpara se hubiera encendido de repente en su interior. Lo mejor de todo es que la sonrisa fue un acto involuntario, no el resultado de un esfuerzo o una motivación externa, sino el simple destello de una personalidad oculta, única, fina y dulce. Con un rápido intercambio de sonrisas, Ana y Paul se hicieron íntimos amigos para siempre antes de haber cruzado una sola palabra.

El día transcurrió como un sueño. Más adelante, Ana nunca podría recordarlo con claridad. Casi tenía la sensación de no ser ella la que atendía la

clase, sino otra persona. Tomaba la lección a los niños, corregía las sumas y les ponía copias mecánicamente. Todos se portaron muy bien: solo hubo dos casos de mal comportamiento. A Morley Andrews lo pilló en el pasillo, dirigiendo la carrera de una pareja de grillos amaestrados. Ana lo puso una hora de pie en la tarima y —esto a Morley le dolió mucho más— le confiscó los grillos. Los guardó en una caja y, de vuelta a casa, los liberó en el Valle de las Violetas. Pero Morley creyó, desde ese día y para siempre, que Ana se había quedado con los grillos para su propia diversión.

El otro que se portó mal fue Anthony Pye, que le echó a Aurelia Clay por el cuello las últimas gotas de agua que le quedaban en la botella. Ana le pidió que se quedara en clase a la hora del recreo, habló con él de lo que se esperaba de un caballero y le advirtió que los caballeros nunca les echaban agua por el cuello a las señoras. Añadió que quería que todos sus alumnos fueran unos caballeros. Aunque su sermoncillo fue amable y emotivo, a Anthony por desgracia no le caló en lo más mínimo. La escuchó en silencio, sin perder su expresión hostil, y salió por la puerta silbando con desprecio. Ana suspiró y enseguida se animó pensando que ganarse el afecto de un Pye no era cosa de un día, como no lo había sido la construcción de Roma. De hecho, cabía dudar de que los Pye tuvieran algún afecto que ganarse; pero Ana esperaba cosas mejores de Anthony, que tenía pinta de poder ser un niño bastante simpático si uno lograba vencer su hostilidad.

Cuando terminó la clase y los niños se marcharon, Ana se dejó caer en la silla con cansancio. Le dolía la cabeza y estaba profundamente desanimada. En realidad no tenía ningún motivo para el desánimo, porque no había ocurrido nada grave, pero estaba agotada y se inclinaba a creer que nunca aprendería a enseñar. Y sería una desgracia hacer un trabajo que a una no le gustaba, día tras día, pongamos que cuarenta años. Ana no sabía si ponerse a gritar allí mismo o esperar hasta que se viera a salvo en casa, en su habitación blanca. Antes de que pudiera decidirse oyó un taconeo y un susurro de seda en el porche, y vio a una señora que le hizo acordarse de un reciente comentario del señor Harrison, cuando criticó a una mujer muy peripuesta a la que había visto en el almacén de Charlottetown. «Parecía un cruce entre una pesadilla y un maniquí».

La desconocida iba arreglada maravillosamente. Llevaba un vestido de seda azul claro, con mangas de farol y volantes y frunces en todos los rincones donde era posible hacer un volante o un frunce. Coronaba su cabeza un enorme sombrero de gasa blanca, adornado con tres plumas de avestruz largas y fibrosas. Un velo de gasa rosa, generosamente salpicado de lunares negros, colgaba del ala del sombrero hasta los hombros como un volante que flotaba en la espalda en dos piezas etéreas. Lucía todas las joyas que cabían en una mujer pequeña, y desprendía un fuerte olor a perfume.

—Soy la señora Don*nell*... La señora de H. B. Don*nell* —anunció la aparición—, y vengo a verla por algo que me ha dicho Clarice Almira hoy, a la hora de comer. Me ha molestado profundamente.

—Perdone —tartamudeó Ana, que no acertaba a recordar ningún incidente relacionado con los hermanos Donnell.

—Clarice Almira dice que pronuncia usted nuestro apellido como *Don*nell. Verá, señorita Shirley, se pronuncia Don*nell*... Con acento en la última sílaba. Espero que lo recuerde de ahora en adelante.

—Lo intentaré —contestó Ana, boquiabierta y aguantándose las ganas de reír—. Sé por experiencia lo que molesta que los demás no escriban bien el nombre de una, y me imagino que mucho peor aún será que lo pronuncien mal.

—Pues sí. Y Clarice Almira también me ha informado de que ha llamado usted a mi hijo Jacob.

—Él me ha dicho que se llamaba Jacob —señaló Ana.

—Ya me lo imaginaba —contestó la señora Donnell, en un tono con el que insinuaba que era imposible esperar gratitud de los niños a tan perversa edad—. Ese niño tiene gustos de lo más plebeyos, señorita Shirley. Cuando nació, yo quería llamarlo St. Clair... Suena «muy» aristocrático, ¿verdad? Pero su padre se empeñó en llamarlo Jacob, como su tío. Cedí, porque el tío Jacob era rico y soltero. ¿Y qué cree usted que pasó, señorita Shirley? Pues resulta que cuando nuestro niño inocente tenía cinco años, el tío Jacob se casó, y ahora tiene tres hijos. ¿Ha oído usted hablar de semejante ingratitud? Cuando recibimos la invitación para la boda… porque tuvo la impertinencia de enviarnos una invitación, señorita Shirley… cuando recibimos la invitación, le dije a mi marido: «Para mí se ha acabado lo de Jacob». Desde ese día llamo a mi hijo St. Clair, y así pienso seguir llamándolo. Su padre, que es muy terco, lo sigue llamando Jacob, y el niño también tiene una preferencia inexplicable por ese nombre tan vulgar. Pero St. Clair se llama y St. Clair se seguirá llamando. ¿Verdad que tendrá usted la bondad de recordarlo, señorita Shirley? *Gracias.* Le he dicho a Clarice Almira que estaba convencida de que todo era un malentendido y bastaría una palabra para corregirlo. Don*nell,* con acento en la última sílaba… Y St. Clair… por nada del mundo Jacob. ¿Se acordará usted? *Gracias.*

Cuando la señora de H. B. Don*nell* ya se había esfumado, Ana cerró con llave la puerta de la escuela y se fue a casa. A los pies de la cuesta se encontró con Paul Irving, junto a la Senda de los Abedules. El niño le ofreció un ramillete precioso de esas orquídeas blancas pequeñitas que los niños de Avonlea llamaban «lirios de arroz».

—Por favor, maestra. He encontrado estas flores en el campo del señor Wright —explicó con timidez— y he vuelto para dárselas, porque he pensado que a una persona como a usted le gustarían, y porque… —levantó los ojos, grandes y bonitos—… me gusta usted, maestra.

—Eres un encanto —dijo Ana, aceptando las varas fragantes. Como si de un conjuro mágico se tratara, las palabras de Paul hicieron que el desánimo y el cansancio abandonaran el espíritu de Ana y que su corazón derramara esperanza como una fuente danzarina. Echó a andar por la Senda de los Abedules con pies ligeros, acompañada por la dulce fragancia de las orquídeas, como un regalo del cielo.

—Bueno, ¿cómo te ha ido? —se interesó Marilla.

—Pregúntemelo dentro de un mes y a lo mejor puedo decírselo. Ahora no puedo… Ni yo misma lo sé… Es demasiado pronto. Siento como si se me hubieran mezclado todas las ideas en una masa densa y confusa. De lo único que estoy segura es de haber conseguido enseñarle a Cliffie Wright que la *a* es la *a.* No lo sabía. ¿No es grande haber encaminado a un ser humano por una senda que puede acabar en Shakespeare o en *El paraíso perdido?*

La señora Lynde pasó más tarde a darle ánimos. La buena mujer había abordado a los niños que pasaron por delante de su casa para preguntarles qué les parecía la nueva maestra.

—Y todos, todos, han dicho que eres estupenda, Ana... Menos Anthony Pye. Tengo que reconocer que él no. Ha dicho que «no valías nada, como todas las maestras». Los Pye son una china en el zapato. Pero no te preocupes.

—No pienso preocuparme —asintió tranquilamente Ana—. Y voy a ganarme la simpatía de Anthony Pye. Seguro que con paciencia y amabilidad lo consigo.

—Bueno, con los Pye nunca se sabe —fue la cauta respuesta de la señora Lynde—. Casi siempre son lo contrario de lo que parece, como los sueños. Y esa señora *Don*nell, que no cuente con que yo la llame Don*nell*, ya te lo digo. Ese apellido siempre ha sido *Don*nell. Está chalada, eso es lo que le pasa. Tiene una perrita faldera que se llama Queenie, y la sienta a comer a la mesa con la familia, en vajilla de loza. Yo en su lugar preferiría no saber la opinión de los demás. Thomas dice que Donnell es un hombre sensato y trabajador, pero se ve que no tuvo mucho sentido común a la hora de elegir mujer.

Capítulo VI
HOMBRES... Y MUJERES
DE TODA CLASE Y CONDICIÓN

U n día de septiembre en los cerros de la Isla del Príncipe Eduardo. Un viento enérgico que viene del mar roza las dunas; un camino largo y rojo serpentea por campos y bosques, y tan pronto se enrosca alrededor de un frondoso bosquecillo de píceas como atraviesa una plantación de arces jóvenes, rodeados de plumosos helechos de hojas grandes, o se hunde en la vaguada donde un arroyo entra y sale de los bosques centelleando, o disfruta a pleno sol entre las cintas de las varas de oro y el áster azulado como el humo; el aire vibra de emoción con el canto de un sinfín de grillos, los alegres inquilinos de los cerros en verano; un poni robusto, de color castaño, pasa tranquilamente por el camino, y dos muchachas lo siguen, rebosantes de la impagable y sencilla alegría de la vida y de la juventud.

—Ay, este día parece un regalo del Edén, ¿verdad, Diana? —dijo Ana, suspirando de pura felicidad—. El aire tiene magia. Mira el color violeta de la cosecha en el fondo del valle, Diana. Y, ¡por favor, huele ese sutil aroma a abeto moribundo! Viene de esa hondonada al sol, donde el señor Eben Wright ha estado cortando postes para las cercas. La felicidad es estar viva un día como este, pero el aroma del abeto moribundo es el mismo cielo. Ahí van dos partes de Wordsworth y una de Ana Shirley. No parece posible que haya abetos moribundos en el cielo, ¿verdad? Y, al mismo tiempo, no creo que el cielo sea perfecto si uno no puede andar por sus bosques sin esa fragancia a abeto muerto. A lo mejor allí se puede disfrutar del aroma sin necesidad de que se mueran. Sí, creo que será así. Ese olor delicioso tiene que ser el alma de los abetos... Y en el cielo solo habrá almas, claro.

—Los árboles no tienen alma —observó la práctica Diana—, pero es verdad que el olor a abeto muerto es maravilloso. Voy a hacer un cojín y a rellenarlo con agujas de abeto. Tú también deberías hacer uno, Ana.

—Creo que sí... Y lo usaré para las siestas. Seguro que así sueño que soy una dríade o una ninfa del bosque. Aunque ahora mismo estoy muy contenta de ser Ana Shirley, maestra de Avonlea, y de ir por un camino como este, un día tan dulce y agradable.

—Sí, hace un día precioso, pero la tarea que tenemos por delante no es nada bonita —suspiró Diana—. ¿Por qué narices te ofreciste a hacer campaña en este camino, Ana? Aquí vive toda la gente rara de Avonlea, y es probable que nos traten como si viniéramos a pedir algo para nosotras. Es el peor camino de todos.

—Por eso lo elegí. Seguro que Gilbert y Fred habrían aceptado este camino si se lo hubiéramos pedido, pero es que, Diana, me siento responsable de la asociación desde que propuse la idea, y pensé que me correspondía hacerme cargo de la tarea más desagradable. Lo siento por ti, pero no hace falta que digas nada en casa de los raritos. Ya hablo yo... La señora Lynde diría que eso se me da bien. No sabe si apoyar o no nuestra empresa. Se inclina hacia el sí, cuando se acuerda de que el señor y la señora Allan están a favor, pero el hecho de que estas asociaciones surgieran inicialmente en Estados Unidos es un punto en contra para ella. El caso es que no sabe a qué atenerse, y únicamente el éxito puede darnos la razón a ojos de la señora Lynde. Priscilla va a escribir un artículo para la próxima reunión, y espero que sea bueno, porque su tía es una escritora muy inteligente, y seguro que eso es cosa de familia. Nunca olvidaré la emoción que sentí cuando me enteré de que la señora Charlotte E. Morgan era la tía de Priscilla. Me pareció maravilloso ser amiga de la sobrina de la mujer que ha escrito *Días a la orilla del bosque* y *El jardín de rosas*.

—¿Dónde vive la señora Morgan?

—En Toronto. Priscilla dice que el verano que viene vendrá de visita a la isla y que intentará organizar algo para que la conozcamos. Parece tan bonito que casi no me lo creo... pero es una idea agradable para imaginársela cuando te vas a la cama.

La Asociación para la Mejora de Avonlea, la AMA, ya era un hecho. Gilbert Blythe era el presidente, Fred Wright el vicepresidente, Ana Shirley la secretaria y Diana Barry la tesorera. Los «mejoradores», como no tardaron en ser bautizados, se reunirían cada dos semanas en sus casas. Aunque reconocían la dificultad de acometer demasiadas mejoras a esas alturas del año, se reunieron para planificar la campaña del verano siguiente, recopilar y debatir ideas, redactar y leer documentos y, como decía Ana, educar la sensibilidad social en general.

Hubo algunos reparos, lógicamente, y —cosa que los mejoradores se tomaron mucho más a pecho— abundancia de comentarios que los ridiculizaban. Supieron que el señor Elisha Wright había dicho que el Club del Cortejo sería un nombre más oportuno para la asociación. La mujer de Hiram Sloane aseguraba que había oído que los mejoradores se proponían segar todas las cunetas y plantar en ellas geranios. El señor Levi Boulter advirtió a sus vecinos de que los mejoradores estaban empeñados en que todo el mundo derribara su casa y la reconstruyera de acuerdo con los planes de la asociación. El señor James Spencer les pidió que tuvieran la amabilidad de empuñar las palas para eliminar la cuesta de la iglesia. Eben Wright le dijo a Ana que a ver si los mejoradores conseguían que el viejo Josiah Sloane se recortara bien el bigote. El señor Lawrence Bell les hizo saber que encalaría los establos si eso era lo que querían, pero que no estaba dispuesto a poner visillos de encaje en la vaquería. El señor Major Spencer le preguntó a Clifton Sloane, el mejorador que llevaba la leche a la fábrica de queso de Carmody, si era cierto que todo el mundo tendría que pintar su puesto de leche el verano siguiente y ponerle un tapete bordado en el centro.

A pesar de estos contratiempos, o quizá precisamente por ellos, porque la naturaleza humana es como es, la asociación se lanzó valerosamente a trabajar en la única mejora que esperaban poder conseguir ese otoño. En la segunda reunión, en la sala de estar de los Barry, Oliver Sloane propuso una colecta para pintar el salón de actos municipal y cambiar la placa. Julia Bell lo secundó, con la incómoda sensación de estar haciendo algo que no era del todo propio de una señorita. Gilbert sometió a votación la propuesta, que se aprobó por unanimidad, y Ana la reflejó solemnemente en el acta. Lo siguiente era constituir un comité, y Gertie Pye, que no estaba dispuesta a consentir que Julia Bell se llevara todos los honores, tuvo la audacia de presentar una moción para que la señorita Jane Andrews presidiera el susodicho comité. Una vez secundada y aprobada también esta segunda moción, Jane devolvió el favor a Gertie, designándola para el comité junto con Gilbert, Ana, Diana y Fred Wright. El comité eligió sus rutas en cónclave privado. A Diana y Ana les asignaron el camino de Newbridge, a Gilbert y Fred el de White Sands y a Jane y Gertie el de Carmody.

—Porque —le explicó Gilbert a Ana ese día, cuando volvían a casa juntos por el Bosque Encantado— todos los Pye viven en ese camino y no darán un centavo a menos que uno de la familia los convenza.

El sábado siguiente, Ana y Diana se pusieron en marcha. Fueron hasta el final de la ruta y volvieron haciendo campaña. Su primera visita fue a «las chicas de Andrews».

—Si Catherine está sola a lo mejor conseguimos algo —dijo Diana—, pero si está Eliza no.

Eliza estaba en casa —vaya si estaba— y con un aire más adusto de lo habitual. La señorita Eliza era una de esas personas que te hacen pensar que la vida efectivamente es un valle de lágrimas y que una sonrisa, por no hablar de una carcajada, son un gasto de energía verdaderamente censurable. Las «chicas de Andrews» llevaban cincuenta años siendo «chicas», y por lo visto querían seguir siéndolo hasta el fin de su peregrinar por este mundo. De Catherine decían que no había perdido del todo la esperanza de casarse, mientras que Eliza, que nació pesimista, nunca la tuvo. Vivían en una casita de ladrillo, en un soleado rincón del abedular de Mark Andrews. Eliza se quejaba de que en verano el calor en la casa era insoportable; en cambio Catherine tenía la costumbre de decir que en invierno la casa era calentita y acogedora.

Eliza estaba haciendo una colcha de retales, no porque la necesitara, sino como simple protesta contra el frívolo encaje de ganchillo que tejía Catherine. Eliza escuchaba con mala cara y Catherine con una sonrisa mientras las chicas explicaban el motivo de su visita. A decir verdad, cada vez que la mirada de Catherine se cruzaba con la de su hermana, un sentimiento de confusión y culpa le hacía borrar la sonrisa, pero esta al momento volvía a sus labios.

—Si me sobrara el dinero para despilfarrar —dijo Eliza con amargura— lo quemaría, quizá por el gusto de ver la llamarada, pero nunca lo daría para ese salón de actos: ni un centavo. No beneficia al pueblo en nada; solo sirve para que los jóvenes se reúnan y se queden por ahí en vez de estar en casa y en la cama.

—Bueno, Eliza, los jóvenes necesitan divertirse un poco —protestó Catherine.

—Yo no veo ninguna necesidad. Nosotras no íbamos a salones ni a sitios de esos cuando éramos jóvenes, Catherine Andrews. Este mundo está cada día peor.

—Yo creo que está mejorando —afirmó Catherine.

—¡Eso es lo que tú te crees! —contestó Eliza con el mayor desprecio—. Lo que *tú* creas no significa nada, Catherine Andrews. Las cosas son como son.

—Es que a mí siempre me gusta ver el lado bueno de las cosas, Eliza.

—No hay ningún lado bueno.

—Sí que lo hay —terció Ana, incapaz de soportar semejante herejía en silencio—. Siempre hay muchos lados buenos, señorita Andrews. El mundo es de verdad precioso.

—No tendrás tan buena opinión del mundo cuando hayas vivido tantos años como yo —replicó la señorita Eliza con acritud—, ni tanto entusiasmo por mejorarlo. ¿Cómo está tu madre, Diana? Ay, cuánto ha perdido últimamente. Se la ve muy desmejorada. ¿Y para cuándo espera Marilla quedarse definitivamente ciega, Ana?

—El médico cree que no empeorará si se cuida mucho —balbuceó Ana.

Eliza negó con la cabeza.

—Los médicos siempre dicen eso para animar a la gente. Yo en su lugar no tendría mucha esperanza. Es mejor prepararse para lo peor.

—Pero ¿no deberíamos prepararnos también para lo mejor? —preguntó Ana en tono suplicante—. Es tan probable que ocurra lo mejor como lo peor.

—Mi experiencia no ha sido esa, y tengo cincuenta y siete años que oponer a tus dieciséis —replicó Eliza—. Os vais, ¿verdad? Bueno, espero que esta asociación vuestra sirva para que Avonlea deje de ir cuesta abajo, aunque no tengo demasiada esperanza.

Ana y Diana se alegraron de salir de allí y se alejaron tan rápido como le fue posible a su rechoncho poni. Al rodear la curva por debajo del hayedo vieron una figura regordeta que se acercaba a paso rápido por el pasto del señor Andrews, haciéndoles aspavientos. Era Catherine Andrews y venía tan sin aliento que casi no acertaba a hablar, pero puso dos cuartos de dólar en la mano de Ana.

—Es mi aportación para pintar el salón de actos —explicó, jadeando—. Me gustaría daros un dólar, pero no me atrevo a sacar más de la hucha de los huevos, porque Eliza se enteraría. Me interesa mucho vuestra asociación y creo que vais a hacer muchas cosas buenas. Soy optimista. No me queda más remedio, viviendo con mi hermana. Tengo que volver enseguida, antes de que me eche de menos... Le he dicho que iba a dar de comer a las gallinas. Espero que tengáis buena suerte en la colecta y que no os desanime lo que ha dicho Eliza. El mundo está mejorando... no cabe duda.

La casa siguiente era la de Daniel Blair.

—Ahora todo depende de que su mujer esté o no esté en casa —dijo Diana mientras avanzaban a trompicones por un camino de profundas rodadas—. Si está no sacaremos ni un centavo. Todo el mundo dice que Dan Blair no se atreve a cortarse el pelo sin pedirle permiso a ella, y está claro que es muy agarrada, por decirlo suavemente. Dice que antes que generosa tiene que ser justa. Pero la señora Lynde dice que siempre se queda en el «antes» y nunca llega a la generosidad.

Esa noche, Ana le contó a Marilla su experiencia en casa de los Blair.

—Atamos el caballo y llamamos a la puerta de la cocina. No venía nadie, pero como la puerta estaba abierta y oímos hablar a alguien en la despensa entramos, con cierto temor. No entendimos las palabras, pero Diana está segura, por el tono, de que eran palabrotas. Me cuesta creer eso del señor Blair, que siempre es tan tranquilo y dócil, aunque estaba muy alterado, Marilla, porque cuando el pobre hombre se acercó a la puerta, rojo como un tomate y chorreando sudor, llevaba puesto un delantal de su mujer. «No consigo quitarme este maldito chisme —protestó—. Se han enredado las cuerdas en un nudo muy fuerte y no hay quien lo deshaga, así que tendréis que disculparme, hijas.» Le dijimos que no había nada que disculpar, entramos y nos sentamos. El señor Blair se sentó también, con el delantal en la espalda y enrollado, pero parecía muerto de vergüenza y tan preocupado que me dio lástima, y Diana insinuó que a lo mejor habíamos llegado en mal momento. «No, nada de eso», dijo el señor Blair, intentando sonreír... Ya sabes que siempre es muy amable... «Estoy un poco liado... iba a hornear un bizcocho, por así decir. Mi mujer ha recibido hoy un telegrama. Resulta que su hermana llega esta noche de Montreal. Se ha ido a recogerla a la estación y me ha dejado instrucciones de preparar un bizcocho para merendar. Me dejó la receta y me explicó qué hacer, pero ya se me ha olvidado todo. Y dice "aromatizante al gusto". ¿Eso qué significa? ¿Cómo voy a saberlo? ¿Y si mi gusto no coincide con el de los demás? ¿Será suficiente una cucharada sopera de vainilla para un bizcocho pequeño?»

»Me dio más pena que nunca. Parecía como perdido. Había oído hablar de los maridos dominados, y ahora creo que he conocido a uno. Estaba a punto de decir: "Señor Blair, si nos da una contribución para el salón de actos le preparo la masa del bizcocho". Pero de pronto pensé que no era un acto de buena vecindad forzar un trato aprovechándose de un pobre hombre angustiado. Así que me ofrecí a hacer la masa sin condiciones. Aceptó el ofrecimiento a la primera. Nos contó que antes de casarse tenía la costumbre de hacer el pan, pero que el bizcocho ya se le escapaba, y por otro lado no podía disgustar a su mujer. Me dio otro delantal, y mientras Diana batía los huevos yo preparé la masa. El señor Blair iba corriendo de un lado a otro para traernos los ingredientes. Se olvidó por completo de que llevaba puesto el delantal y lo iba arrastrando, y Diana dijo que creía que casi se muere de la risa al verlo. Luego nos dijo que sabía hornear el bizcocho, que estaba acostumbrado, y nos preguntó por nuestra lista y nos dio cuatro dólares. O sea, que nos recompensó. Pero aunque no nos hubiera dado ni un centavo, siempre me habría quedado con la sensación de haber hecho una obra de caridad cristiana al ayudarlo.

La siguiente parada era la casa de Theodore White. Ni Ana ni Diana habían estado nunca allí y conocían muy poco al señor White, que no era dado a la hospitalidad. ¿Tenían que entrar por la puerta de atrás o por la principal? Mientras deliberaban, cuchicheando, la señora White apareció en la puerta principal con un montón de periódicos en los brazos. Los fue dejando deliberadamente, uno a uno, en el suelo y los escalones del porche, y después los esparció por el camino, hasta los pies de las perplejas muchachas.

—¿Me hacéis el favor de limpiaros bien los pies en la hierba y luego pisar en los periódicos? —dijo con preocupación—. Es que justo acabo de barrer toda la casa y no quiero que entre más polvo. Hay mucho barro en el camino, por la lluvia de ayer.

—No te atrevas a reírte, Diana —advirtió Ana con un susurro mientras se acercaban pisando los periódicos—. Y te suplico que no me mires, diga lo que diga esa mujer, porque no sé si voy a ser capaz de aguantar la risa.

Los periódicos cruzaban el vestíbulo y llegaban hasta una salita impoluta y primorosa. Las chicas se sentaron con prudencia en las sillas que tenían más cerca y explicaron el motivo de su visita. La señora White las escuchó con cortesía, interrumpiendo solo en dos ocasiones: una para cazar a una mosca aventurera y otra para retirar de la alfombra una brizna de hierba que había caído del vestido de Ana. Ana se sintió de lo más culpable, pero la señora White aceptó una aportación de dos dólares y les dio el dinero... «Para que no tengamos que volver a por él», dijo Diana cuando se marcharon. La señora White terminó de quitar los periódicos antes de que hubieran desatado al caballo, y cuando salían por el patio la vieron barriendo el vestíbulo enérgicamente.

—Siempre había oído decir que era la mujer más limpia del mundo, y ahora me lo creo —observó Diana, y viendo que ya no había peligro dejó de aguantarse la risa.

—Menos mal que no tiene hijos —señaló Ana en tono solemne—. Sería horrible para ellos.

De casa de los Spencer se fueron muy tristes, viendo que la señora Isabella Spencer hablaba mal de todos los vecinos de Avonlea. El señor Thomas Boulter se negó a darles nada, porque cuando se construyó el salón de actos, hacía veinte años, no lo hicieron en el sitio que él recomendó. La señora Esther Bell, que era la viva imagen de la buena salud, se pasó media hora detallando sus achaques y dolores, y aportó con pena cincuenta centavos, porque el año siguiente ya no estaría allí... No, estaría en la tumba.

El peor recibimiento, sin embargo, lo encontraron en casa de Simon Fletcher. Al entrar en el patio vieron dos caras asomadas a la ventana del porche, pero llamaron a la puerta, esperaron un buen rato con paciencia, y nadie abrió. Se marcharon de casa de Simon Fletcher indignadas y dolidas. Hasta Ana reconoció que empezaba a desanimarse, pero entonces cambiaron las tornas. Les tocaba pasar por casa de varios Sloane y consiguieron generosas aportaciones. A partir de ahí todo salió estupendamente, descontando algún desaire ocasional. La última parada era la casa de Robert Dickson, al lado del puente del lago. Se quedaron a tomar el té, a pesar de que estaban muy cerca de casa, por no ofender a la señora Dickson, que tenía fama de ser una mujer muy «susceptible».

Mientras estaban allí llegó la mujer de James White.

—Vengo de casa de Lorenzo —anunció—. Ahora mismo es el hombre más orgulloso de Avonlea. ¿Qué os parece? Acaba de tener un hijo... Y después de siete chicas es todo un acontecimiento, os lo aseguro.

Ana prestó mucha atención, y cuando se marcharon anunció:

—Voy directa a casa de Lorenzo White.

—Pero si vive en la carretera de White Sands, y eso queda muy lejos de nuestra ruta —protestó Diana—. Gilbert y Fred pasarán por su casa.

—No irán hasta el sábado que viene, y entonces será tarde —contestó tajantemente Ana—. Habrá dejado de ser una novedad. Lorenzo White es un tacaño de cuidado, pero en este momento contribuirá a *cualquier cosa*. No podemos perder una oportunidad tan buena, Diana.

El resultado de la visita confirmó las previsiones de Ana. El señor White las recibió en el patio, radiante como el sol un día de Pascua. Y cuando Ana le pidió una aportación, el señor White aceptó con entusiasmo.

—Claro, claro. Ponedme un dólar más de la aportación más alta que se haya hecho.

—Eso serán cinco dólares... El señor Daniel Blair ha dado cuatro —explicó Ana, casi con temor. Pero Lorenzo no se echó atrás.

—Que sean cinco... Y aquí tenéis el dinero. Ahora, quiero que paséis a casa. Hay algo digno de ver... Algo que muy pocos han visto todavía. Entrad y dad vuestra opinión.

—Y si el niño no es guapo, ¿qué decimos? —susurró Diana mientras seguían, llenas de emoción, al entusiasmado Lorenzo.

—Seguro que encontramos algo agradable que decir —dijo Ana—. Un bebé siempre tiene su encanto.

Pero el niño era guapo, y el señor White se quedó con la sensación de que el sincero placer con que las chicas admiraron al rechoncho recién nacido bien valía sus cinco dólares. No obstante, esta fue la primera y última vez que Lorenzo contribuyó a alguna causa.

Aunque estaba cansada, Ana hizo esa noche un último esfuerzo por el bien común y fue a ver al señor Harrison, que como de costumbre estaba fumando una pipa en el porche, con Ginger a su lado. Estrictamente hablando, el señor Harrison vivía camino de Carmody, pero Jane y Gertie, que solo habían oído de él comentarios dudosos, le pidieron encarecidamente a Ana que fuese ella.

El señor Harrison se negó en redondo a dar ni un centavo, y de nada sirvieron las tretas de Ana.

—Yo creía que era usted partidario de nuestra asociación, señor Harrison —se lamentó.

—Y lo soy... Desde luego que lo soy... Pero no hasta el punto de rascarme el bolsillo, Ana.

«Con unas cuantas experiencias más como las de hoy, me volvería tan pesimista como la señorita Eliza Andrews», le confesó Ana esa noche a su reflejo, a la hora de acostarse, en el espejo de la buhardilla.

Capítulo VII
EL SEÑALAMIENTO DEL DEBER

U n suave atardecer de octubre, Ana se reclinó en la silla y suspiró. Tenía la mesa cubierta de ejercicios y libros de texto, pero la letra menuda de los papeles no guardaba en apariencia ninguna relación con los estudios o el trabajo de la escuela.

—¿Qué pasa? —preguntó Gilbert, que llegó a la puerta de la cocina justo a tiempo de oír el suspiro.

Ana se puso colorada y escondió los papeles debajo de unas redacciones de la escuela.

—Nada grave. Solo intentaba escribir mis pensamientos, como me aconsejó el profesor Hamilton, pero no consigo que me guste el resultado. Cuando los veo en el papel, negro sobre blanco, me parecen muertos y absurdos. Las fantasías son como sombras... No las puedes encerrar en una jaula: son caprichosas y danzarinas. Pero puede que algún día aprenda el secreto, si lo sigo intentando. Ya sabes que no tengo mucho tiempo libre. Cuando acabo de corregir los ejercicios y las redacciones de los niños no siempre me quedan ganas de escribir nada mío.

—Lo estás haciendo de maravilla en la escuela, Ana. Caes bien a todos los niños —dijo Gilbert, sentándose en el escalón de piedra.

—A todos no. A Anthony Pye ni le caigo bien ahora ni le *caeré* bien nunca. Simplemente me desprecia, y te confieso sin reparo que me preocupa muchísimo. No es tan malo... Solamente es travieso, pero tampoco peor que otros. Rara vez me desobedece, aunque obedece con desprecio y resignación, como si no mereciera la pena discutir el asunto... O no la mereciera para él... Y es un mal ejemplo para los demás. He intentado ganármelo por todos los medios, pero empiezo a temer que nunca podré. Y mira que quiero, porque es una monada de niño, aunque sea un Pye, y podría tomarle simpatía si me lo permitiera.

—Probablemente sea así por las cosas que oye en casa.

—No del todo. Anthony es un niño independiente y con opiniones propias. Hasta ahora siempre ha tenido maestros, y dice que las maestras no valen para nada. En fin, ya veremos si la paciencia y la amabilidad sirven de algo. Me gusta superar las dificultades, y la enseñanza es un oficio muy interesante. Paul Irving compensa todo lo que les falta a los demás. Ese niño es un encanto, Gilbert, y un genio además. Estoy convencida de que el mundo oirá hablar de él algún día —aseguró tajantemente Ana.

—A mí también me gusta la enseñanza —asintió Gilbert—. Para empezar es un buen entrenamiento. Te aseguro, Ana, que he aprendido más en las semanas que llevo dando clase en White Sands que en todos mis años de estudiante. Parece que a todos nos va muy bien. Me han dicho que a la gente de Newbridge le gusta Jane; y creo que en White Sands están razonablemente contentos con tu humilde servidor... todos menos el señor Andrew Spencer. Anoche, cuando volvía a casa, me encontré con la mujer de Peter Blewett, y me dijo que se veía en el deber de informarme de que el señor Spencer no estaba conforme con mis métodos.

—¿Te has dado cuenta —dijo Ana en tono pensativo— de que, cuando la gente afirma que se ve en el deber de decir algo, normalmente hay que prepararse para oír algo desagradable? La señora Don*nell* volvió a pasar ayer por el colegio para decirme que se veía en el deber de informarme de que a la señora de Harmon Andrews no le parece bien que les lea cuentos de hadas a los niños, y que el señor Rogerson creía que Prillie no avanzaba a buen ritmo en aritmética. Si Prillie pasara menos tiempo lanzando miraditas a los chicos por encima de la pizarra a lo mejor aprendía un poco más. Estoy segura de que Jack Gillis le hace las sumas, pero nunca lo he pillado con las manos en la masa.

—¿Has conseguido que el hijo de la señora Don*nell*, ese niño tan prometedor, se acostumbre a su santo nombre?

—Sí —se rio Ana—, aunque me costó mucho. Al principio, cuando lo llamaba «St. Clair», el niño no hacía ni caso. Tenía que repetirlo dos o tres veces. Y luego, al ver que los otros se reían de él, me miraba con un aire ofendidísimo, como si lo hubiera llamado Charlie o John y no pudiera adivinar que me refería a él. Así que una tarde le pedí que se quedara después de clase y le hablé con amabilidad. Le expliqué que su madre me había pedido que lo llamase St. Clair y no podía contrariarla. Lo entendió cuando se lo expliqué... Es un niño muy razonable... Y dijo que, bueno, que yo sí podía llamarlo St. Clair, pero que como algún otro chico se atreviera a llamarle así «le sacaría los higadillos». Naturalmente, tuve que reñirle por expresarse de una manera tan escandalosa. Desde entonces yo le llamo St. Clair y los demás le llaman Jake, y todo va como la seda. Me ha confesado que quiere ser carpintero, pero su madre dice que voy a convertirlo en profesor de universidad.

La alusión a la universidad cambió el rumbo de los pensamientos de Gilbert, y pasaron entonces a hablar de sus planes y sus deseos... Con seriedad, con sinceridad, con esperanza, como les gusta hablar a los jóvenes cuando el futuro sigue siendo para ellos un territorio virgen y lleno de posibilidades maravillosas.

Gilbert por fin había tomado la decisión de ser médico.

—Es una profesión espléndida —observó con entusiasmo—. Hay que luchar un poco para abrirse camino en la vida... ¿No definió alguien alguna vez al ser humano como un animal que lucha?... Y yo quiero luchar contra la enfermedad, el dolor y la ignorancia, que siempre van juntos. Quiero contribuir al mundo con mi parte de trabajo honrado y sincero en el mundo, Ana... Y añadir algo a la suma de los conocimientos acumulados por la gente buena desde sus comienzos. Los que han vivido antes que yo han hecho mucho por mí, y quiero demostrar mi gratitud haciendo también yo algo por quienes vivirán después. Creo que es la única manera de saldar cuentas y de cumplir con nuestra obligación con la especie.

—A mí me gustaría dar un poco de belleza a la vida —dijo Ana con aire soñador—. No quiero exactamente que la gente *sepa* más cosas, aunque sé que no hay ambición más noble: lo que me encantaría es que gracias a mí pudieran pasar ratos más agradables... Darles una pequeña alegría o un pensamiento feliz que nunca habría existido si yo no hubiera nacido.

—Creo que cumples esa ambición a diario —señaló Gilbert con admiración.

Y tenía razón. Ana era de esas niñas luminosas por naturaleza. Cuando pasaba por la vida de alguien, iluminándola con una sonrisa o una palabra, como un rayo de sol, la otra persona sentía, al menos por un momento, que había esperanza, que la vida era preciosa y valiosa.

Gilbert se levantó entonces de mala gana.

—Bueno, tengo que ir a casa de MacPherson. Moody Spurgeon ha venido hoy de Queen's, a pasar el domingo. Iba a traerme un libro que me ha prestado el profesor Boyd.

—Y yo tengo que preparar la cena de Marilla. Ha ido a ver a la señora Keith y no tardará en volver.

Ana tenía la cena lista cuando Marilla volvió a casa. El fuego chisporroteaba alegremente, un jarrón con hojas de arce rojas como el rubí y helechos salpicados de blanca escarcha adornaba la mesa, y un delicioso olor a jamón y tostadas impregnaba el ambiente. Pero Marilla se sentó en una silla con un profundo suspiro.

—¿Le están molestando los ojos? ¿Le duele la cabeza? —preguntó Ana con inquietud.

—No. Solo estoy cansada... Y preocupada. Por Mary y esos niños... Mary está peor... No creo que dure mucho. Y esos gemelos... No sé qué va a ser de ellos.

—¿No ha habido noticias de su tío?

—Sí, Mary ha recibido una carta de él. Está trabajando en un campamento maderero y por lo visto se ha «arrejuntao»... A saber qué querrá decir eso. El caso es que le es imposible llevarse a los niños antes de primavera.

Dice que para entonces espera haberse casado y poder ofrecerles un hogar. Que Mary tendrá que pedir ayuda para este invierno a algún vecino. Y Mary dice que no puede pedírselo a nadie. Nunca se ha llevado demasiado bien con la gente de East Grafton, y eso no tiene vuelta de hoja. En resumidas cuentas, Ana: estoy segura de que quiere que me haga cargo de los niños... No lo ha dicho, pero se le notaba.

—¡Ay! —Ana entrelazó las manos, llena de emoción—. Y por supuesto le ha dicho que sí, ¿verdad, Marilla?

—Aún no he tomado ninguna decisión —contestó bruscamente Marilla—. Yo no me lanzo de cabeza como tú, Ana. Ser primas terceras es un parentesco muy lejano. Y será una responsabilidad enorme cuidar de dos niños de seis años... Y encima gemelos.

Marilla tenía la idea de que los gemelos eran el doble de malos que los niños únicos.

—Los gemelos son muy interesantes... Al menos una pareja —dijo Ana—. Cuando hay dos o tres parejas la cosa ya se vuelve pesada. Y creo que le vendría muy bien tener algo con lo que entretenerse mientras yo estoy en la escuela.

—No creo yo que tuviera mucho entretenimiento... Más bien diría fastidio y preocupación. No sería tan arriesgado si tuvieran los mismos años que tú cuando te adopté. Dora no me molestaría demasiado... Parece buena y tranquila. Pero Davy es un gamberro.

A Ana le gustaban los niños y se enternecía al pensar en los gemelos Keith. Seguía teniendo muy presente el recuerdo de su infancia de niña abandonada. Sabía que el único punto débil de Marilla era la devoción inquebrantable a lo que ella consideraba su deber, y llevó hábilmente sus argumentos hacia esa dirección.

—Si Davy es travieso, razón de más para que tenga una buena educación, ¿no cree, Marilla? Si no los acogemos nosotras, a saber quién los acoge y qué influencias reciben. Imagínese que se quedaran con los vecinos de la señora Keith, con los Sprott. La señora Lynde dice que Henry Sprott es el hombre más pagano que ha pisado este mundo y que sus hijos dicen unas cosas increíbles. ¿No sería horrible que los gemelos aprendieran algo parecido?

O imagínese que se van con los Wiggins. La señora Lynde dice que el señor Wiggins vende todo lo que puede vender y que su familia subsiste a base de leche desnatada. No querrá que sus parientes pasen hambre, aunque solo sean primos terceros, ¿verdad? Me parece a mí, Marilla, que tenemos la obligación de acogerlos.

—Supongo que sí —reconoció Marilla con desgana—. Creo que voy a decirle a Mary que los adoptaré. No te pongas tan contenta, Ana. Vas a tener mucho más trabajo. Yo no puedo dar ni una puntada, con estos ojos, así que tendrás que ocuparte tú de hacerles la ropa y remendarla. Y no te gusta coser.

—Lo odio —dijo tranquilamente Ana— pero, si usted está dispuesta a acoger a esos niños, por responsabilidad, supongo que yo podré ocuparme de la costura, por la misma razón. A la gente le sienta bien hacer cosas que no le gustan... con moderación.

Capítulo VIII
MARILLA
ADOPTA GEMELOS

La señora Lynde estaba sentada al lado de la ventana de la cocina, tejiendo una colcha, como aquella tarde, varios años antes, en la que Matthew Cuthbert bajó por la cuesta en el carro con «su huérfana importada», como la llamaba Rachel Lynde. Pero eso había sido en primavera y ahora estaban a finales del otoño. Los árboles habían perdido las hojas y los campos estaban yermos y pardos. Empezaba a ponerse el sol con mucho boato en el cielo púrpura y dorado, por detrás de los bosques oscuros, cuando una calesa tirada por un tranquilo jamelgo bayo apareció en la cuesta. La señora Lynde la examinó con sumo interés.

—Ahí vuelve Marilla del funeral —le dijo a su marido, que estaba tumbado en el banco de la cocina. Últimamente, Thomas Lynde pasaba en el banco más tiempo de lo normal, pero su mujer, tan aguda para todo lo que pasaba de puertas afuera, aún no se había percatado de aquello—. Y viene con los gemelos... Sí, Davy va inclinado por encima del salpicadero, tirando al poni de la cola, y Marilla va tirando de él hacia atrás. Dora va en el asiento, muy modosita. Parece recién almidonada y planchada. Bueno, la pobre Marilla va a estar muy ocupada este invierno; de eso no hay duda. Claro que no veo qué otra cosa habría podido hacer más que adoptarlos, dadas las circunstancias, y contará con la ayuda de Ana. Está emocionadísima con todo este asunto, y reconozco que se da mucha maña con los niños. ¡Madre mía! Parece que fue ayer cuando el pobre Matthew llegó a casa con Ana, y todo el mundo se rio de que Marilla fuese a educar a una niña. Y ahora ha adoptado gemelos. La vida te sorprende hasta el último momento.

El rechoncho poni pasó trotando por el puente que cruzaba la vaguada de los Lynde y siguió por el camino de Tejas Verdes. Marilla iba muy seria. Llevaban dieciséis kilómetros de viaje desde East Grafton y parecía que Davy Keith tuviera el baile de san Vito. Marilla era incapaz de conseguir que se estuviera quieto, y había ido todo el camino angustiada por que el chiquillo pudiera caerse por detrás del coche y desnucarse; o por el salpicadero y acabar debajo de los cascos del poni. Desesperada, amenazó finalmente con darle una buena tunda cuando llegaran a casa. Y Davy se sentó en las rodillas de Marilla, sin pensar en las riendas, le echó los brazos regordetes alrededor del cuello y la abrazó como un oso.

—No me lo creo —dijo, besando con cariño la mejilla arrugada de Marilla—. No parece usted una señora que pegue a un niño solo porque no puede estarse quieto. ¿A usted no le parecía dificilísimo estarse quieta cuando tenía la misma edad que yo?

—No, yo siempre me estaba quieta cuando me lo decían —replicó Marilla, intentando parecer severa, pese a que las impulsivas carantoñas de Davy le habían derretido el corazón.

—Bueno, supongo que sería porque era usted una niña —aventuró Davy, volviendo a su sitio después de darle otro abrazo—. Supongo que alguna vez *fue* una niña, aunque es difícil imaginárselo. Dora puede estarse quieta... pero eso a mí no me divierte. Me da que ser niña es aburrido. Anda, Dora, deja que te anime un poco.

El método de Davy para «animar» a Dora consistía en tirarle de los rizos. Dora gritó y se echó a llorar.

—¿Cómo puedes ser tan malo, cuando acabamos de enterrar a tu pobre madre? —dijo Marilla con desesperación.

—Ella quería morirse —contestó Davy en tono confidencial—. Lo sé porque me lo dijo. Estaba muy cansada de estar enferma. Tuvimos una conversación muy larga la noche antes de que se muriera. Me dijo que usted nos llevaría a su casa este invierno a Dora y a mí, y que tenía que ser bueno. Voy a ser bueno, pero ¿no se puede ser bueno corriendo además de sentado? Y también me dijo que tratara siempre bien a Dora y que la defendiera, y eso voy a hacer.

—¿Y tirarle del pelo es tratarla bien?

—Bueno, no pienso dejar que nadie le tire del pelo —aseguró Davy, apretando los puños y frunciendo el ceño—. ¡Que se atrevan! No le he hecho daño... Solo ha llorado porque es una chica. Yo me alegro de ser chico, pero no me gusta que seamos gemelos. Cuando a Jimmy Sprott su hermana le lleva la contraria, él le dice: «Soy mayor y sé más cosas que tú», y ella se aguanta. Pero yo no le puedo decir eso a Dora, y ella sigue pensando distinto de mí. Podría dejarme conducir un poco, ya que soy un hombre.

En general, Marilla se sintió agradecida cuando llegó al patio de su granja, donde el viento de la noche otoñal bailaba con las hojas marrones. Ana los esperaba en la cerca y cogió en brazos a los gemelos. Dora se dejó besar tranquilamente, pero Davy respondió a la bienvenida con uno de sus fogosos abrazos y anunció alegremente:

—Soy el señor Davy Keith.

En la mesa, Dora se comportó como una señorita, mientras que los modales de Davy dejaban mucho que desear.

—Tengo tanta hambre que no puedo comer con educación —explicó cuando Marilla le riñó—. Dora no tiene ni la mitad de hambre que yo. Tenga en cuenta que he hecho mucho ejercicio en el viaje. Y este bizcocho de ciruela está riquísimo. En casa no había bizcocho desde no sé cuándo, porque mamá estaba enferma y no podía hacerlo, y la señora Sprott decía que bastante tenía con hacernos el pan. Y la señora Wiggins nunca pone ciruelas a los bizcochos. ¡Muy mal hecho! ¿Puedo tomar otro trozo?

Marilla se lo habría negado, pero Ana le cortó una porción bien generosa. De todos modos, le recordó que diera las gracias. Davy se limitó a sonreír y dio un mordisco enorme. Cuando se la terminó dijo:

—Si me dan otra, daré las gracias.

—No, ya has tomado suficiente —contestó Marilla, en un tono que Ana ya conocía y que Davy pronto aprendería que no admitía excusas.

Davy le guiñó un ojo a Ana y luego, inclinándose sobre la mesa, se adueñó del bizcocho de Dora, que solo había dado un mordisquito. Se lo quitó directamente de los dedos y, abriendo la boca hasta más no poder, se metió la porción entera. A Dora le temblaron los labios y Marilla se quedó muda de horror. Ana protestó, con su mejor aire de «maestra»:

—¡Davy, los caballeros no hacen eso!

—Ya lo sé —asintió Davy en cuanto pudo hablar—, pero es que yo no soy un caballero.

—¿Y no quieres serlo? —preguntó Ana, impresionada.

—Claro que sí. Pero no puedes ser un caballero hasta que seas mayor.

—Sí que puedes —se apresuró a explicarle Ana, creyendo ver la ocasión de sembrar una buena semilla en el momento oportuno—. Puedes empezar a ser un caballero desde que eres un niño. Y los caballeros *nunca* les quitan las cosas a las señoritas... ni se olvidan de dar las gracias... ni tiran a nadie del pelo.

Marilla, con aire de resignación, había cortado otra porción de bizcocho para Dora. No se veía capaz de enfrentarse todavía a Davy. Había sido un día duro para ella. En ese momento encaraba el futuro con un pesimismo que nada tenía que envidiar al de Eliza Andrews.

Los gemelos no se parecían demasiado, aunque los dos eran rubios. Dora tenía unos tirabuzones largos y suaves que nunca se despeinaban. La cabeza de Davy estaba cubierta de ricitos dorados. Los ojos de Dora, de color avellana, eran dulces y apacibles; los de Davy eran pícaros y bailarines como los de un elfo. La nariz de Dora era recta y la de Davy decididamente respingona. Dora tenía boquita de piñón y Davy era todo él sonrisa; además, cuando se reía, se le formaba un hoyuelo en una mejilla pero no en la otra, y eso le daba un aire cómico, como torcido. La alegría y la travesura acechaban en todos sus rasgos.

—Más vale que se vayan a la cama —dijo Marilla, pensando que era el mejor modo de deshacerse de ellos—. Dora dormirá conmigo, y a Davy puedes ponerlo en la buhardilla oeste. No te dará miedo dormir solo, ¿verdad, Davy?

—No, pero yo no me voy a acostar hasta dentro de un buen rato —contestó el niño tranquilamente.

—Ya lo creo que sí. —Fue lo único que dijo Marilla, pero habló en un tono que aplacó incluso a Davy. El pequeño subió con Ana, trotando y sin rechistar.

—Lo primero que pienso hacer cuando sea mayor es quedarme despierto toda la noche, para ver qué pasa —le confió a Ana.

Años después, Marilla nunca recordaría sin estremecerse esa primera semana que los gemelos pasaron en Tejas Verdes. No es que fuera mucho peor que las que vinieron a continuación, pero lo pareció por la novedad. No había prácticamente un minuto del día en el que Davy no estuviera haciendo alguna travesura o planeándola, pero su primera hazaña digna de reseñar ocurrió dos días después de su llegada, el domingo por la mañana... Un día precioso, templado, tan brumoso y suave como si fuera septiembre. Ana lo vistió para ir a la iglesia mientras Marilla se ocupaba de Dora. Davy empezó negándose a lavarse la cara.

—Marilla me la lavó ayer... Y la señora Wiggins me restregó con jabón el día del funeral. Eso es más que de sobra para una semana. No entiendo por qué hay que ser tan limpio. Es mucho más cómodo ser sucio.

—Paul Irving se lava la cara a diario sin que nadie se lo diga —señaló Ana con astucia.

Davy llevaba poco más de cuarenta y ocho horas en Tejas Verdes, pero ya adoraba a Ana y odiaba a Paul Irving, desde que la oyó elogiarlo con tanto entusiasmo al día siguiente de llegar. Si Paul Irving se lavaba la cara a diario no había más que hablar. Él, Davy Keith, haría lo mismo, aunque le costara la vida. La misma consideración lo indujo a someterse dócilmente a otros detalles de su aseo, y cuando completaron la tarea se había convertido en un niño muy guapo. Ana sintió un orgullo casi maternal en la iglesia, mientras lo llevaba de la mano al banco de los Cuthbert.

Davy se portó muy bien al principio, porque estaba ocupado mirando de reojo a los niños que tenía alrededor y tratando de adivinar quién sería Paul Irving. Los dos primeros salmos y la lectura de la Biblia transcurrieron sin incidentes. El señor Allan estaba rezando cuando empezó el espectáculo.

Davy estaba sentado detrás de Lauretta White. Lauretta tenía la cabeza ligeramente inclinada y el pelo rubio separado en dos trenzas largas que dejaban a la vista una tentadora llanura de cuello blanco enmarcada por un holgado volante de encaje. Lauretta era una niña de ocho años, regordeta y de aspecto plácido, que siempre había tenido una conducta irreprochable en la iglesia, desde que su madre la llevó por primera vez con solo seis meses.

Davy se metió una mano en el bolsillo y sacó... una oruga, una oruga peluda que no dejaba de retorcerse. Marilla se dio cuenta, pero cuando quiso interceptar a Davy ya era demasiado tarde. Davy le había metido la oruga a la niña por el cuello del vestido.

Justo en mitad de la oración del señor Allan, Lauretta empezó a chillar. El sacerdote se interrumpió, horrorizado y con los ojos como platos. Todas las cabezas de la congregación se levantaron. Lauretta White estaba bailando delante de su banco, tirándose desesperadamente del cuello del vestido por detrás.

—Ay... mamá... mamá... ay... quítamelo... sácalo... ay... ese niño malo me ha metido algo por el cuello... ay... mamá... está bajando... ay... ay... ay...

La señora White se levantó y, muy circunspecta, sacó de la iglesia a la niña histérica, que no paraba de retorcerse. Sus alaridos se perdieron en la distancia y el señor Allan continuó el servicio. Pero todo el mundo tenía la sensación de que la celebración había sido un desastre. Por primera vez en la vida, Marilla no se fijó en la lectura, y a Ana no se le quitaba el rojo de las mejillas, de pura vergüenza.

Cuando volvieron a casa, Marilla llevó a Davy a la cama y le hizo quedarse allí todo el día. No le dio de cenar, pero le dejó tomar un poco de leche y pan. Ana se lo subió y se sentó a su lado, muy triste, al ver que el niño daba cuenta de la leche y el pan sin el más mínimo arrepentimiento. A pesar de todo, a Davy le preocupó la mirada triste de Ana.

—Supongo que Paul Irving no le habría metido una oruga a una niña por la espalda en la iglesia, ¿verdad? —dijo, con aire pensativo.

—Claro que no —contestó Ana con pena.

—Bueno, en ese caso creo que lo siento un poco —reconoció Davy—. Es que era una oruga muy gorda... La encontré en la escalera de la iglesia, justo

cuando entrábamos. Me dio lástima desperdiciarla. Además, ¡no me digas que no fue divertido oír los chillidos de la niña!

El martes por la tarde la Sociedad de Ayuda de la Iglesia se reunió en Tejas Verdes. Ana volvió corriendo de la escuela, sabiendo que Marilla necesitaría todo el apoyo que pudiera ofrecerle. Dora, limpia y modosita, con su vestido blanco bien almidonado y su banda negra, estaba en la sala de estar, con las señoras de la sociedad, contestando tímidamente cuando se dirigían a ella y sin abrir la boca cuando no, y comportándose en todo momento como una niña modélica. Davy, increíblemente sucio, estaba haciendo tartas de barro en el patio del establo.

—Le he dado permiso —explicó Marilla con cansancio—. He pensado que así no haría ninguna fechoría. Lo peor que le puede pasar es que se ensucie. Le daremos la merienda cuando hayamos terminado la nuestra. Dora puede merendar con nosotras, pero nunca me atrevería a sentar a Davy a la mesa con las señoras.

Cuando Ana fue a avisar a las señoras para que pasaran a merendar, vio que Dora no estaba en la sala de estar. La mujer de Jasper Bell dijo que Davy se había asomado a la puerta y la había llamado. Tras consultar precipitadamente con Marilla en la despensa, decidieron que los gemelos merendaran juntos después.

Ya casi habían terminado de merendar cuando una triste figura irrumpió en el comedor. Marilla y Ana la observaron con horror y sus invitadas con asombro. ¿Podía ser Dora esa cosa sollozante, embadurnada, con el vestido empapado y el pelo chorreando en la alfombra nueva de ganchillo de Marilla?

—Dora, ¿qué te ha pasado? —preguntó Ana, dirigiendo una mirada culpable a la señora Bell, de cuya familia se decía que era la única en el mundo en la que jamás ocurrían accidentes.

—Davy me ha obligado a subirme a la cerca de la pocilga —lloriqueó Dora—. Yo no quería, pero me ha llamado gallina. Y me he caído en la pocilga y me he ensuciado todo el vestido y el cerdo me ha pisoteado. Me puse el vestido perdido y Davy me dijo que me metiera debajo del grifo para limpiármelo, y me metí debajo del chorro pero el vestido no se ha limpiado ni un poco, y encima se me han estropeado los zapatos y la banda tan bonita.

Ana se ocupó de hacer los honores en la mesa hasta que terminó la merienda mientras Marilla subía a vestir a Dora con su ropa vieja. A Davy lo pillaron y lo mandaron a la cama sin cenar. Ana subió a su cuarto cuando ya oscurecía y habló con él, muy seria, un método en el que tenía una fe enorme, no del todo justificada por los resultados. Le dijo que estaba muy triste por su mala conducta.

—Yo ahora mismo también lo estoy —reconoció Davy—. El problema es que nunca me arrepiento de las cosas hasta después de haberlas hecho. Dora no quería ayudarme a hacer tartas de barro, porque le daba miedo el vestido, y me enfadé mucho. Supongo que Paul Irving nunca obligaría a su hermana a subirse a la cerca de la pocilga si supiera que se va a caer.

—No, ni se le ocurriría hacer una cosa así. Paul es todo un caballero.

Davy cerró los ojos, los apretó con fuerza y pareció como si reflexionara un rato. Luego se levantó, echó los brazos al cuello de Ana y acurrucó la carita colorada en su hombro.

—Ana, ¿no te gusto ni un poquito? ¿Aunque no sea un niño tan bueno como Paul?

—Claro que sí —contestó Ana con sinceridad. Era imposible que a alguien no le gustara Davy—. Pero me gustarías más si no fueras tan travieso.

—Hoy... he hecho otra cosa —confesó Davy en voz baja—. Ahora lo siento, pero me daba mucho miedo decírtelo. ¿Verdad que no te enfadarás mucho? ¿Y verdad que no se lo dirás a Marilla?

—No lo sé, Davy. A lo mejor tengo que decírselo. Aunque creo que puedo prometerte que no se lo diré si tú me prometes que no volverás a hacerlo, sea lo que sea.

—No, nunca más. De todos modos, no es probable que encuentre más este año. Ese estaba en las escaleras del sótano.

—Davy, ¿qué has hecho?

—He metido un sapo en la cama de Marilla. Puedes ir a sacarlo si quieres. Pero, dime una cosa, Ana: ¿no sería divertido dejarlo ahí?

—¡Davy Keith! —Ana se soltó de los brazos de Davy y fue corriendo por el pasillo a la habitación de Marilla. La cama estaba algo arrugada. Retiró las sábanas rápidamente, nerviosa, y allí efectivamente estaba el sapo, parpadeando debajo de una almohada.

—¿Cómo saco de aquí a este bicho horrible? —se lamentó con un escalofrío. Se acordó de la pala de las cenizas y bajó a buscarla mientras Marilla estaba atareada en la despensa. No fue fácil bajar las escaleras con el sapo, que saltó tres veces de la pala, y en el vestíbulo Ana creyó que lo había perdido. Por fin consiguió dejarlo en el huerto de los cerezos y lanzó un profundo suspiro de alivio.

—Si Marilla lo supiera no volvería a meterse en la cama tranquila en la vida. Cuánto me alegro de que ese granujilla se haya arrepentido a tiempo. Ah, Diana me está haciendo señales desde su ventana. Me alegro... La verdad es que necesito un rato de diversión, porque entre Anthony Pye en la escuela y Davy Keith en casa, hoy ya no puedo más.

Capítulo IX
UNA CUESTIÓN DE COLOR

🌿

—**L**a pesada de Rachel Lynde ha vuelto a darme la lata otra vez para que contribuya a comprar una alfombra para la sacristía —dijo el señor Harrison, hecho una furia—. No hay nadie a quien deteste más que a esa mujer. Es capaz de condensar un sermón, un texto, un comentario y una solicitud en seis palabras y lanzártelo como una pedrada.

Ana se había sentado en la barandilla del porche y estaba disfrutando de la suave brisa del oeste que, desde un campo recién arado, animaba el gris atardecer de noviembre entonando una extraña melodía entre los abetos enredados a los pies del huerto. Volvió la cabeza con aire soñador.

—El problema es que la señora Lynde y usted no se entienden —señaló—. Es lo que pasa siempre cuando la gente no se cae bien. A mí al principio tampoco me caía bien la señora Lynde, pero cuando llegué a entenderla también aprendí a apreciarla.

—Puede que algunos le acaben tomando gusto a la señora Lynde, pero yo no pienso ponerme a comer plátanos solo porque me digan que si los como aprenderé a apreciarlos —refunfuñó el señor Harrison—. Y lo de entenderla... Lo que yo entiendo es que es una entrometida sin remedio, y así se lo he dicho.

—Uy, eso le habrá dolido mucho —le reprochó Ana—. ¿Cómo le ha dicho una cosa así? Una vez, hace mucho tiempo, le dije cosas horribles a la señora Lynde, pero es que perdí los nervios. Nunca se lo habría dicho *deliberadamente*.

—Es la verdad, y yo soy partidario de decir la verdad a todo el mundo.

—Pero no dice usted toda la verdad —observó Ana—. Solo dice la parte desagradable de la verdad. Por ejemplo, a mí me ha llamado no sé cuántas veces pelirroja, pero ni una sola vez me ha dicho que tengo la nariz bonita.

—Supongo que lo sabes sin necesidad de que nadie te lo diga —contestó el señor Harrison, riéndose.

—También sé que soy pelirroja... Aunque ahora tengo el pelo *mucho* más oscuro que antes... Así que eso tampoco hay necesidad de decirlo.

—Bueno, bueno, procuraré no volver a decirlo, ya que eres tan susceptible. Perdóname, Ana. Tengo la costumbre de hablar sin pelos en la lengua y nadie debería tomárselo a mal.

—Pues es que es irremediable tomárselo a mal. Y no creo que sirva de nada decir que es una costumbre. ¿Qué pensaría usted de una persona que va por ahí clavando alfileres o agujas a la gente y dice: «Disculpe, no se lo tome a mal... ¡es que tengo esta costumbre!». Pensaría que el que hace tal cosa está loco, ¿no? Y eso de que la señora Lynde es una entrometida puede que sea cierto. Pero ¿le dijo usted también que tiene un corazón muy generoso, que siempre ayuda a los pobres y que no rechistó cuando Timothy Cotton le robó un cántaro de mantequilla de la lechería y le dijo a su mujer que lo había comprado? La señora Cotton le soltó a la señora Lynde, cuando se encontró con ella, que la mantequilla sabía a nabos, y la señora Lynde se limitó a decir que sentía mucho que hubiera salido tan mal.

—Sí, supongo que tendrá sus cosas buenas —concedió el señor Harrison a regañadientes—. Casi todo el mundo las tiene. Hasta yo tengo algunas, aunque nunca te lo imaginarías. De todos modos, no pienso dar dinero para esa alfombra. Me parece que la gente de aquí no para de pedir. ¿Cómo va vuestro proyecto de pintar el salón de actos?

—De maravilla. Tuvimos reunión de la asociación el viernes pasado, y con el dinero que hemos conseguido podemos pintar el salón de actos y retejar también. *Casi todos* han sido muy generosos, señor Harrison.

Ana era una chica de buen corazón, pero también sabía instilar un poco de veneno, con inocente énfasis, si la ocasión lo requería.

—¿De qué color vais a pintarlo?

—Hemos escogido un verde muy bonito. El tejado será rojo oscuro, claro. El señor Roger Pye comprará hoy la pintura en la ciudad.

—¿Y quién hará el trabajo?

—Joshua Pye, el de Carmody. Ya casi ha terminado de retejar. Tuvimos que darle el contrato a él, porque todos los Pye, que como sabe usted son cuatro familias, dijeron que no darían ni un centavo si el trabajo no era para Joshua. Habían puesto doce dólares entre todos, y pensamos que era demasiado dinero para perderlo, aunque hay quien cree que no tendríamos que haberle dado el contrato a un Pye. La señora Lynde dice que quieren dirigirlo todo.

—Lo principal es que el tal Joshua haga bien su trabajo. Si no lo hace bien, tanto da cómo se apellide.

—Tiene fama de trabajar bien, aunque dicen que es muy particular. Casi nunca habla.

—Pues sí que es particular —asintió secamente el señor Harrison—. Seguro que a la gente de aquí se lo parece. Yo nunca he sido muy hablador, hasta que llegué a Avonlea. Entonces no tuve más remedio que empezar, como defensa, para que la señora Lynde no pudiera ir diciendo por ahí que soy mudo y propusiera hacer una colecta para enseñarme el lenguaje de signos. ¿Ya te vas, Ana?

—Tengo que irme. Esta noche me toca coser la ropa de Dora. Además, seguro que Davy ya habrá sacado de quicio a Marilla con alguna travesura. Lo primero que dijo esta mañana fue: «¿Adónde va la oscuridad, Ana? Me gustaría saberlo». Le expliqué que iba al otro lado del mundo, pero después de desayunar me aseguró que no: que se metía en el pozo. Marilla dice que hoy lo ha pillado cuatro veces asomado al brocal, intentando bajar a la oscuridad.

—Es un gamberro —dijo el señor Harrison—. Ayer estuvo aquí y le arrancó seis plumas de la cola a Ginger antes de que yo pudiera llegar a la puerta del establo. El pobre anda muy mustio desde entonces. Esos niños deben de daros un montón de trabajo.

—Todo lo que merece la pena cuesta trabajo —contestó Ana, y decidió en secreto perdonarle a Davy la próxima falta, fuera cual fuese, por vengarse de Ginger en su nombre.

El señor Roger Pye trajo esa noche la pintura para el salón de actos, y el señor Joshua Pye, un hombre hosco y taciturno, empezó a pintar al día siguiente. Nadie se inmiscuyó en su trabajo. El local se encontraba en lo que se conocía como «la carretera baja». A finales de otoño, esta carretera siempre estaba embarrada y la gente iba a Carmody por la carretera «alta», que era más larga. Había tantos abetos alrededor del edificio que este no se veía si uno no se acercaba, y Joshua Pye pudo pintar con la independencia y la soledad tan queridas de su corazón insociable.

El viernes por la tarde terminó el trabajo y se fue a casa, a Carmody. Poco después de que se marchara apareció la señora Lynde, a quien la curiosidad por ver cómo había quedado el salón de actos con su nueva mano de pintura empujó a afrontar valerosamente el barro de la carretera baja. Y lo vio desde la curva de la arboleda.

La visión afectó a Rachel Lynde de un modo extraño. Soltó las riendas, levantó las manos y exclamó: «¡Dios bendito!». Se quedó mirando como si no diera crédito. Y después se echó a reír, casi histérica.

—Tiene que haber un error... Tiene que ser eso. Ya sabía yo que estos Pye la armarían buena.

De vuelta a casa, la señora Lynde se encontró con varias personas, y con todas se paró a hablar del salón de actos. La noticia corrió como la pólvora. Gilbert Blythe, que estaba en casa, enfrascado en un libro de texto, se enteró a última hora de la tarde, por el chico que ayudaba a su padre. Fue corriendo a Tejas Verdes, y en el camino se le sumó Fred Wright. En la cerca del patio, a los pies de los grandes sauces desnudos, estaban Diana Barry, Jane Andrews y Ana Shirley, que eran la viva imagen de la desesperación.

—No puede ser verdad, Ana —dijo Gilbert.

—Lo es —respondió Ana, que parecía la musa de la tragedia—. La señora Lynde ha venido a contármelo volviendo de Carmody. ¡Es horrible! ¿De qué sirve empeñarse en mejorar las cosas?

—¿Qué es horrible? —preguntó Oliver Sloane, que en ese momento venía de la ciudad con una sombrerera para Marilla.

—¿No te has enterado? —dijo Jane, muy enfadada—. Pues es muy fácil... Que Joshua Pye *ha pintado el salón de azul en vez de verde...* Un azul chillón, del que se usa para pintar los carros y las carretillas. Y la señora Lynde dice que queda horrible en un edificio, sobre todo cuando se combina con un tejado rojo; que es lo más feo que ha visto o imaginado en la vida, dice. Cuando me enteré casi me desmayo. Es desesperante. ¡Con lo que hemos trabajado!

—¿Cómo narices ha podido equivocarse? —gimoteó Diana.

La culpa del doloroso desastre se atribuyó finalmente a los Pye. Los «mejoradores» decidieron emplear pintura de Morton-Harris, y estas latas de pintura se numeraban de acuerdo con una carta de color. El comprador elegía el color en la carta y lo pedía por el número correspondiente. El 147 era el tono de verde elegido, y cuando el señor Roger Pye avisó a los «mejoradores» a través de su hijo, John Andrew, de que iba a la ciudad a comprar la pintura, estos le pidieron al chico que le dijera a su padre que comprase el 147. John Andrew siempre aseguró que le dijo eso, pero el señor Roger Pye insistía con la misma contundencia en que John Andrew le dijo el 157. Y así sigue el asunto hasta hoy.

Esa noche reinaba el mayor desánimo en todos los hogares de Avonlea en los que vivía un «mejorador». En Tejas Verdes, el abatimiento era tan profundo que consiguió aplacar incluso a Davy. Ana lloró mucho y no había forma de consolarla.

—Necesito llorar, Marilla, aunque tenga casi diecisiete años —explicó entre sollozos—. Es humillante. Y podría ser el golpe de gracia para nuestra asociación. Seremos el hazmerreír de todo el pueblo.

Pero en la vida, como en los sueños, las cosas normalmente suceden al contrario. La gente de Avonlea no se rio: se enfadó muchísimo. Habían dado dinero para pintar el salón de actos y, como es lógico, estaban muy ofendidos por el error. La indignación pública se centró en los Pye. Roger Pye y

John Andrew habían metido la pata: los dos; y Joshua Pye tenía que ser tonto de remate para no sospechar nada raro al abrir las latas y ver el color de la pintura. Joshua Pye, cuando se le pidieron explicaciones, contestó que los gustos de Avonlea en cuestión de colores no eran cosa suya, al margen de cuál fuese su opinión personal; a él le habían contratado para pintar el salón de actos, no para hablar de él, y contaba con recibir el dinero convenido.

Los mejoradores le pagaron con amargura tras consultar con el juez Peter Sloane.

—Tenéis que pagar —dijo—. No podéis hacerle responsable del error, dado que asegura que nunca le hablaron del color. Simplemente le dieron las latas y le dijeron que pintase. Pero está claro que es una pena y que el local tiene una pinta horrorosa.

Los pobres mejoradores se temían que la gente de Avonlea tuviera más prejuicios que nunca contra ellos, pero lo cierto es que la simpatía de los vecinos viró en su favor. Pensaron que se habían aprovechado malamente de los sinceros y entusiastas muchachos. La señora Lynde les animó a perseverar y a demostrar a los Pye que había en el mundo gente capaz de hacer cosas sin fastidiarlas. El alcalde Spencer les comunicó la intención de arrancar todos los tocones del camino que pasaba por delante de su granja y plantar hierba, pagándolo de su propio bolsillo; y la señora de Hiram Sloane pasó un día por la escuela, llamó misteriosamente a Ana para que saliera al porche y le dijo que si la «asosiasión» quería plantar geranios en el cruce en primavera que no se preocuparan por su vaca, que ya se encargaría de encerrar a la saqueadora. Hasta el señor Harrison se rio en privado, si es que se rio, y se mostró de lo más comprensivo.

—No te preocupes, Ana. La mayoría de las pinturas se afean y pierden color con los años, pero ese azul es tan feo de partida que con el tiempo solo puede mejorar. Y el tejado está bien reparado y pintado. La gente podrá sentarse en el salón de actos sin que les caiga agua encima. Lo que habéis hecho ya es mucho.

—Pero el salón de actos azul será la comidilla de todos los pueblos de los alrededores a partir de ahora —dijo Ana con tristeza.

Y hay que reconocer que así fue.

Capítulo X
DAVY INTENTA CAUSAR SENSACIÓN

V olviendo de la escuela por la Senda de los Abedules, una tarde de noviembre, Ana se convenció una vez más de que la vida era maravillosa. Había tenido un buen día: todo iba bien en su pequeño reino. St. Clair Donnell no se había peleado con ningún compañero a cuento de su nombre; Prillie Rogerson tenía la cara tan hinchada, por el dolor de muelas, que ni una sola vez había intentado coquetear con los niños de alrededor. Barbara Shaw solo había tenido *un* accidente: derramar en el suelo un cazo de agua; y Anthony Pye ni siquiera había ido a clase.

—¡Qué bonito ha sido este mes de noviembre! —dijo Ana, que no había superado del todo la costumbre infantil de hablar sola—. Con lo desapacible que suele ser noviembre... Como si el año cayera de repente en la cuenta de que está envejeciendo y solo pudiera llorar y lamentarse. Este año está envejeciendo con elegancia: como una anciana majestuosa que sabe que puede ser encantadora a pesar de las arrugas y el pelo gris. Hemos tenido días preciosos y atardeceres exquisitos. Estos últimos quince días han sido muy tranquilos; hasta Davy se ha portado casi bien. La verdad es que creo que está mejorando mucho. Qué tranquilo está hoy el bosque... ¡Solo se oye el rumor de esa brisa que ronronea en las copas de los árboles! Parece el oleaje en la costa, a lo lejos. ¡Qué maravilla son los bosques! ¡Qué bonitos sois, árboles! A todos os quiero como a un buen amigo.

Se detuvo para abrazar a un haya esbelta y joven y besar el tronco de color claro. Diana, que apareció en ese momento en una curva del camino, la vio y se echó a reír.

—Ana Shirley, solo finges que eres mayor. Creo que cuando estás sola sigues siendo tan niña como siempre.

—Bueno, no se puede abandonar la costumbre de ser niña de golpe —dijo Ana alegremente—. Ten en cuenta que fui pequeña catorce años y no llevo ni tres siendo mayor. Estoy segura de que en estos bosques siempre me sentiré como una niña. Estos paseos, cuando vuelvo de la escuela, son casi el único rato que tengo para soñar... sin contar la media hora de antes de dormirme. Estoy tan ocupada, entre el trabajo, los estudios y ayudar a Marilla con los gemelos, que no tengo otro momento para imaginar cosas. No sabes las formidables aventuras que vivo en la buhardilla todas las noches un rato después de acostarme. Siempre me imagino que soy una persona deslumbrante, triunfadora y espléndida: una gran prima donna o una enfermera de la Cruz Roja o una reina. Anoche era una reina. Es magnífico imaginarte que eres una reina. Tienes toda la diversión de ser reina sin ninguno de los inconvenientes, y puedes dejar de serlo cuando quieras, cosa que en la vida real sería imposible. Pero aquí en el bosque prefiero imaginarme cosas muy distintas... Que soy una dríade y vivo en un pino muy viejo, o una elfita morena que se esconde debajo de una hoja arrugada. Esa haya blanca a la que estaba besando cuando me has pillado es mi hermana. La única diferencia es que ella es un árbol y yo una chica, pero eso en realidad no es diferencia. ¿Adónde vas, Diana?

—A casa de los Dickson. Le he prometido a Alberta que la ayudaría a cortar su vestido nuevo. ¿Podrías ir esta noche, Ana, y volver a casa conmigo?

—A lo mejor sí... porque Fred Wright se ha ido a la ciudad —dijo Ana, con cara de inocencia excesiva.

Diana se puso colorada, irguió la cabeza y siguió su camino. De todos modos, no parecía ofendida.

Ana tenía toda la intención de ir esa noche a casa de los Dickson, pero no pudo ser. Cuando llegó a Tejas Verdes se encontró con una situación que borró cualquier otro pensamiento de su cabeza. Marilla la esperaba en el patio, desquiciada.

—¡Ana, Dora se ha perdido!

—¡Dora! ¿Se ha perdido? —Ana miró a Davy, que estaba columpiándose en la cerca del patio, y vio su mirada traviesa.

—Davy, ¿tú sabes dónde está Dora?

—No —dijo Davy tajantemente—. No la he visto desde la hora de comer. Palabra de honor.

—Yo he estado fuera desde la una —explicó Marilla—. Thomas Lynde se puso enfermo de repente y Rachel me pidió que fuese enseguida. Cuando salí Dora estaba jugando con su muñeca en la cocina y Davy haciendo tartas de barro detrás del establo. Volví hace solo media hora... y no había ni rastro de Dora. Davy dice que no la ha vuelto a ver desde que yo me fui.

—No la he vuelto a ver —aseguró Davy en tono solemne.

—Seguro que anda cerca —dijo Ana—. Nunca se aleja demasiado cuando está sola... Ya sabes que es muy prudente. A lo mejor se ha quedado dormida en alguna habitación.

Marilla negó con la cabeza.

—He registrado la casa palmo a palmo. Aunque podría estar en los establos.

Emprendieron la búsqueda a conciencia. No hubo rincón de la casa, el patio y los establos en el que no mirasen, desesperadas. Ana recorrió los huertos y el Bosque Encantado llamando a Dora. Marilla bajó al sótano con una vela. Davy las acompañó a las dos, por turnos, sugiriendo muchos sitios distintos en los que podría estar Dora.

—Es un misterio —gimió Marilla.

—¿Dónde se habrá metido? —preguntó Ana con angustia.

—A lo mejor se ha caído al pozo —apuntó alegremente Davy.

Ana y Marilla se miraron a los ojos con temor. A las dos las había acompañado esta idea mientras buscaban a la niña por todas partes, pero no se atrevían a expresarla con palabras.

—Pues... podría haberse caído —murmuró Marilla.

Ana, mareada y con náuseas, se acercó al brocal y se asomó. El cubo estaba en la repisa de dentro. Abajo se veía un diminuto resplandor de agua quieta. El pozo de los Cuthbert era el más hondo de Avonlea. Si Dora... Pero Ana no podía ni contemplar la idea. Dio media vuelta con un estremecimiento.

—Ve a buscar al señor Harrison —dijo Marilla, retorciéndose las manos.

—El señor Harrison y John Henry no están... Han ido a la ciudad. Iré a por el señor Barry.

El señor Barry volvió con Ana, provisto de un rollo de cuerda con una especie de gancho que en su día había sido el extremo de una horca. Marilla y Ana se quedaron a un lado, heladas y estremecidas de horror y preocupación mientras el padre de Diana dragaba el pozo y Davy, a horcajadas en la cerca, observaba la escena con inmenso placer.

El señor Barry por fin puso cara de alivio y negó con la cabeza.

—Ahí abajo no está. Aunque es rarísimo dónde puede haberse metido. Dime, chiquillo, ¿seguro que no tienes ni idea de dónde está tu hermana?

—Ya he dicho cien veces que no —contestó Davy, con aire ofendido—. A lo mejor se la ha llevado un vagabundo.

—Tonterías —protestó Marilla, liberada del horrible temor del pozo—. Ana, ¿crees que podría haber ido a casa del señor Harrison? No ha parado de hablar del loro desde esa vez que la llevaste allí.

—No creo que Dora se atreviera a ir tan lejos sola, pero iré a ver —dijo Ana.

Nadie estaba atento a Davy en ese momento: en tal caso habría visto su decidido cambio de expresión. Se deslizó de la cerca sin decir nada y salió disparado hacia el granero.

Ana cruzó los campos a toda prisa hacia la granja del señor Harrison con muy pocas esperanzas. La casa estaba cerrada con las persianas echadas, y no había señales de vida en los alrededores. Se detuvo en el porche y llamó a Dora.

Ginger, que estaba en la cocina, empezó a chillar y a blasfemar con repentina furia, pero entre los exabruptos del loro Ana oyó un llanto lastimero en la caseta del patio donde el señor Harrison guardaba las herramientas. Fue corriendo hasta la puerta, la abrió y vio a una personita con la cara manchada de lágrimas, tristemente sentada en un barril puesto del revés.

—¡Ay, Dora, Dora! ¡Qué susto nos has dado! ¿Qué haces aquí?

—Vine con Davy a ver a Ginger —sollozó Dora—. Al final no pudimos verlo, pero Davy le hizo decir palabrotas dando patadas a la puerta. Luego me trajo aquí, salió corriendo y cerró la puerta. No podía salir. He llorado mucho y he pasado mucho miedo. Y tengo mucha hambre y mucho frío. Creía que no vendrías nunca, Ana.

—¿Davy? —Pero Ana no acertó a decir más. Se llevó a Dora a casa, muy apesadumbrada. La tristeza por el mal comportamiento de Davy pudo más que la alegría de encontrar a la niña sana y salva. Podría haberle perdonado fácilmente la descabellada idea de encerrar a Dora. Pero Davy había mentido... había mentido con total sangre fría. Eso era lo más grave, y Ana no podía cerrar los ojos ante una cosa así. Tal era su disgusto que le entraron ganas de echarse a llorar. Le había tomado mucho cariño a Davy... Hasta ese momento no supo cuánto... Y le dolía de una manera insoportable ver que el niño había mentido deliberadamente.

Marilla escuchó el relato de Ana en un silencio que no auguraba nada bueno para Davy; el señor Barry se echó a reír y recomendó un castigo inmediato. Cuando el señor Barry se fue a casa, Ana tranquilizó y dio calor a Dora, que seguía llorando y tiritando, le preparó la cena y la llevó a la cama. Justo cuando volvía a la cocina entraba Marilla, muy seria. Traía de la mano, casi arrastrándolo, al renuente Davy, al que acababa de encontrar escondido en el rincón más oscuro del establo, cubierto de telarañas.

A empujones lo llevó hasta la alfombra que había en el centro y fue luego a sentarse a la ventana que miraba al este. Ana también se había sentado, desmadejada, en la ventana contraria. Entre las dos se encontraba el culpable, dando la espalda a Marilla —una espalda dócil, sumisa y asustada— pero mirando a Ana; y, aunque parecía avergonzado, había en sus ojos un brillo de camaradería, como si fuera consciente de que había hecho mal y de que iban a castigarlo pero confiara en reírse con Ana más adelante de lo ocurrido.

Sin embargo, no vio en los ojos grises de Ana una sonrisa velada, como habría visto si todo se hubiera tratado de una simple travesura. Había otra cosa... una expresión desagradable y repulsiva.

—¿Cómo has podido hacer eso, Davy? —preguntó con tristeza.

Davy se rebulló, incómodo.

—Lo he hecho solo por diversión. Como todo estaba tan tranquilo desde hacía tiempo, pensé que sería divertido daros un buen susto. Y lo ha sido.

A pesar del miedo y de los pocos remordimientos, Davy sonrió al recordar lo sucedido.

—Pero has mentido, Davy —dijo Ana, más triste todavía.

El niño parecía desconcertado.

—¿Qué mentira? ¿Quieres decir una trola?

—Quiero decir una historia que no era verdad.

—Pues claro —contestó Davy con franqueza—. Si no hubiera mentido no os habríais asustado. *Tenía* que decir eso.

Ana empezaba a notar las consecuencias del susto y los nervios. La obstinación de Davy fue el golpe final. Se le cayeron dos lagrimones.

—Ay, Davy, ¿cómo has podido? —dijo, con la voz temblorosa—. ¿No te das cuenta de que eso está muy mal?

Davy se quedó horrorizado. Ana estaba llorando, ¡y era él quién le había hecho llorar! Un sincero arrepentimiento sobrecogió el buen corazón del niño y lo arrolló como una ola. Se lanzó al regazo de Ana, le echó los brazos al cuello y rompió a llorar.

—No sabía que era malo decir trolas —sollozó—. ¿Cómo iba a saberlo? Los hijos del señor Sprott las decían todos los días, y también juraban. Seguro que Paul Irving nunca dice trolas y yo me he esforzado mucho para ser tan bueno como él, pero supongo que ya no volverás a quererme nunca. Y podrías haberme dicho que eso estaba mal. Siento mucho haberte hecho llorar, Ana, y nunca volveré a decir una trola.

Davy escondió la cara en el hombro de Ana y lloró a mares. Ana, con un fogonazo de comprensión que la llenó de alegría, lo abrazó con fuerza y miró a Marilla entre los rizos del niño.

—No sabía que estaba mal decir mentiras, Marilla. Creo que tenemos que perdonarle esa parte si promete que nunca volverá a decir algo que no sea verdad.

—Nunca más, ahora que sé que está mal —aseguró Davy entre sollozos—. Si me pillas otra vez diciendo una trola puedes... —Buscó mentalmente un castigo conveniente—... puedes desollarme vivo, Ana.

—No digas «trola», Davy. Di «mentira» —corrigió la maestra.

—¿Por qué? —preguntó Davy, acomodándose en el regazo de Ana y mirándola con un gesto interrogante y la cara llena de lágrimas—. ¿Por qué no vale trola lo mismo que mentira? Me gustaría saberlo. Es una palabra igual.

—Es vulgar. Y no está bien que los niños digan palabras vulgares.

—Hay un montón de cosas que están mal —observó Davy, suspirando—. Nunca me imaginé que hubiera tantas. Siento que esté mal decir tro... mentiras, porque es muy cómodo, pero si está mal no volveré a decir ninguna. ¿Qué vas a hacerme por haberlas dicho esta vez?

Ana miró a Marilla con aire suplicante.

—No quiero ser demasiado dura con él —dijo Marilla—. Parece que nadie le advirtió nunca que está mal decir mentiras, y los Sprott no eran una buena influencia para él. La pobre Mary no estaba en condiciones de educarlo como es debido, y supongo que no se puede esperar que un niño de seis años sepa estas cosas por instinto. Supongo que tendremos que aceptar que no sabe *nada de nada* y empezar de cero. Pero hay que castigarlo por encerrar a Dora, y solo se me ocurre mandarlo a la cama sin cenar, pero eso ya lo hemos hecho demasiadas veces. ¿Puedes proponer algo distinto, Ana? Digo yo que algo se te ocurrirá, con esa imaginación de la que tanto hablas.

—Es que los castigos son horribles, y a mí solo me gusta imaginar cosas agradables —explicó Ana, abrazando a Davy—. Ya hay demasiadas cosas desagradables en el mundo, y de nada sirve imaginar más.

Al final mandaron a Davy a la cama, como siempre, y no le dejaron salir hasta el día siguiente a mediodía. Es evidente que algo reflexionó, porque cuando Ana subió a su dormitorio, al cabo de un rato, oyó que Davy la llamaba en voz baja. Lo encontró sentado en la cama, con los codos en las rodillas y la barbilla apoyada en las manos.

—Ana —dijo, muy serio—, ¿está mal que todo el mundo diga tro... mentiras? Me gustaría saberlo.

—Sí, claro.

—¿Está mal que las diga una persona mayor?

—Sí.

—Entonces —afirmó Davy— Marilla es mala, porque las dice. Y lo suyo es peor, porque yo no sabía que mentir estaba mal, pero ella sí.

—Davy Keith, Marilla no ha mentido en su vida —protestó Ana, llena de indignación.

—Pues sí. El martes pasado me dijo que me pasaría algo horrible si no rezaba todas las noches. Y no he rezado desde hace una semana, solo para ver qué pasaba... y no ha pasado nada —zanjó Davy en tono ofendido.

Ana se aguantó unas ganas locas de reír, convencida de que sería desastroso, y pasó a defender la reputación de Marilla.

—Davy Keith —señaló con solemnidad—, hoy mismo te ha pasado algo horrible.

Davy parecía escéptico.

—Supongo que te refieres a que me habéis mandado a la cama sin cenar —observó con desdén—. Pero *eso* no es horrible. Desde luego que no me gusta, pero me habéis mandado a la cama tantas veces desde que estoy aquí que ya empiezo a acostumbrarme. Y tampoco ahorráis nada mandándome sin cenar, porque luego siempre desayuno el doble.

—No me refiero a mandarte a la cama. Me refiero a que has dicho una mentira. Y, Davy... —Ana se apoyó en el tablero de los pies de la cama y señaló al culpable con el dedo de un modo impresionante—, que un niño diga algo que no es verdad casi es lo peor que le puede pasar... casi lo peor. Así que ya ves que Marilla te dijo la verdad.

—Pero yo creía que ese algo malo podía ser emocionante —protestó Davy, dolido.

—Marilla no tiene la culpa de lo que tú creyeras. Las cosas malas no siempre son emocionantes. Lo normal es que sean desagradables y absurdas.

—Fue muy divertido veros a Marilla y a ti mirando en el pozo —dijo Davy, abrazándose las rodillas.

Ana siguió muy seria hasta que bajó las escaleras, y entonces se desplomó en el sofá del cuarto de estar y se rio tanto que le dolieron los costados.

—Me gustaría saber qué te hace tanta gracia —observó Marilla, un poco enfadada—. No he visto muchos motivos para reírse hoy.

—Esto le hará reír —le aseguró Ana. Y Marilla se rio, demostrando así lo mucho que había progresado en el terreno educativo desde que adoptó a Ana. Pero inmediatamente después suspiró.

—Supongo que hice mal en decirle eso, aunque una vez oí que un sacerdote se lo decía a un niño. Es que me sacó de quicio. Se lo dije esa noche que te fuiste al concierto de Carmody, cuando lo llevé a la cama. Dijo que no veía de qué servía rezar mientras no tuviera edad suficiente para ser importante para Dios. Ana, no sé qué vamos a hacer con este niño. Nunca he visto cosa igual. Estoy muy desanimada.

—Ay, no diga eso, Marilla. Acuérdese de lo mala que era yo cuando llegué.

—Ana, tú nunca fuiste mala... ¡nunca! Me doy cuenta ahora que he aprendido lo que es la verdadera maldad. Te metías en unos líos horribles, lo reconozco, pero siempre lo hacías con la mejor intención. Davy es malo por simple gusto.

—No, yo no creo que haya verdadera maldad en él tampoco —aseguró Ana—. Solamente es travieso. Y esto es demasiado tranquilo para él, ya lo sabe usted. No tiene con quien jugar y necesita ocupar la cabeza con algo. Dora, tan modosa y tranquila, no es una buena compañera de juego para un niño. Creo que lo mejor será que vayan a la escuela, Marilla.

—No —fue la tajante respuesta de Marilla—. Mi padre siempre decía que no hay que encerrar a un niño entre las cuatro paredes de la escuela antes de los siete años, y el señor Allan piensa lo mismo. Podemos dar alguna clase aquí a los gemelos, pero no irán a la escuela hasta que tengan siete.

—Bueno, entonces habrá que encontrar el modo de enderezar a Davy en casa —dijo Ana alegremente—. Aun con todos sus defectos es un niño encantador. No puedo evitar quererlo. Marilla, a lo mejor es una cosa horrible, pero, sinceramente, me gusta más Davy que Dora, a pesar de lo buena que es.

—No sé si será horrible, pero a mí me pasa lo mismo —confesó Marilla—. Y no es justo para Dora, que no da ni un solo disgusto. No hay niña más buena que ella; casi ni te enteras de que está en casa.

—Dora es demasiado buena. Y se portaría igual de bien aunque nadie le dijera lo que tiene que hacer. Ha nacido ya educada, así que no nos necesita. Y creo —añadió Ana, desvelando una verdad esencial— que siempre queremos más a la gente que nos necesita. Davy nos necesita muchísimo.

—Está claro que necesita algo —asintió Marilla—. Rachel Lynde diría que una buena tunda.

Capítulo XI
REALIDAD
Y FANTASÍA

L a enseñanza es un trabajo muy interesante —le decía Ana en una carta a una compañera de la Academia de Queen's—. A Jane le parece monótono, pero a mí no. Es casi seguro que cada día ocurre algo divertido, y los niños dicen cosas muy divertidas. Jane castiga a sus alumnos cuando dicen algo gracioso, y yo creo que a lo mejor por eso la enseñanza le resulta monótona. Esta tarde, Jimmy Andrews intentaba deletrear «pecoso» y no había manera. Y al final dijo: «Bueno, no lo sé deletrear, pero sé lo que significa». «¿Qué?», le pregunté. «La cara de St. Clair Donnell, señorita.»

Es verdad que St. Clair tiene muchas pecas, pero procuro evitar que los demás hagan comentarios, porque yo también las tenía y me acuerdo muy bien. Aunque me parece que a St. Clair no le molesta. Lo que le molestó a St. Clair fue que Jimmy lo llamara «St. Clair», y por eso le pegó al salir de clase. Me enteré de la zurra, pero no oficialmente, así que no creo que pueda darme por enterada.

Ayer intenté enseñar a sumar a Lottie Wright. Le dije: «Si tienes tres caramelos en una mano y dos en la otra, ¿cuántos tienes en total?». «¡Un montón!», contestó Lottie. Y en clase de ciencias naturales, cuando les pedí que me dieran una buena razón para explicar por qué no había que

matar a los sapos, Benjie Sloane contestó, muy serio: «Porque al día siguiente llovería».

Costaba mucho no reírse, Stella. Tuve que aguantarme las ganas hasta que volví a casa, y Marilla dice que se pone nerviosa cuando oye esos gritos de alegría en mi buhardilla sin motivo aparente. Dice que un hombre de Grafton que se volvió loco empezó así.

¿Sabías que a Thomas Becket lo cañonizaron? Rose Bell dice que fue así... También que William Tyndale escribió el Nuevo Testamento. Y Claude White dice que un ventero es un hombre que instala ventanas.

Creo que lo más difícil de la enseñanza, aunque también lo más interesante, es conseguir que los niños te digan lo que piensan sinceramente de las cosas. El otro día, que hubo tormenta, los senté a todos en círculo a la hora de comer y me puse a hablar con ellos como si fuera una más. Les pedí que me contaran cuáles eran sus mayores deseos. Algunas respuestas fueron las de costumbre: muñecas, ponis y trineos. Pero otras me parecieron de lo más originales. Hester Boulter quería «ponerse todos los días el vestido de los domingos y comer todos los días en la sala de estar». Hannah Bell quería «ser buena sin tener que esforzarse». Marjorie White, de diez años, quería ser *viuda*. Cuando le pregunté por qué, dijo, muy seria, que si no te casabas la gente te llamaba solterona y que si te casabas tu marido te mangoneaba, mientras que si eras viuda no te pasaba ninguna de las dos cosas. El deseo más sorprendente fue el de Sally Bell. Quería «una luna de miel». Le pregunté si sabía qué era eso y dijo que creía que era un tipo de bicicleta superbonita, porque su primo de Montreal «se fue en luna de miel» cuando se casó, y él siempre tenía el último modelo de bicicleta.

Otro día les pedí que me contaran la cosa más fea que hubieran hecho en la vida. A los mayores no conseguí sacárselo, pero los de tercero me lo contaron con mucha libertad. Eliza Bell dijo que «prender fuego a la lana cardada de su tía». Cuando le pregunté si lo hizo a propósito contestó que «no del todo». Solo probó en un extremo, para ver cómo ardía, y en un periquete ardió el montón entero. Emerson Gillis se gastó en caramelos los diez centavos que le dieron para echar en la hucha de las misiones. El peor delito de Annetta Bell había sido «comerse unos arándanos que crecieron en el cementerio». Mientras que Willie White se había «tirado en tobogán por el tejado del cobertizo de las ovejas montones de veces con los pantalones de los domingos». Y añadió: «Pero me castigaron, porque tuve que ir a catequesis todo el verano con los pantalones remendados, y cuando te castigan por algo ya no tienes la obligación de arrepentirte».

Ojalá pudieras ver las redacciones de algunos... Tengo tantas ganas que te enviaré copia de algunas que han escrito recientemente. La semana pasada les pedí a los de cuarto que me escribieran una carta y me contaran algo que les hubiera gustado; les propuse que hablaran de algún sitio que hubieran visitado o de alguna cosa o persona interesante. Tenían que escribir las cartas en cuartillas de verdad, meterlas en un sobre, sellarlas con lacre y enviármelas, sin ayuda de nadie. El viernes por la mañana me encontré un montón de cartas en el escritorio, y esa noche volví a comprobar que la enseñanza tiene sus alegrías además de sus penurias. Esas cartas compensaron muchas cosas. Esta es la de Ned Clay, con su dirección, su ortografía y su gramática originales.

Señorita maestra ShiRley
Tejas vredes.
Isla del p. e.
pájaros

Querida maestra voy a escribirle una redacción sobre pájaros. los pájaros son animales muy útiles. mi gato caza pájaros. Se llama william pero papá lo llama tom. tiene muchas rallas y el invierno pasado se le eló una oreja. si no fuera por eso sería un gato guapo. mi tío ha adoptado un gato. fue por su casa un día y no se iva, y mi tío dice que ese gato a olvidado más de lo que la mayoría de la gente a aprendido nunca. lo deja dormir en su mecedora y mi tía dice que se preocupa más por el gato que por sus ijos. eso no está bien. tenemos que ser buenos con los gatos y darles leche fresca pero no podemos tratarlos mejor que a nuestros ijos. no se me ocurre nada más de momento así que se despide,

edward blake ClaY.

St. Clair Donnell, como de costumbre, es escueto y va al grano. St. Clair nunca malgasta palabras. No creo que eligiera el tema ni añadiera la posdata con mala intención. Es solo que no tiene demasiado tacto ni demasiada imaginación.

Querida señorita Shirley,

Nos pide usted que hablemos de algo raro que hayamos visto. Le voy a describir el salón de actos de Avonlea. Tiene dos puertas, una interior y otra exterior. Tiene seis ventanas y una chimenea. Tiene dos extremos y dos lados. Está pintado de azul. Por eso es raro. Está en la carretera baja de Carmody. Es el tercer edificio más importante de Avonlea. Los otros dos son la iglesia y la herrería. En el salón hacen debates, conferencias y conciertos.

Atentamente,
Jacob Donnell.

P. S. El salón de actos es de un azul muy chillón.

La carta de Annetta Bell era muy larga, y eso me sorprendió porque, como las redacciones no son el fuerte de Annetta, normalmente escribe cosas breves, igual que St. Clair. Annetta es una niña monísima, callada y un modelo de buen comportamiento, pero no tiene ni una pizca de originalidad. Aquí está su carta:

Queridísima maestra:

Creo que en mi carta voy a decirle lo mucho que la quiero. La quiero con todo mi corazón, mi alma y mi cabeza... Con todo el amor que tengo... y quiero servirla para siempre. Sería mi mayor privilegio. Por eso me esfuerzo tanto para portarme bien en la escuela y aprender las lecciones.

Qué guapa es, mi maestra. Su voz es como música y sus ojos como pensamientos cubiertos de rocío. Es como una reina alta y majestuosa. Su pelo es como ondas de oro. Anthony Pye dice que es rojo, pero no tiene que hacerle caso a Anthony.

La conozco desde hace solo unos meses, pero ya no me acuerdo de cuando no la conocía... de cuando no había llegado a mi vida para bendecirla y santificarla. Siempre recordaré este año como el más maravilloso de mi vida, porque fue cuando usted llegó. Además, es el año que nos mudamos de Newbridge a Avonlea. Mi amor por usted ha enriquecido mucho mi vida y me ha librado de muchas cosas malas. Todo esto se lo debo a usted, mi preciosa maestra.

Nunca olvidaré lo guapa que estaba la última vez que la vi, con ese vestido negro y flores en el pelo. La veré siempre así, incluso cuando tengamos canas y seamos las dos viejas. Para mí siempre seguirá siendo joven y guapa, querida maestra. Pienso en usted a todas horas... por la mañana, a mediodía y al atardecer. Me encanta cuando se ríe y cuando suspira... Hasta cuando se pone desdeñosa. Nunca la he visto enfadada, aunque Anthony Pye dice que siempre parece que lo está, pero a mí no me extraña que a él lo mire con enfado porque se lo merece. Me encanta con cualquier vestido... Cada vez que la veo con un vestido nuevo me parece más encantadora.

Queridísima maestra, buenas noches. Ya se ha puesto el sol y lucen las estrellas... las estrellas que son tan bonitas y brillantes como sus ojos. Le beso las manos y la cara, vida mía. Que Dios la guarde y la proteja de todo mal.

Con cariño de su alumna,
Annetta Bell.

Esta extraordinaria carta me sorprendió no poco. Estaba tan segura de que Annetta no la había escrito como de que no podía volar. Al día siguiente, en la escuela, me la llevé paseando hasta el río, en un recreo, y le pedí que me contara la verdad. Se echó a llorar y lo confesó todo. Dijo que nunca había escrito una carta y que no sabía qué decir ni cómo decirlo, pero que en el cajón del escritorio de su madre había un fajo de cartas de amor que le había escrito un antiguo novio. Sollozando, me dijo: «No era mi padre. Era un hombre que estudiaba para sacerdote y no podía escribir cartas de amor, pero al final mamá no se casó con él. Dijo que la mitad del tiempo no sabía qué insinuaba aquel hombre. Pero las cartas me parecieron bonitas y copié algunas líneas sueltas. Puse *maestra* donde ponía *señora*, añadí algo de mi propia cosecha cuando se me ocurría y cambié algunas palabras. Puse *vestido* en vez de *humor*. No sabía bien lo que era un *humor*, pero me imaginé que sería una prenda de vestir. No creí que usted notara la diferencia. No sé cómo se ha dado cuenta de que no era todo mío. Tiene que ser una maestra listísima».

Le expliqué a Annetta que estaba muy mal copiar las cartas de otra persona y hacerlas pasar por propias. Pero creo que solo se arrepintió de que la hubiesen descubierto. «Yo la quiero, maestra —me dijo entre sollozos—. Todo era verdad, aunque el sacerdote lo escribiera primero. La quiero con todo mi corazón.»

Es muy difícil castigar a alguien en semejantes circunstancias.

Esta es la carta de Barbara Shaw. No puedo reproducir las manchas del original.

Querida maestra:

Dijo usted que podíamos escribir sobre una visita. Solo he hecho una visita una vez. Fue el invierno pasado a casa de mi tía Mary. Mi tía Mary es una mujer muy particular y una gran ama de casa. La primera noche en la cena tiré una jarra y la rompí. La tía Mary dijo que tenía esa jarra desde que se casó y que nadie la había roto nunca. Cuando subimos le pisé el vestido y le arranqué los frunces de la falda. Al levantarme la mañana siguiente se me cayó el aguamanil en la jofaina y agrieté las dos cosas y en la mesa del desayuno derramé una taza de té en el mantel. Mientras ayudaba a mi tía a lavar los platos se me escurrió una fuente de porcelana y se hizo añicos. Esa tarde me caí por las escaleras y me torcí el tobillo y tuve que quedarme una semana en la cama. Oí que la tía Mary le decía al tío Joseph que había sido una suerte que me torciera el pie, que si no habría roto todo lo que había en la casa. Cuando me recuperé ya me tocaba volver. No me gusta mucho ir de visita. Prefiero ir a la escuela, sobre todo desde que me vine a vivir a Avonlea.

Atentamente, Barbara Shaw

La de Willie White decía:

Estimada señorita:

Quiero hablarle de mi tía la valiente. Vive en Ontario, y un día, al salir del granero, vio un perro en el patio. Como el perro no pintaba nada allí, buscó un palo, le dio fuerte, lo llevó hacia el granero y lo encerró. Al rato pasó por allí un hombre que buscaba un león lógico (duda: ¿pensaría en un león de un zoológico?) que se había escapado de un circo. Y resultó que el perro era un león y mi tía la valiente lo había encerrado en el granero a palos. Fue un milagro que no se la comiera, pero fue muy valiente. Emerson Gillis dice que si creyó que era un perro en vez de un león no fue valiente, pero es que a Emerson le da envidia porque solo tiene tíos pero ninguna tía valiente.

He dejado la mejor para el final. Te ríes de mí porque creo que Paul es un genio, pero estoy segura de que su carta te convencerá de que es un niño muy poco común. Vive lejos de aquí, con su abuela, cerca del mar, y no tiene amigos... No tiene amigos reales. Recordarás que el profesor de Didáctica en Queen's nos dijo que no podíamos tener «favoritos» entre los alumnos, pero yo no puedo evitarlo y quiero a Paul más que a ninguno. No creo que le haga daño a nadie, porque a Paul todo el mundo le quiere, hasta la señora Lynde, que dice que nunca se habría imaginado que pudiera sentir tanto cariño por un yanqui. A los demás niños también les cae bien. No es un niño débil ni afeminado, a pesar de sus sueños y sus fantasías. Es muy masculino y se sabe defender en todos los juegos. Hace poco se peleó con St. Clair Donnell, cuando este dijo que la bandera británica era mucho mejor que la de barras y estrellas. La pelea terminó en empate y con el mutuo acuerdo de respetar el patriotismo ajeno en lo sucesivo. St. Clair dice que él pega más fuerte, pero que Paul golpea más a menudo.

Esta es la carta de Paul:

Querida maestra:

Nos dijo que podíamos escribir sobre gente interesante que conociéramos. Creo que la gente más interesante que conozco es mi gente de piedra y de eso voy a hablarle. Nunca se lo he contado a nadie más que a mi abuela y a mi abuelo pero me gustaría que usted los conociera porque usted entiende las cosas bien. Hay mucha gente que no entiende las cosas así que no sirve de nada contárselas.

Mi gente de piedra vive en la costa. Normalmente iba a verlos casi todos los días antes del invierno. Ahora no puedo ir hasta la primavera, pero seguirán allí porque la gente como ellos nunca cambia... Esto es lo estupendo. A la primera que conocí fue a Nora y por eso creo que es a la que más quiero. Vive en la caleta de Andrews. Tiene el pelo y los ojos negros y lo sabe todo de las sirenas y los kelpies del agua. Tendría que oír usted las historias que cuenta. Luego están los Marineros Gemelos. No viven en ninguna parte porque se pasan el tiempo navegando pero vienen a menudo a la costa a hablar conmigo. Son dos lobos de mar muy alegres y han visto el mundo entero... Y más de lo que hay en el mundo. ¿Sabe lo que le pasó una vez al menor de los Marineros Gemelos? Pues iba navegando y de pronto se metió en un claro de luna. Ya sabe usted, maestra, que un claro de luna es la estela que forma la luna llena en el agua cuando sale por encima del mar. Bueno pues el menor de los Marineros Gemelos se metió en el claro de luna y siguió y siguió hasta que llegó a la luna y en la luna había una puerta de oro pequeñita y la abrió y siguió navegando. Vivió aventuras maravillosas en la luna, pero esta carta se volvería larguísima si se las cuento.

También está la Dama de Oro de la cueva. Un día encontré una cueva muy grande en la costa, entré y al cabo de un rato me encontré con la Dama de Oro. El pelo dorado le llega hasta los pies y lleva un vestido brillante y reluciente como de oro vivo. Y tiene un arpa de oro que se pasa el día tocando... La música se oye en la costa a cualquier hora si prestas atención, aunque la mayoría de la gente dice que solo es el viento entre las rocas. Nunca le he hablado a Nora de la Dama de Oro. Me daba miedo herir sus sentimientos. Ya le dolía que hablase demasiado con los Marineros Gemelos.

Siempre me encontraba con ellos en las Rocas Rayadas. El menor de los dos Marineros Gemelos es muy amable pero el mayor a veces se pone hecho una furia. Tengo mis sospechas sobre ese marinero. Creo que si se atreviera podría ser un pirata. La verdad es que hay en él algo muy misterioso. Una vez soltó una palabrota y le advertí que si volvía a decir eso no viniera nunca más a la costa a hablar conmigo porque le he prometido a mi abuela que nunca me relacionaría con nadie que diga palabrotas. Se asustó mucho, se lo aseguro, y dijo que si lo perdonaba me llevaría al atardecer. Y al día siguiente, cuando estaba sentado en las Rocas Rayadas, el mayor de los gemelos vino navegando por el mar en un barco encantado y me llevó con él. El barco era todo de perlas y arcoíris como el caparazón de los mejillones por dentro. Bueno pues navegamos hasta el atardecer. Imagíneselo, maestra: he estado en el atardecer. ¿Y cómo cree que es? El atardecer es un país todo de flores. Llegamos a un jardín enorme y las nubes eran lechos de flores. Navegamos hasta un puerto muy grande, todo de color dorado, y bajé del barco a una pradera inmensa cubierta de botones de oro tan grandes como rosas. Me quedé allí mucho rato. Me pareció casi un año, pero el Gemelo Mayor me dijo que solo habían pasado unos minutos. Así que ya ve que el tiempo en el país del atardecer es mucho más largo que aquí.

Su alumno que la quiere,
Paul Irving.

P. S. Esta carta, por supuesto, no es de verdad, maestra. P. I.

Capítulo XII
UN DÍA
DE PERROS

Todo empezó la noche anterior, que Ana pasó inquieta y sin pegar ojo por culpa de un fastidioso dolor de muelas. Cuando se levantó, en la oscura y fría mañana de invierno, la vida le pareció plana, inútil y marchita.

Se fue a la escuela en un estado de ánimo muy poco angelical. Tenía la mejilla hinchada y la cara dolorida. El aula estaba fría y llena de humo, porque el fuego se negaba a prender, y los niños, amontonados en varios grupos, no paraban de tiritar. Ana los mandó a todos a su sitio con una severidad que nunca había empleado. Anthony Pye se fue a su asiento muy ufano, con su arrogancia habitual, y Ana vio que le decía algo al oído a su compañero de pupitre y la miraba con una mueca burlona.

Nunca, eso creía Ana, habían chirriado tanto los lápices como esa mañana, y Barbara Shaw tropezó con el cubo del carbón cuando se acercaba a su mesa para entregarle una suma, con consecuencias desastrosas. El carbón salió rodando por todas partes, la pizarra de Barbara se hizo añicos y cuando la niña se levantó del suelo con la cara tiznada de hollín sus compañeros estallaron en carcajadas.

Ana, que estaba tomando la lección a los de segundo curso, se apartó de ellos.

—De verdad, Barbara —dijo con frialdad—, si no eres capaz de moverte sin tropezar con algo más vale que te quedes en tu sitio. Es una desgracia para una niña de tu edad ser tan patosa.

La pobre Barbara volvió a su asiento a trompicones, y las lágrimas se le mezclaron con el hollín, produciendo un efecto en verdad grotesco. Nunca en la vida le había hablado su querida y amable profesora en ese tono y de ese modo, y Barbara estaba destrozada. A Ana le remordió la conciencia, pero esto solo sirvió para agravar su mal humor. Los de segundo aún recuerdan esa lección, y también el cruel castigo de aritmética que Ana les puso a continuación. Justo cuando les estaba diciendo las sumas a gritos, apareció St. Clair Donnell, sin aliento.

—Llegas una hora tarde, St. Clair —le reprochó Ana con voz gélida—. ¿Por qué?

—Por favor, señorita, he tenido que ayudar a mamá a preparar un pudin para la cena, porque esperamos invitados y Clarice Almira está enferma —explicó St. Clair, provocando las carcajadas de sus compañeros, a pesar de que le habló a la maestra con el mayor respeto.

—Siéntate y haz los seis problemas de la página ochenta y cuatro de tu libro de aritmética como castigo —le ordenó Ana. St. Clair parecía muy sorprendido de que Ana le respondiera en ese tono, pero fue dócilmente a su pupitre y sacó su pizarra. Luego, a escondidas, le pasó un paquetito a Joe Sloane, al otro lado del pasillo. Ana lo pilló en el acto y llegó a una desastrosa conclusión sobre el paquete.

A la señora de Hiram Sloane le había dado últimamente por hacer y vender «bollos de nuez», para complementar un poco sus escasos ingresos. Los bollos eran especialmente tentadores para los niños más pequeños, y durante algunas semanas Ana tuvo no pocos problemas con ellos. De camino a la escuela los niños invertían sus ahorrillos en casa de la señora Sloane, se marchaban de allí con sus bollos y, a ser posible, se los comían e invitaban a los compañeros en horario de clase. Ana les había advertido que si volvían a traer bollos se los confiscaría, y hete aquí que St. Clair Donnell, fríamente y delante de sus narices, acababa de pasarle a Joseph un paquete envuelto en el papel de rayas azules y blancas que usaba la señora Sloane.

—Joseph —dijo Ana en voz baja—, trae aquí ese paquete.

Joe, sorprendido y avergonzado, obedeció. Era un chaval gordito que siempre se ponía colorado y tartamudeaba cuando se asustaba. Nunca se había visto un aire más culpable que el que en ese momento tenía el pobre Joe.

—Tíralo al fuego —le ordenó Ana.

Joe se puso muy pálido.

—P... p... por favor, se... se... señorita —empezó a decir.

—Haz lo que te digo, Joseph, sin rechistar.

—P... p... pero se... se... señorita, es que... —intentó decir Joe, con desesperación.

—Joseph, ¿vas a obedecerme o no? —insistió Ana.

Hasta un chico más atrevido y seguro de sí mismo que Joe Sloane se habría quedado petrificado por el tono de la maestra y el brillo amenazante de sus ojos. Aquella era una Ana nueva y desconocida para todos los niños. Joe, con una mirada de angustia a St. Clair, se acercó a la estufa, abrió el portón cuadrado y lanzó al fuego el paquete azul y blanco antes de que St. Clair, que se había levantado de un salto, pudiera decir una sola palabra. Después se apartó justo a tiempo.

Por unos momentos, los aterrados alumnos de la escuela de Avonlea no supieron si acababan de presenciar un terremoto o una erupción volcánica. En el paquete de aspecto inocente que Ana precipitadamente había tomado por un bollo de la señora Sloane, había un surtido de petardos y molinillos que estallaron en la estufa, salieron por la puerta y giraron como locos por toda la clase, silbando y echando chispas. Ana se dejó caer en la silla, horrorizada, y todas las niñas se pusieron a gritar y se subieron a los pupitres. Joe Sloane seguía como petrificado en medio del revuelo, y St. Clair, muerto de risa, corría de un lado a otro por el pasillo. Prillie Rogerson se desmayó y Annetta Bell se puso histérica.

Dio la impresión de que el último molinillo tardaba mucho en apagarse, aunque en realidad fueron solo unos momentos. Ana, recuperándose, corrió a abrir puertas y ventanas para ventilar el aula llena de gas y humo. Luego ayudó a las niñas a sacar al porche a Prillie, que seguía inconsciente, y Barbara Shaw, en su desesperación por hacer algo útil, le echó a Prillie un cubo lleno de agua casi helada en la cara y los hombros sin que nadie pudiera impedírselo.

Tardaron una hora en recobrar la calma... y era una calma tensa. Todos se daban cuenta de que ni siquiera la explosión había sacado a la maestra de aquel estado tan extraño. Nadie, excepto Anthony Pye, se atrevía a decir una sola palabra. Cuando a Ned Clay le chirrió el lápiz sin querer mientras hacía una suma, al ver la cara de Ana quiso que se lo tragara la tierra. La clase de geografía fue un viaje por todo un continente a una velocidad de vértigo; la de gramática una disección y un análisis sintáctico que casi les cuesta la vida. Chester Sloane, que deletreó «odorífero» con hache, tuvo la sensación de que nunca podría sobreponerse a la desgracia, ni en este mundo ni en el futuro.

Ana era consciente de que había hecho el ridículo y de que esa noche se reirían del incidente en todas las casas a la hora de cenar, pero saberlo solo empeoraba su enfado. En un estado de ánimo más tranquilo quizá se hubiera tomado la situación a risa, pero en ese momento le era imposible y optó por distanciarse con gélido desprecio.

Cuando volvió a la escuela, después de comer, todos los niños estaban en sus sitios y todas las caras miraban al pupitre: todos menos Anthony Pye, que miraba a Ana por encima del libro con un brillo de burla y curiosidad en los ojos negros. Ana, buscando una tiza, abrió el cajón del escritorio, y del cajón, justo debajo de su mano, salió un ratoncito vivaracho que después de corretear por la mesa saltó al suelo.

Ana dio un grito y retrocedió como si hubiera visto una serpiente, y Anthony Pye se echó a reír sin disimulo.

Entonces se hizo un silencio... un silencio incómodo y escalofriante. Annetta Bell dudaba si ponerse otra vez histérica o no, sobre todo porque no sabía dónde se había metido el ratón. Al final decidió que no. ¿De qué servía ponerse histérica cuando una tenía delante a una maestra tan pálida y con esa mirada de furia?

—¿Quién ha puesto ese ratón en mi escritorio? —preguntó. A pesar de que habló en voz muy baja, un escalofrío recorrió la espalda de Paul Irving.

Joe Sloane cruzó una mirada con Ana, sintiéndose culpable de los pies a la cabeza, pero tuvo la osadía de tartamudear.

—N... n... no he s... s... sido yo, m... m... maestra, n... n... no he s... s... sido yo.

Ana no hizo ni caso al pobre Joseph. Miró a Anthony Pye, y Anthony le devolvió la mirada sin asustarse ni avergonzarse.

—¿Has sido tú, Anthony?

—Sí —afirmó con insolencia.

Ana tomó el puntero de su escritorio. Era un puntero largo y de madera dura.

—Ven aquí, Anthony.

Ni mucho menos fue aquel el castigo más severo que había recibido Anthony Pye. Ana no habría podido castigar a ningún niño con crueldad, ni siquiera una Ana tan ofuscada como lo estaba ella en ese momento. Pero el puntero escocía con ganas y a Anthony se le acabó quitando la bravuconería: parpadeó y se le llenaron los ojos de lágrimas.

Ana, con mala conciencia, soltó el puntero y ordenó al chico que volviera a su sitio. Se sentó a su escritorio, avergonzada, arrepentida y profundamente triste. Ahora que había pasado el ataque de rabia, Ana habría dado cualquier cosa por consolarse llorando. Tanto presumir para esto: había pegado a un alumno. ¡Qué victoria para Jane! ¡Y cuánto se iba a reír el señor Harrison! Pero lo peor de todo, el pensamiento más amargo, era que había perdido su última oportunidad de ganarse a Anthony Pye. Ahora ya nunca le caería bien.

Ana, con lo que alguien ha llamado «un esfuerzo hercúleo», se aguantó las lágrimas hasta que volvió a casa esa noche. Entonces se encerró en su habitación de la buhardilla y desahogó su vergüenza, su remordimiento y su decepción llorando entre las almohadas... Tanto duró su llanto que Marilla, asustada, irrumpió en la habitación y se empeñó en saber qué pasaba.

—Pasa que tengo cargo de conciencia —sollozó Ana—. Ay, ha sido un día de perros, Marilla. Estoy muy avergonzada. Perdí los nervios y pegué a Anthony Pye.

—Me alegro —fue la rotunda respuesta de Marilla—. Tenías que haberlo hecho hace mucho tiempo.

—No, no, Marilla. Y ahora no sé cómo voy a poder mirar a esos niños a la cara. Siento que me he humillado hasta morder el polvo. No sabe lo enfadada y odiosa y horrible que me he puesto. No puedo olvidarme de los ojos de Paul Irving... de su mirada de sorpresa y decepción. Ay, Marilla, he intentado ser paciente por todos los medios y ganarme la simpatía de Anthony... Y ahora lo he echado todo a perder.

La mano de Marilla, encallecida por el trabajo, acarició el pelo revuelto y brillante de Ana con una ternura increíble. Cuando los sollozos se tranquilizaron un poco, le dijo, en voz muy baja:

—Te tomas las cosas demasiado a pecho, Ana. Todos cometemos errores... pero la gente los olvida. Y un día de perros lo tiene cualquiera. Y lo de Anthony Pye, ¿por qué te molesta no caerle bien? Es el único al que no.

—No lo puedo evitar. Pretendo que todo el mundo me quiera y me duele mucho cuando veo que no. Y Anthony nunca me querrá. Ay, Marilla, hoy he hecho el ridículo. Se lo voy a contar todo.

Marilla escuchó la historia completa, y si sonrió al oír ciertas partes Ana nunca lo supo.

—Bueno, da igual —dijo Marilla enérgicamente cuando Ana terminó el relato—. Mañana será otro día, todavía sin errores, como decías tú siempre. Anda, baja a cenar. A ver si una buena taza de té y esos hojaldres de ciruela que he hecho hoy te levantan el ánimo.

—Los hojaldres de ciruela no sirven para sanar un alma enferma —contestó Ana, desconsolada, pero a Marilla le pareció buena señal que se hubiera recuperado hasta el punto de poder adaptar una cita de Shakespeare.

La alegre mesa de la cena, las caras contentas de los gemelos y los insuperables hojaldres de ciruela de Marilla —Davy se comió cuatro— al final consiguieron levantarle notablemente el ánimo. Esa noche durmió de maravilla y al despertarse por la mañana se encontró el mundo transformado, y a sí misma. Había nevado copiosa y silenciosamente en las horas de oscuridad, y la hermosa blancura, reluciente de sol y escarcha, parecía como un manto de bondad que ocultaba los errores y las humillaciones del pasado.

«Cada mañana es una oportunidad para empezar de cero, cada mañana se crea el mundo de nuevo», canturreó Ana mientras se vestía.

Por culpa de la nieve tendría que ir a la escuela por la carretera, y le pareció una coincidencia diabólica que Anthony Pye pasara por allí justo cuando ella salía del camino de Tejas Verdes. Se sintió tan culpable como si sus papeles se hubieran invertido pero, con un asombro indescriptible, vio que Anthony no solo se levantaba la gorra, cosa que no había hecho en la vida, sino que le decía con naturalidad:

—Una caminata incómoda, ¿eh? ¿Puedo llevarle los libros, maestra?

Ana le dio los libros, preguntándose si de verdad estaba despierta. Anthony hizo todo el camino en silencio, pero cuando le devolvió los libros a Ana, esta le sonrió, no con la típica sonrisa «amable» que siempre ponía para él, sino con un inesperado arranque de camaradería. Y Anthony también sonrió... Bueno, en honor a la verdad hay que decir que puso una sonrisa de oreja a oreja. Aunque una sonrisa así no siempre se interpreta como una muestra de respeto, Ana tuvo la sensación de que, si aún no se había ganado la simpatía de Anthony, al menos se había ganado, de un modo u otro, su respeto.

La señora Rachel Lynde vino a confirmarle esta impresión el sábado siguiente.

—Bueno, Ana, parece ser que le has ganado la batalla a Anthony Pye. ¡Hay que ver! Dice que al final sí cree que vales algo, aunque seas una chica. Que le diste unos azotes «tan buenos como los de cualquier hombre».

—Pero yo no quería ganármelo con unos azotes —dijo Ana, un poco triste, con la sensación de haberse dejado engañar por sus ideales—. No me parece bien. Estoy segura de que mi teoría de la amabilidad no puede ser un error.

—No, lo que pasa es que los Pye son la excepción a toda regla conocida —observó Rachel con convicción.

El señor Harrison, cuando se enteró, dijo: «Ya lo sabía yo». Y Jane se lo restregó sin piedad.

Capítulo XIII
UN PÍCNIC DIVINO

🌿

Ana, en el camino de El Bancal, se cruzó con Diana, que iba a Tejas Verdes, justo donde el antiguo puente de madera cubierto de musgo cruzaba el arroyo a los pies del Bosque Encantado, y las amigas se sentaron a la orilla de la Burbuja de la Dríade, donde los helechos diminutos se abrían como duendecillos verdes de pelo rizado que se desperezan después de una siesta.

—Justo iba a invitarte a que me ayudaras a celebrar mi cumpleaños el sábado —dijo Ana.

—¿Tu cumpleaños? ¡Pero si tu cumpleaños fue en marzo!

—No es culpa mía —se rio Ana—. Si mis padres me hubieran consultado eso no habría ocurrido nunca. Habría elegido nacer en primavera, por supuesto. Tiene que ser maravilloso llegar al mundo con las anémonas y las violetas. De esa manera siempre podría sentir que somos hermanas. Pero ya que no fue así, lo mejor que puedo hacer es celebrar mi cumpleaños en primavera. Priscilla viene el sábado y Jane estará en casa. Nos iremos las cuatro al bosque y pasaremos un día divino, conociendo a la primavera. Ninguna la conocemos todavía en realidad y allí la recibiremos mejor que en cualquier parte. De todos modos quiero explorar esos campos y rincones solitarios. Estoy convencida de que quedan montones de rincones preciosos que nadie ha *visto* nunca, aunque puede que sí los hayan *mirado*. Nos haremos amigas del viento, el sol y el cielo, y volveremos a casa con la primavera en el corazón.

—Suena *precioso* —dijo Diana, aunque en su fuero interno desconfiaba un poco de las palabras mágicas de Ana—. Pero ¿no habrá demasiada humedad en algunas partes?

—Nos pondremos botas de goma —fue la concesión de Ana a las cuestiones de orden práctico—. Y quiero que vengas el sábado por la mañana temprano y me ayudes a preparar la merienda. Quiero que llevemos las cosas más deliciosas... Cosas que estén a la altura de la primavera: tartaletas de gelatina, bizcochos de soletilla, galletas glaseadas de rosa y amarillo y bizcocho de mantequilla. Y también bocadillos, aunque no sean muy poéticos.

El sábado hizo un día ideal para el pícnic: un día de brisa y de sol, templado y azul, con un viento juguetón en el prado y el huerto. Un exquisito manto verde salpicado de flores cubría los campos y los cerros soleados.

El señor Harrison, que estaba escardando detrás de su granja y notaba en la sangre de hombre sobrio y de mediana edad algo del embrujo de la primavera, vio a cuatro chicas cargadas con cestos bordeando sus tierras por la linde del bosque de abetos y abedules. El eco repetía sus voces y sus risas alegres.

—¿Verdad que es fácil ser feliz un día como este? —decía Ana, con su particular filosofía—. A ver si conseguimos que sea un día divino, chicas, un día que siempre recordemos con placer. Tenemos que buscar la belleza y prescindir de todo lo demás. ¡Adiós, preocupación y aburrimiento! Jane, estás pensando en algo que ayer salió mal en la escuela.

—¿Cómo lo sabes? —preguntó Jane, atónita.

—Conozco esa expresión... La he visto muchas veces en mí misma. Sé buena y quítatelo de la cabeza. Lo que sea te esperará hasta el lunes... y si no te espera tanto mejor. Ay, chicas, chicas, ¡mirad esas violetas! Son para la galería pictórica de la memoria. Cuando tenga ochenta años... si es que llego... cerraré los ojos y veré esas violetas tal como las estoy viendo ahora. Este es el primer regalo que nos hace el día.

—Si un beso pudiera verse, creo que sería como una violeta —dijo Priscilla.

Ana resplandeció.

—Cuánto me alegra que *expreses* ese pensamiento, Priscilla, en vez de pensarlo y guardártelo para ti. Este mundo sería mucho más interesante (más de lo que ya es) si la gente dijera lo que piensa en realidad.

—Los de algunos no habría quien los aguantara —observó Jane con sabiduría.

—Supongo que no, pero la culpa sería suya, por pensar cosas feas. De todos modos, hoy podemos decir todo lo que pensemos, porque solo tendremos pensamientos bonitos. Todas podemos decir lo que se nos pase por la cabeza. En eso consiste la conversación. Esta senda no la había visto nunca. Vamos a explorarla.

La senda era sinuosa, y tan estrecha que incluso yendo en fila india las ramas de los abetos les rozaban la cara. A los pies de los abetos había almohadones de musgo aterciopelado y, más adelante, donde el bosque clareaba y los árboles eran más pequeños, la tierra exhibía una asombrosa abundancia de flores.

—¡Qué cantidad de colocasias! —dijo Diana—. Son preciosas. Voy a hacer un buen ramo.

—¿Cómo unas cosas tan sutiles y elegantes pueden tener un nombre tan horrible? —preguntó Priscilla.

—Porque quien les puso nombre o no tenía ni una pizca de imaginación o tenía demasiada —contestó Ana—. ¡Ay, chicas, mirad eso!

«Eso» era una laguna de montaña en el centro de un calvero en el que terminaba la senda. Al final de la primavera se secaría y los helechos lo cubrirían por completo, pero en ese momento era una plácida y reluciente lámina de agua, redonda como un plato y clara como el cristal, rodeada por un anillo de esbeltos abedules jóvenes y una franja de helechos en la orilla.

—¡Qué preciosidad! —dijo Jane.

—Vamos a bailar como ninfas del bosque —gritó Ana, soltando la cesta y abriendo los brazos.

Pero la danza no tuvo mucho éxito, porque el suelo estaba embarrado y a Jane se le salieron las botas de los pies.

—No se puede ser ninfa de los bosques con botas de goma —fue su conclusión.

—Bueno, tenemos que bautizar este sitio antes de irnos —dijo Ana, rindiéndose a la lógica irrefutable de los hechos—. Cada una propone un nombre y lo echamos a suertes. ¿Diana?

—Laguna de los Abedules —sugirió Diana sin pensárselo.

—Lago de Cristal —dijo Jane.

Ana, que estaba detrás, imploró con la mirada a Priscilla que no perpetrase otro nombre por el estilo, y Priscilla estuvo a la altura de la ocasión. «Cristal reluciente», dijo. Ana propuso «Espejo de las Hadas».

Escribieron los nombres en unos trozos de corteza de abedul, con un lápiz de maestra que Jane se sacó del bolsillo, y los pusieron en el sombrero de Ana. Priscilla cerró los ojos y sacó uno.

—Lago de Cristal —leyó Jane, con sensación de triunfo. Lago de Cristal sería. Y si Ana pensó que el azar le había jugado a la laguna una mala pasada no lo dijo.

Abriéndose camino entre los matorrales, salieron al recinto de hierba joven del pasto del señor Silas Sloane. Al otro lado encontraron la entrada de un camino que atravesaba el bosque y también votaron por explorarlo. Su búsqueda se vio recompensada con una serie de agradables sorpresas. La primera fue que, bordeando el pasto del señor Sloane, había una bóveda de cerezos silvestres en flor. Las chicas se colgaron los sombreros del brazo y se adornaron el pelo con coronas de flores esponjosas como la nata. El sendero giraba más adelante en ángulo recto y se adentraba en un bosque de píceas, frondoso y oscuro como la penumbra del crepúsculo, que recorrieron sin ver en ningún momento la luz del sol ni el cielo.

—Aquí es donde viven los duendes malos del bosque —susurró Ana—. Son diabólicos y perversos, pero no pueden hacernos daño porque en primavera no se les permite hacer el mal. Uno nos ha mirado desde ese abeto retorcido. ¿Y no habéis visto al grupo que estaba en esa enorme seta matamoscas que acabamos de pasar? Las hadas buenas siempre viven donde hace sol.

—Ojalá existieran de verdad —dijo Jane—. ¿No sería bonito que te concedieran tres deseos...? ¿O aunque solo fuera uno? Si pudierais pedir un deseo, ¿cuál sería, chicas?

—Yo pediría ser alta y esbelta —dijo Diana.

—Yo pediría ser famosa —señaló Priscilla.

Ana pensó en su pelo, pero descartó la idea porque no merecía la pena.

—Yo pediría que siempre fuera primavera en el corazón de todo el mundo y en nuestra vida —dijo.

—Pero eso es desear que el mundo sea como el cielo —observó Priscilla.

—Solo como una parte del cielo. En las demás habría verano y otoño... Bueno, y un poquito de invierno también. Creo que me gustaría ver el brillo de los campos nevados y de la escarcha blanca también en el cielo a veces. ¿A ti no, Jane?

—Pues... no sé —contestó Jane, incómoda. Jane era una buena chica, que iba a la iglesia, se esforzaba a conciencia para estar a la altura de su profesión y creía en todo lo que le habían enseñado. Pero nunca pensaba en el cielo si podía evitarlo.

—Minnie May me preguntó el otro día si en el cielo llevaríamos siempre los mejores vestidos —contó Diana, riéndose.

—¿Y no le dijiste que sí? —preguntó Ana.

—¡No, por favor! Le dije que allí no pensaríamos nunca en los vestidos.

—Pues yo creo que sí... un poco —replicó Ana, muy seria—. En la eternidad habrá tiempo de sobra para eso sin descuidar cosas más importantes. Yo creo que todas llevaremos vestidos preciosos... aunque supongo que sería más acertado llamarlo *vestimenta*. Yo quiero vestir de rosa varios siglos al principio... Seguro que no me cansaría. Me encanta el rosa, y en este mundo no puedo llevarlo.

Al final del bosque, el camino se hundía en un claro soleado donde un puente de madera cruzaba un riachuelo. Y entonces llegaron a un magnífico hayedo donde el sol volvía el aire transparente como el vino dorado, las hojas eran verdes y frescas, y el suelo un mosaico de luz trémula. Más adelante había otra vez cerezos y una cañada de gráciles abetos, y después una cuesta tan empinada que las chicas la subieron sin resuello. En el espacio abierto de la cima las esperaba la sorpresa más bonita de todas.

A los lejos veían los «campos traseros» de las granjas que llegaban hasta la carretera alta de Carmody. Justo al filo de los campos, como una orla de abetos y hayas abierta al sur, había un rinconcillo, y en él un jardín... o lo que en su día fuera un jardín. Lo cercaba un muro de piedra derrumbada y cubierta de musgo y de hierba. Por el lado que daba al este discurría una hilera de cerezos ornamentales, blancos como la ventisca. Aún se veían los restos de antiguos senderos, y una doble hilera de rosales cortaba el jardín por la mitad, pero el resto era un manto de narcisos amarillos y blancos con su etéreo derroche de flores acunadas por el viento sobre la hierba majestuosa.

—¡Qué preciosidad! —exclamaron tres de las chicas. Ana simplemente se quedó mirando, en elocuente silencio.

—¿Cómo es posible que hubiera un jardín ahí? —preguntó Priscilla con asombro.

—Tiene que ser el jardín de Hester Gray —dijo Diana—. He oído hablar de él a mi madre, pero nunca lo había visto y tampoco me habría imaginado que siguiera existiendo. ¿Conoces la historia, Ana?

—No, aunque el nombre me suena.

—Eso es porque lo has visto en el cementerio. Está enterrada en el rincón de los álamos, donde esa lápida pequeña y oscura, la que tiene talladas unas puertas abiertas y dice: «Consagrado a la memoria de Hester Gray, de veintidós años». Jordan Gray está enterrado a su lado, pero él no tiene lápida. Qué raro que Marilla no te lo haya contado, Ana. Aunque la verdad es que de eso hace ya treinta años y todo el mundo se ha olvidado.

—Bueno, si hay una historia tenemos que conocerla —dijo Ana—. Vamos a sentarnos aquí, entre los narcisos, y que Diana nos la cuente. Mirad, chicas, hay cientos y cientos... Lo cubren todo. El jardín parece una alfombra hecha con luz del sol y de la luna. Es un descubrimiento que merece la pena. ¡Y pensar que llevo seis años viviendo a menos de dos kilómetros de aquí y nunca lo había visto! Venga, Diana.

—Hace mucho tiempo —empezó Diana—, esta granja era del anciano señor David Gray. Él no vivía aquí... Vivía donde ahora vive Silas Sloane. Tenía un hijo, Jordan, que un invierno se fue a trabajar a Boston y allí se enamoró de una chica que se llamaba Hester Murray. Ella trabajaba en una tienda y odiaba su trabajo. Se había criado en el campo y siempre quería volver. Cuando Jordan le pidió que se casara con él, ella dijo que aceptaría si la llevaba a algún lugar tranquilo, donde no viese nada más que campos y árboles. Y Jordan la trajo a Avonlea. La señora Lynde dijo que Jordan corría un riesgo enorme casándose con una yanqui, y es cierto que Hester era muy delicada y muy mala ama de casa, pero mi madre dice que era muy guapa y muy dulce y que Jordan besaba el suelo que ella pisaba. Bueno, pues el señor Gray le dio esta granja a Jordan, y construyó una casita aquí, en la que Jordan y Hester vivieron cuatro años. Ella no salía mucho y casi nadie venía a verla, aparte de su madre y la señora Lynde. Jordan hizo este jardín, que a ella la volvía loca. Pasaba la mayor parte del tiempo en el jardín. No era una buena ama de casa, pero se le daban muy bien las flores. Y entonces cayó enferma. Mi madre dice que cree que tenía tisis ya antes de venir. Nunca llegó a curarse y estaba cada vez más débil. Jordan no quiso que nadie cuidara de ella. Lo hacía todo él, y según mi madre era tan dulce y cariñoso como una mujer. Todos los días la envolvía en un chal para sacarla al jardín, y Hester se tumbaba en un banco y era feliz. Dicen que todas las noches le decía a Jordan que se arrodillara a su lado y rezara con ella para pedir morir en el jardín cuando llegara su hora. Y sus oraciones tuvieron respuesta. Un día, Jordan la sacó al banco, fue a cortar todas las rosas que habían salido y las amontonó encima de Hester. Y ella simplemente sonrió... y cerró los ojos... Y así fue su final —dijo Diana, en voz baja.

—¡Qué historia tan conmovedora! —suspiró Ana, secándose las lágrimas.

—¿Qué fue de Jordan? —preguntó Priscilla.

—Vendió la granja y volvió a Boston. El señor Jabez Sloane la compró y movió la casita hasta el camino. Jordan murió unos diez años después, y lo trajeron aquí para enterrarlo al lado de Hester.

—No entiendo que ella quisiera vivir ahí, tan lejos de todo —dijo Jane.

—Uy, yo lo entiendo muy bien —contestó Ana con aire pensativo—. Yo no querría vivir ahí siempre, porque aunque es verdad que me encantan los bosques y los campos también me encanta la gente. Pero entiendo que Hester sí quisiera. Estaba harta del ruido de la gran ciudad y de las multitudes, de que cada uno fuese a lo suyo y nadie se preocupara por ella. Quería huir de todo eso, refugiarse en algún rincón tranquilo, verde y agradable, donde pudiera descansar. Consiguió lo que quería, y creo que eso le pasa a muy poca gente. Vivió aquí cuatro años preciosos antes de morir... cuatro años de felicidad perfecta. Así que yo diría que más que compadecerla hay que envidiarla. Y luego cerró los ojos y se quedó dormida entre las rosas, mientras la persona a la que más quería en el mundo le sonreía... ¡A mí me parece maravilloso!

—Hester plantó esos cerezos —añadió Diana—. Le dijo a mi madre que no viviría para probar su fruta, pero que le gustaba pensar que algo que ella había plantado crecería y contribuiría a hacer el mundo más bonito cuando ya hubiese muerto.

—Cuánto me alegro de haber venido aquí —dijo Ana, con los ojos brillantes—. Ya sabéis que hoy es mi cumpleaños adoptado, y este jardín y esta historia son mi regalo de cumpleaños. ¿Te ha dicho tu madre alguna vez cómo era Hester Gray físicamente, Diana?

—No... Solo que era guapa.

—Me alegro mucho, porque así puedo imaginarme cómo sería sin tropezar con el obstáculo de la realidad. Yo creo que era muy menuda y delgada; con el pelo suave, rizado y oscuro; los ojos castaños, grandes, dulces y tímidos; y la cara un poco lánguida y pálida.

Las chicas dejaron las cestas en el jardín de Hester y pasaron el resto de la tarde paseando por los bosques y los campos de los alrededores, descubriendo un montón de rincones y senderos preciosos. Cuando les entró hambre comieron en el sitio más bonito de todos: una ladera empinada, a la orilla de un bullicioso arroyo, donde los abedules blancos se erguían entre largos penachos de hierba. Las chicas se sentaron a sus pies e hicieron los honores a las delicias que había preparado Ana, y hasta los nada poéticos bocadillos se recibieron con ganas y apetito después del ejercicio al aire libre. Ana había llevado limonada y vasos para sus invitadas, pero ella prefirió beber el agua fría del arroyo en un cuenco improvisado con una corteza de abedul. El cuenco goteaba y el agua tenía sabor a tierra, como sabe el agua del arroyo en primavera, pero a Ana le pareció más apropiado para la ocasión que la limonada.

—Mirad, ¿veis ese poema? —preguntó de repente, señalando algo.

—¿Dónde? —dijeron Diana y Jane, como si esperaran ver unos versos grabados en los abedules con letras rúnicas.

—Ahí... dentro del arroyo... Ese tronco viejo, cubierto de musgo verde, y el agua flotando por encima con esas ondas tan suaves que parecen como peinadas, y ese rayo de sol que lo atraviesa hasta el fondo de la poza. Es el poema más precioso que he visto nunca.

—Yo lo llamaría más bien estampa —dijo Jane—. Un poema son versos y líneas.

—No, por favor —protestó Ana, con su esponjosa corona de cerezo silvestre en la cabeza—. Las líneas y los versos son solo la apariencia exterior del poema, igual que tus volantes y tus puntillas no son tú, Jane. El poema es el alma que vive dentro... Y esa cosa tan bonita es el alma de un poema no escrito. Un alma no se ve todos los días... Ni siquiera la de un poema.

—Me intriga cómo será un alma... el alma de una persona —dijo Priscilla con aire soñador.

—Yo diría que es como eso —contestó Ana, señalando un resplandor de luz tamizada entre las ramas de un abedul—. Aunque con forma y rasgos, claro. Me gusta imaginarme que las almas están hechas de luz. Algunas salpicadas de manchas y temblores rosados... y otras tienen un brillo suave, como el de la luna en el mar... y otras son pálidas y transparentes, como la neblina al amanecer.

—No sé dónde leí que las almas eran como las flores —dijo Priscilla.

—Entonces tu alma es un narciso dorado —observó Ana— y la de Diana es una rosa muy muy roja. La de Jane es una flor de manzano, sana, dulce y sonrosada.

—Y la tuya es una violeta blanca con rayas púrpuras en el corazón —aseguró Priscilla.

Jane le susurró a Diana que no entendía lo que estaban diciendo. ¿Y ella?

Las chicas volvieron a casa a la luz de un sereno atardecer dorado, con las cestas cargadas de narcisos del jardín de Hester; al día siguiente, Ana llevó un ramo al cementerio y lo dejó en la sepultura de Hester. Un zorzal trovador silbaba en los abetos y las ranas cantaban en las charcas. Las vaguadas, entre cerro y cerro, eran un cuenco de luz esmeralda y topacio.

—Bueno, al final hemos pasado un día precioso —dijo Diana, como si al salir de casa no se lo esperara.

—Ha sido un día divino —asintió Priscilla.

—A mí también me encantan los bosques —aseguró Jane.

Ana no dijo nada. Con la mirada perdida a lo lejos, en el cielo de poniente, pensaba en la joven Hester Gray.

Capítulo XIV
UN PELIGRO
EVITADO

A na, volviendo a casa un viernes por la tarde de la oficina de correos, coincidió con la señora Lynde, que como de costumbre iba agobiada por las preocupaciones de lo divino y de lo humano.

—Vengo de casa de Timothy Cotton, para ver si Alice Louise podía venir a ayudarme unos días. Vino la semana pasada, y es la cosa más lenta del mundo, pero más vale eso que nada. Y resulta que está enferma y no puede venir. Timothy también estaba tosiendo y quejándose. Lleva diez años muriéndose y seguirá muriéndose otros diez. Es de los que ni siquiera pueden morirse y ya está... de los que no son capaces de centrarse en nada para terminarlo: ni siquiera en estar enfermo. ¡Qué familia tan inquieta! No sé qué va a ser de ellos. Dios sabrá. —La señora Lynde suspiró como si dudara mucho del conocimiento divino en este caso—. Marilla volvió otra vez a la ciudad el martes por los ojos, ¿verdad? ¿Qué le ha dicho el especialista? —añadió.

—Estaba muy contento —explicó Ana con alegría—. Dice que ha mejorado mucho y cree que ya no hay peligro de que pierda la vista del todo, pero que no podrá leer ni hacer trabajos manuales delicados. ¿Cómo van los preparativos del mercadillo benéfico?

Las mujeres de la Sociedad de Ayuda estaban organizando una feria y una cena, y la señora Lynde era el pilar de la empresa.

—Muy bien... Y eso me recuerda que la señora Allan ha dicho que estaría bien montar una caseta, como una especie de cocina antigua, y servir alubias, rosquillas, empanada y esas cosas. Estamos reuniendo trastos viejos por todas partes. La señora de Simon Fletcher nos va a prestar las alfombras trenzadas de su madre, y la señora de Levi Boulter unas sillas viejas, y la tía Mary Shaw nos prestará su alacena con puertas de cristal, y supongo que Marilla nos ofrecerá los candelabros de bronce. Y queremos todas las fuentes antiguas que podamos encontrar. La señora Allan está empeñada en poner una verdadera fuente de porcelana azul, si es que la conseguimos. Aunque no parece que nadie tenga una. ¿Sabes dónde podríamos encontrarla?

—La señora Josephine Barry tiene una. Voy a escribir para preguntarle si nos la prestaría para esta ocasión —dijo Ana.

—Sí, me gustaría mucho. Creo que la comida será dentro de dos semanas. El tío Abe Andrews vaticina lluvia y tormentas para esos días, y eso es clara señal de que hará buen tiempo.

Cabe decir que el «tío Abe» se parecía a otros profetas al menos en el sentido de que recibía muy poco reconocimiento en su tierra. De hecho, se lo tomaban a broma, porque sus predicciones meteorológicas rara vez se cumplían. Elisha Wright, que estaba convencido de ser el gracioso del pueblo, decía que en Avonlea a nadie se le ocurría consultar el pronóstico del tiempo en los periódicos de Charlottetown. Nada de eso: preguntaban al tío Abe qué tiempo haría al día siguiente y esperaban lo contrario. El tío Abe no se dejaba intimidar y seguía profetizando.

—Queremos celebrar la feria antes de las elecciones —explicó la señora Lynde— porque así seguro que vienen los candidatos y gastan mucho dinero. Ya que los conservadores sobornan a diestra y siniestra, que por una vez tengan la oportunidad de gastar el dinero honradamente.

Ana era conservadora hasta la médula, por lealtad a la memoria de Matthew, pero no dijo nada. Sabía que era mejor no dar pie a la señora Lynde a hablar de política. Llevaba una carta para Marilla, con matasellos de una ciudad de la Columbia Británica.

—Seguramente es del tío de los niños —dijo, nerviosa, al llegar a casa—. Ay, Marilla. ¡A ver qué dice!

—Lo mejor será abrirla y leerla —fue la seca respuesta de Marilla. Un observador atento habría pensado que ella también estaba nerviosa, pero habría preferido morirse antes que demostrarlo.

Ana abrió el sobre y se fijó en la letra, algo desaliñada, y en la mala redacción.

—Dice que no puede venir a por los niños esta primavera... Que ha estado enfermo casi todo el invierno y ha tenido que aplazar la boda. Pregunta si podemos cuidarlos hasta el otoño y dice que entonces intentará llevárselos. Los cuidaremos, ¿verdad, Marilla?

—No veo qué otra cosa podemos hacer —dijo Marilla en un tono bastante sombrío, aunque en su fuero interno se alegraba—. Ya no dan tanta guerra como antes... o será que nos hemos acostumbrado. Davy ha mejorado mucho.

—Desde luego que sus *modales* son mucho mejores —asintió Ana con prudencia, como si no pudiera decir lo mismo de sus principios morales.

El día anterior, al volver de la escuela, mientras Marilla estaba en una reunión de la Sociedad de Ayuda y Dora dormida en el sofá de la cocina, Davy se escondió en el armario del cuarto de estar y allí saboreó felizmente un tarro de la famosa conserva de ciruelas amarillas de Marilla —la «mermelada de las visitas» la llamaba Davy—, que le habían prohibido tocar. Puso cara de culpa cuando Ana se le echó encima y lo sacó del armario.

—Davy Keith: ¿no sabes que está muy mal que te comas la mermelada cuando te han dicho que no toques nada de lo que hay en *ese* armario?

—Sí, lo sabía —reconoció Davy, incómodo—, pero es que la mermelada de ciruela está riquísima, Ana. Me asomé a mirar y tenía tan buena pinta que me apeteció probar un poco. Metí el dedo —Ana gimoteó— y me lo chupé. Y estaba mucho más rica de lo que me imaginaba, así que busqué una cuchara y levé anclas.

Ana, muy seria, le soltó tal sermón sobre el pecado de robar mermelada de ciruela que Davy, angustiado por la mala conciencia y con besos de arrepentimiento, prometió que nunca volvería a hacerlo.

—Bueno, en el cielo habrá mermelada a montones. Eso me consuela —dijo con satisfacción.

Ana cortó de cuajo su sonrisa.

—Puede que sí —asintió—. Si queremos. Pero ¿por qué piensas eso?

—Pues porque lo dice el catecismo.

—El catecismo no dice nada de eso, Davy.

—Pues yo te digo que sí —insistió el niño—. Venía en esa pregunta que me enseñó Marilla el domingo pasado. «¿Por qué tenemos que querer a Dios?». Y dice: «Porque nos conserva y nos redime». Conserva es el nombre sagrado para la mermelada.

—Necesito un poco de agua —dijo Ana precipitadamente. Cuando volvió, le costó un buen rato y algún esfuerzo explicarle a Davy que la conserva a la que se refería el catecismo tenía un significado muy distinto.

—Bueno, ya me parecía demasiado bonito para ser verdad —dijo el niño, con un suspiro de decepcionada convicción—. Además, tampoco entendía de dónde sacaba Dios el tiempo para hacer mermelada en el cielo si todo es un domingo eterno, como dice el himno. Creo que no quiero ir al cielo. ¿Nunca hay sábados en el cielo, Ana?

—Sí, sábados y muchos otros días preciosos. Y en el cielo cada día es más bonito que el anterior, Davy —le aseguró Ana, alegrándose de que Marilla no estuviera presente para horrorizarse. Marilla, ni que decir tiene, intentaba educar a los gemelos de acuerdo con las antiguas costumbres de la teología, sin permitir especulaciones de la imaginación. A Davy y a Dora les enseñaban un salmo, una pregunta del catecismo y dos versículos de la Biblia todos los domingos. Dora aprendía con docilidad y repetía como una máquina en miniatura, puede que con el mismo entendimiento o interés que una máquina. Davy, en cambio, tenía una gran curiosidad y hacía unas preguntas que llenaban a Marilla de inquietud por el destino de aquel niño.

—Chester Sloane dice que cuando estemos en el cielo no haremos nada más que tocar el arpa y dar vueltas con una túnica blanca; y que ojalá no tenga que ir hasta que sea viejo, porque entonces a lo mejor le gusta más que ahora. Y dice que será horrible llevar faldas, y yo pienso lo mismo. ¿Por qué no pueden llevar pantalones los ángeles que sean chicos, Ana?

A Chester Sloane le interesan estas cosas, porque quieren que sea sacerdote. Va a ser sacerdote porque su abuela dejó dinero para mandarlo a la universidad, pero solo se lo dan si se hace sacerdote. Le parecía muy respetable tener un sacerdote en la familia. Chester dice que no le molesta mucho, aunque él preferiría ser herrero, y piensa divertirse todo lo posible antes de hacerse sacerdote, porque no cree que tenga muchas oportunidades después. Yo no quiero ser sacerdote. Yo quiero ser tendero, como el señor Blair, y tener montones de caramelos y plátanos. Aunque me gustaría bastante ir a vuestro cielo si me dejan tocar la armónica en vez del arpa. ¿Tú crees que me dejarán?

—Creo que sí, si quieres —fue lo único que se atrevió a decir Ana.

Los miembros de la Asociación para la Mejora de Avonlea se reunieron en casa del señor Harmon Andrews esa noche. Se había rogado la máxima asistencia, ya que iban a discutir asuntos importantes. La asociación estaba en pleno florecimiento y había hecho ya milagros. A principios de la primavera, el alcalde Spencer cumplió su promesa y allanó, apisonó y sembró toda la carretera desde su granja. Otra docena de vecinos, en unos casos movidos por la determinación de no consentir que un Spencer les sacara ventaja y en otros incitados por los mejoradores a actuar en sus dominios, siguieron el ejemplo. El resultado fue que donde antes había antiestéticos matorrales y maleza ahora crecía la turba suave como el terciopelo. Las fachadas de las granjas que no se sumaron tenían tan mala pinta que sus dueños, íntimamente avergonzados, decidieron hacer algo sin falta la próxima primavera. El triángulo del cruce de caminos también estaba limpio, y el arriate de geranios de Ana, libre de ataques de cualquier vaca díscola, ocupaba ahora su centro.

En general, los mejoradores creían que todo iba de maravilla, a pesar de que el señor Levi Boulter, cuando recibió la discreta visita de un comité escogido con la máxima cautela para hablar de su casa vieja, les dijo sin rodeos que no consentiría que nadie la tocase.

En esta reunión especial intentaron redactar una solicitud a la junta escolar, con la humilde petición de vallar el terreno de la escuela; y también debatieron el plan de plantar unos árboles ornamentales en los alrededores de la iglesia, si es que los fondos de la asociación lo permitían... porque, como señaló Ana, era imposible poner en marcha otra colecta mientras el salón de actos siguiera siendo azul. Estaban reunidos en la salita de los Andrews, y Jane ya se había levantado para proponer la constitución de un comité que averiguase y comunicara el precio de los árboles cuando apareció Gertie Pye, encopetada y con volantes de arriba abajo. Gertie tenía la costumbre de llegar tarde... «Para dar mayor efecto a su entrada en escena», decían las malas lenguas. La entrada en escena de Gertie en esta ocasión fue en verdad impactante, porque hizo una pausa dramática en el centro de la sala, echó los brazos al cielo, puso los ojos en blanco y anunció:

—Acabo de enterarme de una cosa horrible. ¿Qué os parece? El señor Judson Parker *va a alquilar toda la valla de la carretera de su granja a una empresa de medicamentos patentados para que pinte en ella su publicidad.*

Por una vez en la vida Gertie Pye causó toda la sensación que deseaba. Si hubiera lanzado una bomba entre los satisfechos mejoradores difícilmente habría impactado más.

—No puede ser verdad —dijo Ana, perpleja.

—Eso mismo dije yo cuando me enteré, ¿sabes? —contestó Gertie, que estaba disfrutando a lo grande—. Que no podía ser verdad, que Judson Parker no tendría *valor* para hacer eso, ¿sabes? Pero mi padre se encontró con él esta tarde y le preguntó si era cierto, y Judson Parker dijo que sí. ¿Te lo imaginas? Su granja está al lado de la carretera de Newbridge, que va a quedar horrorosa si la llenan de anuncios de pastillas y esparadrapos, ¿sabes?

Los mejoradores lo sabían demasiado bien. Hasta los menos imaginativos podían hacerse una idea del efecto grotesco que tendría casi un kilómetro de valla adornado con semejantes anuncios. Toda discusión sobre los alrededores de la iglesia y la escuela quedó eclipsada ante este nuevo peligro. Se olvidaron las normas y el reglamento parlamentario, y Ana, desesperada, renunció a tomar acta de nada. Hablaban todos a la vez y el alboroto era tremendo.

—Por favor —imploró Ana, que estaba más nerviosa que nadie—, vamos a tranquilizarnos y a pensar algún modo de impedírselo.

—No sé cómo se lo vas a impedir —dijo Jane con tristeza—. Todos sabemos cómo es Judson Parker: capaz de *cualquier* cosa por dinero. No tiene ni una *pizca* de espíritu cívico o de sentido de la belleza.

La perspectiva era poco prometedora. Judson Parker y su hermana eran los únicos Parker de Avonlea, así que no podrían hacer presión a través de relaciones familiares. Martha Parker era una mujer de más que cierta edad, que miraba con malos ojos a los jóvenes en general y a los mejoradores en particular. Judson era un hombre afable y jovial, siempre tan agradable y simpático que costaba entender que tuviera tan pocos amigos. A lo mejor se había quedado con la mejor parte en muchos negocios, y eso rara vez lleva a la popularidad. Se había ganado fama de muy «duro» y la opinión generalizada era que «no tenía muchos principios».

—Si Judson Parker ve la oportunidad de «ganarse un penique honradamente», como él dice, nunca la desperdiciará —advirtió Fred Wright.

—¿De verdad no hay nadie que tenga alguna influencia sobre él? —preguntó Ana con desesperación.

—Va a ver a Louisa Spencer a White Sands —apuntó Carrie Sloane—. A lo mejor ella podría convencerlo de que no alquile las vallas.

—Ella no —dijo Gilbert categóricamente—. Conozco bien a Louisa Spencer. Esa mujer no cree en las asociaciones para mejorar los pueblos: solo cree en el dinero. Lo más probable es que incite a Judson en vez de disuadirlo.

—Lo único que podemos hacer es mandar un comité que lo espere delante de su casa y proteste —propuso Julia Bell—. Y tendrán que ser chicas, porque creo que no tendría educación con los chicos... Pero yo no quiero ir, así que no me propongáis.

—Mejor que vaya Ana sola —sugirió Oliver Sloane—. Si alguien puede convencer a Judson es ella.

Ana protestó. Estaba dispuesta a ir y a llevar la voz cantante, pero necesitaba que la acompañasen y le dieran «apoyo moral». Se eligió entonces a Diana y a Jane para que la apoyasen moralmente, y los mejoradores se dispersaron llenos de indignación y alborotando como abejas enfadadas. Ana no pudo dormirse hasta la madrugada, de pura preocupación, y luego soñó

que la junta escolar había puesto una valla en la escuela y había pintado encima, todo alrededor: «Pruebe las pastillas violetas».

El comité salió a esperar a Judson Parker al día siguiente por la tarde. Ana hizo un elocuente discurso en contra de sus nefastos planes y Jane y Diana le dieron valerosamente apoyo moral. Judson era elegante, cortés y lisonjero, y les hizo varios cumplidos, comparando su delicadeza con los girasoles; lamentaba sinceramente rechazar la petición de unas jóvenes tan encantadoras... pero los negocios eran los negocios y no podía permitir que los sentimientos se interpusieran en su camino en tiempos tan difíciles.

—Pero ya sé qué voy a hacer —anunció, con un centelleo en los ojos claros—. Le pediré al agente que use solo colores bonitos y de buen gusto, como rojo, amarillo y demás. Le diré que bajo ningún concepto pinte los anuncios de *azul*.

El derrotado comité se retiró con pensamientos que la ley no permitiría decir en voz alta.

—Hemos hecho todo lo que podíamos, y ya solo nos queda dejar el resto en manos de la Providencia —dijo Jane, imitando inconscientemente el tono y la actitud de la señora Lynde.

—No sé si el señor Allan podría hacer algo —reflexionó Diana.

Ana negó con la cabeza.

—No, es mejor no molestar al señor Allan, y menos ahora que el bebé está tan enfermo. Judson lo despacharía tan fácilmente como a nosotras, a pesar de que justo ahora le ha dado por ir a la iglesia con regularidad. Pero lo hace solo porque el padre de Louisa Spencer es muy mayor y muy picajoso con estas cosas.

—Judson Parker es el único en todo Avonlea a quien puede ocurrírsele alquilar sus vallas —dijo Jane llena de indignación—. Ni siquiera Levi Boulter o Lorenzo White se atreverían a pensarlo, y mira que son tacaños. Respetan demasiado la opinión pública.

Y la opinión pública cayó sin falta sobre Judson Parker cuando se supo la noticia, aunque eso no ayudó mucho a resolver la situación. Mientras Judson se reía para sus adentros y seguía dispuesto a plantar cara, y los mejoradores trataban de asimilar la idea de que iban a pintarrajear la parte más bonita de la carretera de Newbridge con una serie de anuncios publicitarios, Ana se levantó discretamente ante el presidente en la siguiente reunión y anunció que el señor Judson Parker le había pedido que informase a la asociación de que no iba a alquilar sus vallas a la empresa de medicamentos patentados.

Jane y Diana la miraron como si no pudieran creer lo que estaban oyendo. El protocolo parlamentario, que por lo general se aplicaba con mucho rigor en los debates de la asociación, les impidió dar rienda suelta a su curiosidad en ese preciso instante, pero una vez terminada la sesión asediaron a Ana para pedirle explicaciones. Ana no tenía ninguna explicación que dar. Judson Parker le salió al paso en el camino la tarde anterior para decirle que había decidido seguirles la corriente a los mejoradores en este prejuicio tan peculiar contra los anuncios de medicamentos patentados. Y eso fue lo único que dijo Ana, tanto entonces como más adelante, porque era la pura verdad, pero cuando Jane Andrews, volviendo a casa, le confió a Oliver Sloane que estaba convencida de que en el misterioso cambio de actitud de Judson Parker había algo más de lo que Ana Shirley había revelado, también decía la verdad.

Ana había estado en casa de la señora Irving la tarde anterior, en la carretera de la costa, y había vuelto a Tejas Verdes por un atajo que cruzaba las llanuras costeras, pasaba por el hayedo, debajo de la granja de Robert Dickson, y seguía por un sendero que desembocaba en la carretera principal, justo encima del Lago de Aguas Centelleantes, lo que la gente sin imaginación conocía como la laguna de Barry.

Había dos hombres en sus calesas, parados a la orilla del camino justo a la entrada del sendero. Uno era Judson Parker; el otro era Jerry Corcoran, un vecino de Newbridge en contra de quien —como habría señalado la señora Lynde con elocuente énfasis— nunca se había *demostrado* nada turbio. Era viajante de herramientas agrícolas y un personaje destacado en los círculos políticos. Metía el dedo —algunos decían que las dos manos— en todos los pasteles políticos que se cocieran; y como Canadá estaba a las puertas de unas elecciones generales, Jerry Corcoran llevaba unas semanas muy atareado, haciendo campaña por todo el condado a favor del candidato de su partido. Justo cuando Ana asomó bajo las ramas de las hayas, oyó decir a Corcoran: «Si vota a Amesbury, Parker... bueno, tengo el pagaré de ese par de arados que compró usted en primavera. Supongo que podría devolvérselo y aquí no ha pasado nada, ¿qué le parece?».

—Bueeeno, si se pone usted así —contestó Judson, sonriendo de oreja a oreja—, supongo que podría. Uno tiene que velar por sus intereses en estos tiempos difíciles.

En ese momento, los dos vieron a Ana e interrumpieron de golpe la conversación. Ana saludó con una gélida inclinación de la cabeza y siguió su camino, con la barbilla un poquitín más alta de lo habitual. Judson Parker la alcanzó poco después.

—¿Quieres que te lleve, Ana? —se ofreció amablemente.

—No, gracias —dijo Ana, con educación pero con un desdén fino como una aguja que se clavó incluso en la conciencia no demasiado sensible de Judson Parker. Se puso colorado y empuñó las riendas de mala manera, pero en cuestión de segundos alguna reflexión prudente le hizo recapacitar. Observó con inquietud a Ana, que se alejaba a buen paso con la mirada al frente. ¿Habría oído la inconfundible oferta de Corcoran y su plan de aceptarla? ¡Maldito Corcoran! Como no aprendiera a expresarse con frases más sutiles, el día menos pensado se iba a ver metido en un buen lío. ¡Y malditas maestras pelirrojas, que tienen la costumbre de salir de los hayedos cuando uno menos se lo espera! Si lo había oído, pensó Judson Parker —midiendo el desprecio de Ana por el mismo rasero, como dice el refrán campesino, y engañándose por tanto, como hace en general la gente como él—, lo pregonaría a los cuatro vientos. Ahora bien, Judson Parker, como ya se ha visto, no sentía demasiado respeto por la opinión pública, pero que se supiera que había aceptado un soborno era una cosa fea, y si llegaba a oídos de Isaac Spencer, ya podía despedirse para siempre de la esperanza de conquistar a Louisa Jane, con sus apetecibles perspectivas de heredar una próspera granja. Judson Parker sabía que el señor Spencer ya recelaba de él y no podía permitirse correr ningún riesgo.

—Oye... Ana, quería verte por ese asunto del que hablamos el otro día. Al final he decidido no alquilar mis vallas a ninguna empresa. Hay que incentivar a una asociación con objetivos como los vuestros.

Ana se ablandó una pizca.

—Gracias.

—Y... y... no hace falta que cuentes esa pequeña conversación mía con Jerry.

—No pretendo contarla en ningún caso —contestó Ana, fría como el hielo, porque antes prefería ver todas las vallas de Avonlea pintadas de anuncios que rebajarse a negociar con un hombre que iba a vender su voto.

—Eso es... eso es —asintió Judson, creyendo que se entendían de maravilla—. Ya me parecía. Solo quería engañar a Jerry, que se cree el más guapo y el más listo. No tengo intención de votar a Amesbury. Voy a votar a Grant, como siempre... Ya lo verás cuando lleguen las elecciones. Le he dado cuerda a Jerry para ver si se comprometía. Y lo de la valla está resuelto: puedes decírselo a los mejoradores.

—En el mundo tiene que haber de todo, como he oído decir tantas veces, pero yo creo que a algunos nos los podríamos ahorrar —le dijo Ana esa noche a su reflejo en el espejo de la buhardilla—. De todos modos, no pensaba contarle a nadie el chanchullo, así que por ese lado tengo la conciencia tranquila. La verdad es que no sé a qué o a quién dar las gracias por esto. No he hecho nada para provocarlo, y cuesta creer que Dios se sirva de las intrigas que se traen hombres como Judson Parker y Jerry Corcoran.

Capítulo XV
EL PRINCIPIO
DE LAS VACACIONES

A na cerró la puerta de la escuela una tranquila tarde dorada en que los vientos ronroneaban entre las píceas, alrededor del patio de recreo, y a la orilla de los bosques las sombras eran largas y perezosas. Se echó la llave al bolsillo con un suspiro de satisfacción. El curso escolar había terminado, habían vuelto a contratarla para el siguiente, con abundantes muestras de satisfacción —únicamente el señor Harmon Andrews le dijo que debería usar la correa más a menudo— y ya oía la llamada seductora de los dos deliciosos meses de vacaciones bien merecidas que tenía por delante. Ana se sentía en paz con el mundo y consigo misma mientras bajaba la cuesta con su cesto de flores en la mano. Desde que salieron las primeras flores de mayo Ana no se había perdido ni una sola vez su peregrinación semanal a la tumba de Matthew. En Avonlea, todos menos Marilla se habían olvidado ya del tímido, callado y nada importante Matthew Cuthbert, pero su recuerdo seguía vivo en el corazón de Ana y vivo seguiría para siempre. No podía olvidar al hombre bueno que fue el primero en ofrecerle el cariño y la simpatía que tanto había echado en falta de pequeña.

A los pies de la cuesta había un niño sentado en una valla, a la sombra de las píceas: un niño guapo, de rasgos delicados y ojos grandes y soñadores.

Bajó de la valla y se acercó a Ana sonriendo, aunque con restos de lágrimas en las mejillas.

—Quería esperarla, maestra, porque sabía que iba usted al cementerio —dijo, deslizando la mano en la de Ana—. Yo también voy allí... Llevo este ramo de geranios para poner en la tumba del abuelo Irving, de parte de la abuela. Y, mire, maestra, voy a poner este ramo de rosas blancas al lado de la tumba del abuelo en memoria de mi mamá... porque no puedo ir a ponerlas a su tumba. Pero ¿no cree que ella lo sabrá igual?

—Estoy segura de que sí, Paul.

—Es que hoy hace tres años que murió mi mamá, maestra. Es mucho, mucho tiempo, pero duele tanto como el primer día... y la echo de menos tanto como siempre. A veces me parece que no lo puedo soportar, de tanto como duele.

A Paul se le quebró la voz y le temblaron los labios. Miró sus rosas, con la esperanza de que su maestra no le viera los ojos llenos de lágrimas.

—Y, al mismo tiempo —dijo Ana, en voz muy baja—, no quieres que deje de doler... No querrías olvidar a tu mamá aunque pudieras.

—No, claro que no querría... Justo eso es lo que siento. Qué bien lo entiende todo, maestra. Nadie más lo entiende igual de bien... Ni siquiera mi abuela, aunque es muy buena conmigo. Mi padre lo entendía muy bien, pero no podía hablar mucho con él de mi madre, por lo triste que se ponía. Cuando se llevaba una mano a la cara, yo sabía que era el momento de callarse. Pobre papá... debe de estar muy solo sin mí; pero es que ahora solo tiene la ayuda de una criada, y dice que las criadas no sirven para educar a los niños, sobre todo cuando él pasa tanto tiempo fuera de casa por su trabajo. Las abuelas son lo mejor, después de las madres. Algún día, cuando sea mayor, volveré con mi padre y ya nunca nos separaremos.

Paul le había hablado tanto de su padre y de su madre que Ana casi tenía la sensación de conocerlos. Creía que la madre de Paul seguramente se parecía mucho al niño en temperamento y disposición, y se había hecho la idea de que Stephen Irving era un hombre bastante reservado, que ocultaba pudorosamente al mundo su naturaleza tierna y profunda.

—No es muy fácil conocer a mi padre —había dicho Paul en una ocasión—. Yo casi no lo conocía hasta que murió mi mamá. Pero cuando lo conoces bien es estupendo. Yo lo quiero más que a nadie en el mundo, y después va la abuela Irving y luego usted, maestra. La querría a usted después de mi padre si no fuera mi obligación querer más a la abuela Irving, por todo lo que hace por mí. Aunque, ¿sabe, maestra?, me gustaría que la abuela dejara la lámpara de mi cuarto encendida hasta que me duerma. Se la lleva en cuanto me arropa, porque dice que no puedo ser cobarde. No es que me dé miedo, pero la verdad es que preferiría tener la luz. Mi mamá siempre se sentaba a mi lado y me daba la mano hasta que me quedaba dormido. Supongo que me mimaba. Las madres a veces hacen eso, ya lo sabe.

No, Ana no lo sabía, pero era capaz de imaginárselo. Le daba mucha pena pensar en su «mamá», la madre para quien era una niña «preciosa», que había muerto hacía tanto tiempo y estaba enterrada muy lejos de allí, junto a su marido, que era poco más que un niño, en una tumba que nadie visitaba. Ana no se acordaba de su madre, y por eso casi envidiaba a Paul.

—Mi cumpleaños es la semana que viene —dijo Paul cuando subían la larga cuesta de la colina roja disfrutando del sol de junio—, y papá me ha escrito para decirme que me va a mandar una cosa que cree que me gustará más que nada. Creo que ya ha llegado, porque la abuela tiene el cajón de la librería siempre cerrado, y eso es nuevo. Y, cuando le pregunté por qué, me miró con aire misterioso y dijo que los niños no tienen que ser tan curiosos. ¿Verdad que es muy emocionante que sea tu cumpleaños? Voy a cumplir once. ¿A que no lo parece? La abuela dice que soy muy bajito para mi edad y que eso es porque no como suficientes gachas. Yo lo intento, pero es que la abuela me pone unos platos muy generosos... porque no es nada tacaña, eso se lo aseguro. Desde que tuvimos esa conversación sobre rezar, ese día, cuando íbamos a catequesis... cuando usted me dijo que teníamos que rezar por todo lo que nos resulta difícil... pues le he pedido a Dios todas las noches que me diera la gracia de comerme hasta la última cucharada de gachas por las mañanas. Pero por ahora no he sido capaz, y no sé si es porque me falta gracia o porque me sobran gachas. La abuela dice que mi padre se crio con gachas, y la verdad es que a él le sentaron muy bien, porque no vea usted los hombros que tiene. Aunque a veces —añadió Paul con un suspiro y aire pensativo—, creo sinceramente que las gachas me van a matar.

Ana se permitió sonreír, aprovechando que Paul no la miraba. Todo el mundo en Avonlea sabía que la señora Irving criaba a su nieto de acuerdo con los métodos que antiguamente se consideraban buenos, tanto en cuestión de dieta como de principios morales.

—Esperemos que no, querido —contestó Ana con alegría—. ¿Cómo le va a tu gente de piedra? ¿Se sigue portando bien el mayor de los gemelos?

—No le queda más remedio —dijo Paul con contundencia—. Ya sabe que si no se porta bien no me relacionaré con él. La verdad es que está lleno de mala intención, creo yo.

—¿Y le has hablado ya a Nora de la Dama de Oro?

—No, pero creo que sospecha algo. Estoy casi seguro de que me vio la última vez que fui a la cueva. A mí no me molesta que lo descubra... es por su bien por lo que no quiero que lo sepa... para no herir sus sentimientos. Pero si se empeña en que le hieran los sentimientos, yo no puedo evitarlo.

—Si fuera alguna noche contigo a la costa, ¿crees que vería a tu gente de piedra?

Paul se puso muy serio y negó con la cabeza.

—No creo que pudiera ver a mi gente de piedra. Yo soy la única persona que puede verlos. Pero podría usted ver a otra gente de piedra. Usted es de las que pueden. Los dos somos de esos. Ya lo sabe, maestra —añadió, estrujándole la mano con cariño—. ¿A que es estupendo ser de esos, maestra?

—Estupendo —asintió Ana. Y unos ojos grises y brillantes miraron a unos ojos azules y brillantes. Los dos sabían...

lo hermoso que es el mundo
que la imaginación ofrece a la vista

... y los dos conocían el camino que llevaba a esa tierra feliz. Allí la rosa de la alegría florecía eternamente en cañadas y arroyos; las nubes nunca oscurecían el sol y el cielo azul; los cascabeles nunca desafinaban; y abundaban las almas gemelas. Conocer la geografía de esa tierra... «al este del sol, al oeste de la luna»... forma parte de una impagable tradición que no puede comprarse en ningún mercado. Es un don que te entregan las hadas al nacer, y los años no pueden ni estropearlo ni arrebatártelo. Es mejor poseer ese don viviendo en un desván que habitar en palacios sin él.

El cementerio de Avonlea seguía siendo, como siempre había sido, el mismo lugar solitario cubierto de hierba alta. Los mejoradores, naturalmente, le habían echado el ojo, y en su última reunión Priscilla Grant había leído un texto sobre cementerios. En algún momento se proponían sustituir la vieja valla de madera, cubierta de líquenes, por una verja de metal, además de cortar la hierba y enderezar las lápidas torcidas.

Ana puso en la tumba de Matthew las flores que llevaba, y luego fue al rincón, a la sombra de un álamo pequeño, donde yacía Hester Gray. Desde aquella excursión de primavera, Ana siempre dejaba flores en la tumba de Hester cuando iba a la de Matthew. La tarde anterior había ido en peregrinación hasta el jardín abandonado entre los bosques, a por un ramo de las rosas blancas de Hester.

—Pensé que te gustarían más que otras, querida —le dijo en voz baja.

Ana seguía allí sentada cuando una sombra oscureció la hierba. Levantó los ojos y vio a la señora Allan. Volvieron a casa paseando juntas.

La señora Allan ya no tenía la cara de la joven recién casada que llegó a Avonlea con el párroco cinco años antes. Había perdido parte del esplendor y de las formas juveniles, y le habían salido algunas arrugas, finas pero firmes, alrededor de los ojos y la boca. Una tumba muy pequeña en ese mismo cementerio era la causa de algunas de ellas; y otras nuevas habían aparecido a raíz de la reciente enfermedad, ya felizmente superada, de su segundo hijito. Pero seguía teniendo esos hoyuelos tan encantadores y espontáneos como siempre, y los ojos igual de claros, brillantes y sinceros; y lo que había perdido en belleza juvenil lo había compensado con creces ganando en ternura y fortaleza.

—Supongo que estarás muy ilusionada con las vacaciones, Ana —dijo cuando salían del cementerio.

Ana asintió.

—Sí... voy a paladear el mundo como si fuera un caramelo. Creo que el verano va a ser precioso. Para empezar, la señora Morgan viene a la isla en julio y Priscilla la traerá a Avonlea. Solo de pensarlo me emociono como cuando era pequeña.

—Espero que disfrutes, Ana. Has trabajado mucho este año y lo has hecho muy bien.

—Bueno, no sé yo. Me he quedado muy corta en muchas cosas. No he hecho lo que tenía intención de hacer cuando empecé a dar clases, en otoño. No he estado a la altura de mis ideales.

—Nadie lo está nunca —suspiró la señora Allan—. Pero ya sabes lo que dice Lowell, Ana: «El delito no es fracasar, sino tener pocas aspiraciones». Necesitamos ideales y tenemos que vivir de acuerdo con ellos, aunque no siempre lo logremos. La vida sin ideales sería muy triste. Con ellos es magnífica. Aférrate a tus ideales, Ana.

—Lo intentaré. Aunque para eso tengo que renunciar a la mayor parte de mis teorías —dijo Ana, riéndose—. Cuando me hice maestra, tenía la serie de teorías más bonitas que haya visto nunca, y todas me han fallado en momentos difíciles.

—Hasta la teoría sobre el castigo corporal —bromeó la señora Allan.

Pero Ana se puso colorada.

—Es broma, cielo. Ese chico se lo merecía. Y le sentó bien. No has vuelto a tener problemas con él desde entonces, y ahora piensa que no hay nadie como tú. Te ganaste su cariño con bondad, después de quitarle de la cabeza esa idea tan arraigada de que «una chica no sirve para nada».

—A lo mejor se lo merecía, pero no se trata de eso. Si hubiera decidido pegarle, consciente y serenamente, porque me parecía un castigo justo, no me sentiría como me siento. Pero la verdad, señora Allan, es que me dejé llevar por un arrebato y le pegué. No pensé si era justo o no: le habría pegado igualmente aunque no se lo hubiera merecido. Eso es lo que me humilla.

—Bueno, hija, todos cometemos errores, así que olvídalo. Tenemos que lamentar nuestros errores y aprender de ellos, pero no cargar con ellos toda la vida. Ahí va Gilbert Blythe en su bicicleta... supongo que también viene a casa de vacaciones. ¿Qué tal os va con los estudios?

—Muy bien. Pensamos terminar con Virgilio esta noche... Ya solo nos faltan veinte líneas. Y después no volveremos a estudiar hasta septiembre.

—¿Crees que llegaréis a la universidad?

—Pues no lo sé. —Ana miró a lo lejos, hacia el horizonte opalino—. Los ojos de Marilla no van a mejorar, aunque estamos agradecidísimas porque tampoco van a empeorar. Y luego están los gemelos... No sé por qué no creo que su tío tenga intención de llevárselos. A lo mejor la universidad está a la vuelta de la esquina, pero de momento no he llegado a esa esquina y prefiero no pensarlo demasiado, para no disgustarme.

—Bueno, me gustaría ver que vas a la universidad, Ana, pero si no llegas a ir, no te disgustes por eso. Podemos construir la vida en cualquier parte y, en realidad, la universidad solo nos facilita un poco las cosas. Que la vida sea ancha o estrecha depende de lo que pongamos en ella, no de lo que nos falte. Aquí la vida es abundante y plena... como en todas partes... si aprendemos a abrir el corazón a su abundancia y a su plenitud.

»La amistad verdadera es muy valiosa —añadió la señora Allan—: tenemos que convertirla en uno de los principales ideales y no ensuciarla nunca faltando a la verdad y a la sinceridad. Tengo la sensación de que el nombre de amistad se degrada de tanto usarlo para referirse a un tipo de intimidad que no tiene nada que ver con la amistad.

—Sí... como la de Gertie Pye y Julia Bell. Son íntimas y van juntas a todas partes, pero Gertie siempre dice cosas desagradables de Julia a sus espaldas, y todo el mundo cree que le tiene envidia, porque siempre se alegra mucho cuando alguien critica a Julia. A mí me parece un sacrilegio llamar a eso amistad. Si tenemos amigos tenemos que buscar lo mejor que haya en ellos y darles lo mejor que haya en nosotros, ¿no cree? Entonces la amistad sería lo más bonito del mundo.

—La amistad *es* muy bonita —sonrió la señora Allan—, pero algún día...

Se calló de repente. En la cara pálida y delicada que tenía a su lado, con esos ojos francos y esos rasgos tan expresivos, seguía habiendo aún mucho más de niña que de mujer. En el corazón de Ana de momento solo había aspiraciones y sueños de amistad, y la señora Allan no quiso arrancar la flor de la dulce inocencia. Decidió completar su frase cuando hubieran pasado unos años.

Capítulo XVI
LA CERTEZA
DE LO QUE SE ESPERA

—Ana —dijo Davy en un tono apremiante, trepando al sofá de cuero brillante de la cocina de Tejas Verdes, donde Ana estaba leyendo una carta—. Ana, me muero de hambre. Ni te imaginas el hambre que tengo.

—Ahora mismo te doy un trozo de pan con mantequilla —contestó Ana, distraída. Era evidente que la carta anunciaba noticias ilusionantes, porque Ana tenía las mejillas sonrosadas como las flores del rosal que había delante de la ventana y los ojos centelleantes como solo los suyos podían estarlo.

—Es que no tengo hambre de pan con mantequilla —protestó Davy—. Tengo hambre de bizcocho de ciruelas.

—Ah —Ana se echó a reír, apartando la carta y abrazando a Davy para darle un achuchón—, ese tipo de hambre es muy fácil de aguantar, niño. Ya sabes que una de las normas de Marilla es que entre las comidas solo puedes tomar pan con mantequilla.

—Bueno, pues dame un trozo entonces... por favor.

Por fin habían conseguido enseñarle a decir «por favor», aunque generalmente lo añadía en el último momento. Miró con satisfacción la generosa rebanada que le traía Ana.

—Siempre le pones mucha mantequilla, Ana. Marilla unta una capa muy fina. Entra mucho mejor cuando hay una buena cantidad de mantequilla.

La rebanada «entró» con tolerable facilidad a juzgar por la velocidad con que desapareció. Davy bajó del sofá deslizándose de cabeza, dio dos volteretas en la alfombra y se sentó para anunciar con contundencia:

—Ana, ya me he decidido con lo del cielo. No quiero ir.

—¿Por qué no? —preguntó Ana, muy seria.

—Porque el cielo está en la buhardilla de Simon Fletcher y no me cae bien Simon Fletcher.

—¡El cielo en la buhardilla de Simon Fletcher! —exclamó Ana, con tal asombro que ni pudo reírse—. Davy Keith, ¿cómo se te ha metido esa idea en la cabeza?

—Milty Boulter dice que está ahí. Lo dijo el domingo pasado, en catequesis. La lección era sobre Elías y Eliseo, y yo me levanté para preguntarle a la señorita Rogerson dónde estaba el cielo. La señorita Rogerson se ofendió mucho. Desde luego se enfadó, porque cuando nos preguntó qué le dejó Elías a Eliseo cuando se fue al cielo, Milty Boulter contestó que «su ropa vieja», y todos nos reímos sin querer. Ojalá uno pudiera pensar antes de hacer las cosas, porque así no las haría. Pero Milty no quería faltarle al respeto. Es que no se acordaba del nombre de la cosa. La señorita Rogerson me dijo que el cielo estaba donde estuviera Dios y que no hiciera esas preguntas. Milty me dio un codazo y me cuchicheó: «El cielo está en la buhardilla del tío Simon, ya te lo explicaré por el camino». Y por el camino me lo explicó. A Milty se la da muy bien explicar las cosas. Aunque no sepa nada de una cosa, se inventa un montón de historias y te la explica igual de bien. Su madre es hermana de la mujer de Simon, y Milty fue con ella al funeral cuando murió su prima Jane Ellen. El sacerdote dijo que Jane Ellen se había ido al cielo, aunque Milty dice que estaba en el féretro, delante de todos, pero cree que después se llevaron el féretro a la buhardilla. Bueno, pues, cuando terminó todo y Milty y su madre subieron a por el sombrero de ella, él le preguntó a qué cielo se había ido Jane Ellen, y su madre señaló justo al techo y dijo «ahí arriba». Milty sabía que encima del techo solo estaba la buhardilla, y así lo descubrió. Y desde entonces le da mucho miedo ir a casa de su tío Simon.

Ana se sentó a Davy en las rodillas y procuró aclararle el lío teológico. Tenía muchas más dotes para esta tarea que Marilla, porque se acordaba de cuando era pequeña y entendía instintivamente las curiosas ideas que los niños de siete años se forman a veces sobre cosas que, por supuesto, para los adultos son muy simples y muy claras. Acababa de convencer a Davy de que el cielo no estaba en la buhardilla de Simon Fletcher cuando entró Marilla, que venía del huerto de recoger guisantes con Dora. Dora era una niña muy hacendosa y su mayor felicidad era «ayudar» en labores sencillas y aptas para sus dedos regordetes. Daba de comer a las gallinas, recogía astillas, aclaraba los platos y hacía montones de recados. Era limpia, leal y observadora. Nunca había que decirle dos veces cómo se hacía una cosa y nunca se olvidaba de ninguna de sus tareas. Davy, en cambio, era bastante descuidado y olvidadizo; pero tenía el don de ganarse el cariño de la gente, y por eso Ana y Marilla lo preferían a su hermana.

Mientras Dora pelaba los guisantes llena de orgullo y Davy hacía barcos con las vainas, fabricando las velas con cerillas y trozos de papel, Ana le habló a Marilla de las maravillosas noticias de su carta.

—Ay, Marilla, ¿qué le parece? He recibido carta de Priscilla y dice que la señora Morgan está en la isla, y que el jueves si hace buen tiempo vendrán a Avonlea y llegarán aquí sobre las doce. Pasarán la tarde con nosotras y por la noche se irán al hotel de White Sands, porque unos amigos de Estados Unidos de la señora Morgan se alojan allí. ¿Verdad que es maravilloso, Marilla? Me cuesta creer que no estoy soñando.

—Yo diría que la señora Morgan es muy parecida a todo el mundo —fue la seca respuesta de Marilla, aunque también le hacía un poquito de ilusión. La señora Morgan era una mujer famosa y una visita suya no era una cosa corriente—. Entonces, ¿vendrán a comer?

—Sí, Marilla, y ¿puedo preparar yo la comida? Quiero sentirme capaz de hacer algo por la autora de *El jardín de rosas,* aunque solo sea la comida. No le molesta, ¿verdad?

—Madre mía, ¡como si me encantara ponerme a guisar con el calor del mes de julio y pudiera enfadarme si lo hace otra persona! Me alegro mucho de que te encargues tú.

—Ay, gracias —dijo Ana, como si Marilla acabara de hacerle un enorme favor—. Prepararé el menú esta misma noche.

—Más vale que no intentes darle mucho estilo —le advirtió Marilla, algo alarmada por lo encopetada que sonaba la palabra «menú»—. Si haces eso es posible que lo lamentes.

—No pienso darle ningún «estilo», si se refiere a platos que no solemos preparar en ocasiones festivas —le aseguró Ana—. Eso sería afectación, y aunque sé que no tengo tanto temple y sentido común como debería tener una maestra de diecisiete años, no soy tan boba como para hacer *eso*. Quiero que todo esté lo más rico y bonito posible. Davy, niño, no dejes las vainas de los guisantes en las escaleras... alguien se puede resbalar. De primero prepararé una sopa ligera... ya sabe usted que la crema de cebolla me sale muy buena... y luego unas aves al horno. Pondré los dos pollos blancos. Les tengo mucho cariño a esos pollos, que han sido mis mascotas desde que la gallina gris los empolló a los dos y eran... como bolitas de algodón amarillo. Pero sé que en algún momento habrá que sacrificarlos y seguro que no hay mejor ocasión que esta. Eso sí, Marilla, yo no puedo matarlos... ni siquiera por la señora Morgan. Le pediré a John Henry Carter que venga y lo haga él.

—Lo haré yo —se ofreció Davy—, si Marilla los sujeta de las patas, porque supongo que necesitaré las dos manos para el hacha. Es divertidísimo verlos corretear por ahí cuando ya les han cortado la cabeza.

—Después pondré alubias con guisantes y patatas con crema, y una ensalada de lechuga, para tomar algo de verdura —resumió Ana—. Y de postre pondré tarta de limón con nata montada, queso, café y bizcochos de soletilla. Haré la tarta y los bizcochos mañana, y prepararé mi vestido blanco de muselina. Se lo tengo que decir a Diana esta noche, porque también querrá preparar el suyo. Las heroínas de la señora Morgan casi siempre visten muselina blanca, y Diana y yo decidimos que si algún día la conocíamos llevaríamos muselina blanca. Será un cumplido muy delicado, ¿no cree? Davy, cielo, no metas las vainas de los guisantes en las grietas del suelo. Tengo que invitar a comer a la señorita Stacy y al señor y la señora Allan, porque les hace mucha ilusión conocer a la señora Morgan. Es una suerte que la señorita

Stacy esté aquí. Davy, cielo, no pongas los barcos de vainas en el cubo del agua. Vete fuera, al abrevadero. Ay, ojalá que el jueves haga buen tiempo. Yo creo que sí, porque anoche, cuando pasó por casa del señor Harrison, el tío Abe dijo que iba a llover toda la semana.

—Eso es buena señal —asintió Marilla.

Ana fue corriendo a El Bancal esa noche para darle la noticia a Diana, que también estaba ilusionadísima, y discutieron el asunto en el jardín de los Barry, columpiándose en la hamaca debajo del sauce.

—Ay, Ana, ¿me dejas que te ayude a preparar la comida? —le suplicó Diana—. Sabes que la ensalada de lechuga me queda espléndida.

—Claro que sí —dijo Ana con generosidad—. Y también quiero que me ayudes a decorar. Quiero convertir el salón en una pérgola de flores... y decorar la mesa con rosas silvestres. Espero que todo salga bien. Las heroínas de la señora Morgan nunca se meten en líos ni se ven en desventaja: son tranquilas y buenísimas amas de casa. Parece que han nacido siendo buenas amas de casa. Acuérdate de Gertrude en *Días a la orilla del bosque,* que llevaba la casa de su padre con solo ocho años. Yo con ocho años no sabía hacer casi nada más que cuidar niños. La señora Morgan debe de ser una autoridad en cuestión de chicas, por lo mucho que ha escrito sobre el tema, y quiero que se lleve una buena opinión de nosotras. Me lo he imaginado todo de doce maneras distintas... ¿Cómo será, qué dirá y qué diré? Y estoy muy preocupada por mi nariz. Tengo siete pecas, como ves. Me salieron en la excursión de la asociación, cuando estuve al sol sin sombrero. Supongo que soy una desagradecida por preocuparme por la nariz en vez de dar las gracias por no tener la cara llena de pecas, como antes, pero ojalá no me hubieran salido... porque las heroínas de la señora Morgan siempre tienen un cutis perfecto. No recuerdo ni una sola heroína con pecas.

—Las tuyas no se notan mucho —la tranquilizó Diana—. Prueba a ponerte un poco de zumo de limón esta noche.

Al día siguiente, Ana preparó la tarta y los bizcochos de soletilla, preparó el vestido de muselina, barrió y limpió el polvo de toda la casa, una medida totalmente innecesaria, porque Tejas Verdes siempre estaba impoluta y ordenada, como a Marilla le gustaba. Pero Ana pensó que una mota de polvo era un sacrilegio en una casa que tendría el honor de recibir la visita de Charlotte E. Morgan. Incluso limpió el armario trastero de debajo de la escalera, aunque no hubiera la más remota posibilidad de que la señora Morgan se asomara a mirar lo que había dentro.

—Es que quiero *sentir* que todo está perfecto, aunque ella no vaya a verlo —le explicó a Marilla—. En su novela *Las llaves doradas* hace que sus dos heroínas, Alice y Louisa, adopten como lema esos versos de Longfellow que dicen:

En los tiempos antiguos
los artistas ponían el máximo cuidado
hasta en lo nimio y lo invisible,
porque los dioses lo ven todo.

»... Y por eso siempre tenían las escaleras del sótano requetelimpias y nunca se olvidaban de barrer debajo de las camas. Tendría mala conciencia si pensara que este armario está desordenado mientras la señora Morgan visita nuestra casa. Desde que leímos *Las llaves doradas,* el mes de abril pasado, Diana y yo también hemos adoptado esos versos como lema.

Esa noche, entre John Henry Carter y Davy ejecutaron a los pollos blancos. Ana se puso a desplumarlos, y la tarea, que normalmente le resultaba desagradable, se vio en esta ocasión engrandecida por el destino de los hermosos pollos.

—No me gusta desplumar pollos —le dijo a Marilla—, pero ¿verdad que es una suerte que no tengamos que poner la cabeza en lo que hacen las manos? Mientras desplumaba los pollos con las manos, mi imaginación paseaba por la Vía Láctea.

—Me ha parecido que tirabas al suelo más plumas de lo normal —observó Marilla.

Ana llevó entonces a Davy a la cama y le hizo prometer que al día siguiente se portaría de maravilla.

—Si mañana soy lo más bueno posible, ¿al día siguiente me dejarás ser lo más malo posible? —preguntó el niño.

—No puedo —le explicó Ana con discreción—, pero os llevaré a Dora y a ti a remar en la barca hasta el final del lago, y luego bajaremos a la playa y haremos un pícnic en las dunas.

—Trato hecho —dijo Davy—. Seré bueno, ya lo verás. Pensaba ir a casa del señor Harrison a dispararle guisantes a Ginger con mi pistola nueva, pero ya iré otro día. Me imagino que será como un domingo, pero lo compensaremos con la excursión a las dunas.

Capítulo XVII
UNA SERIE
DE DESGRACIAS

A na se despertó tres veces esa noche y fue en peregrinación hasta la ventana para asegurarse de que la predicción del tío Abe no se cumpliría. Por fin despuntó la mañana lustrosa y perlada en un cielo que tenía el brillo y el resplandor de la plata: el maravilloso día había llegado.

Diana apareció después de desayunar, con un cesto de flores en un brazo y su vestido de muselina en el otro: no podía ponérselo hasta que hubieran terminado con los preparativos de la comida. Mientras, llevaría su vestido rosa estampado y un fastuoso delantal de color verde hierba tan lleno de volantes que asustaba. Y bien limpia, guapa y sonrosada que estaba.

—Estás lindísima —dijo Ana con admiración.

Diana suspiró.

—Pero he tenido que agrandar *otra vez* todos mis vestidos. He engordado dos kilos desde julio. ¿Qué va a ser de mí, Ana? Las heroínas de la señora Morgan son altas y esbeltas.

—Bueno, vamos a olvidarnos de los defectos y a pensar en las virtudes —dijo Ana con alegría—. La señora Allan dice que siempre que nos venga a la cabeza una preocupación tenemos que pensar también en algo agradable para compensarlo. Estás un poco más rellenita de la cuenta, pero tienes unos hoyuelos preciosos; y yo tengo pecas en la nariz, pero la forma es perfecta. ¿Crees que el zumo de limón ha servido de algo?

—Pues la verdad es que sí —asintió Diana con aire crítico.

Y, llena de felicidad, Ana se puso en marcha hacia el huerto, lleno de sombras etéreas y trémulas luces doradas.

—Vamos a decorar primero el salón. Tenemos tiempo de sobra, porque Priscilla dijo que no llegarían como pronto hasta las doce o doce y media, así que comeremos a la una.

Es posible que hubiera dos niñas más felices y más ilusionadas en algún rincón de Canadá o de Estados Unidos en ese momento, aunque lo dudo. Parecía que cada vez que cortaban una rosa, una peonía o una campanilla azul, las tijeras cantaban: «Hoy viene la señora Morgan». Ana no entendía que el señor Harrison pudiera estar segando tranquilamente el heno al otro lado del camino, como si no fuera a pasar nada.

El salón de Tejas Verdes era bastante severo y oscuro, con asientos duros de pelo de caballo, cortinas de encaje almidonado y tapetes blancos para apoyar la cabeza, siempre colocados en perfecto ángulo recto, salvo cuando se enganchaban en los botones de algún desafortunado. Ni siquiera Ana había sido capaz de darles un poco de gracia, porque Marilla no permitía ningún cambio. Pero es increíble lo que pueden hacer las flores si se les da una buena oportunidad, y cuando Ana y Diana terminaron de decorar la sala, había quedado irreconocible.

Un gran cuenco azul lleno de flores de bola de nieve adornaba la mesa abrillantada. En la repisa de la chimenea, negra y reluciente, se amontonaban helechos y rosas. En cualquier estante o similar había un ramo de campanillas azules; los rincones oscuros que flanqueaban la chimenea se iluminaron con jarrones de peonías rojas, y la propia chimenea era una llamarada de amapolas amarillas. Todo este colorido esplendor, con la ayuda del sol que entraba por las ventanas entre las ramas de la madreselva, formaba una frondosa algarada de sombras que bailaban en las paredes y el suelo, convirtiendo la sala normalmente triste en la «pérgola» que Ana había imaginado, y recibió las alabanzas incluso de Marilla, que entró con intención de criticar y se deshizo en elogios.

—Ahora tenemos que poner la mesa —anunció Ana, como una sacerdotisa que se dispone a ejecutar un ritual sagrado en honor de una divinidad—. Pondremos un buen jarrón de rosas silvestres en el centro y una sola rosa delante del plato de cada comensal; y habrá un ramo especial de capullos de rosas para la señora Morgan, en alusión a *El jardín de rosas.*

Pusieron la mesa en el cuarto de estar con la mejor mantelería de Marilla y su mejor porcelana, cristalería y cubertería de plata. Se puede tener la absoluta certeza de que todo estaba limpio y reluciente, en su máximo grado de brillo y esplendor.

Las chicas pasaron después a la cocina inundada de los apetitosos olores que salían del horno, donde chisporroteaban fabulosamente los dos pollos. Ana preparó las patatas y Diana dejó listos los guisantes y las judías. Luego, mientras ella se encerraba en la despensa a componer la ensalada de lechuga, Ana, que ya empezaba a tener las mejillas encendidas, tanto por la ilusión como por el calor del fuego, preparó la salsa de los pollos, cortó las cebollas para la sopa y por último batió la nata para las tartas de limón.

¿Y qué hizo Davy mientras tanto? ¿Cumplió su promesa de ser bueno? Naturalmente que sí. Lo cierto es que se empeñó en quedarse en la cocina, por la curiosidad de verlo todo. Y nadie puso objeciones, puesto que se quedó tranquilamente sentado en un rincón, empeñado en deshacer los nudos de un trozo de red de pescar sardinas que había traído de su última excursión a la costa.

A las once y media, la ensalada de lechuga estaba lista, las circunferencias doradas de las tartas cubiertas de nata montada y todo lo que tenía que chisporrotear o bullir seguía chisporroteando o bullendo.

—Mejor que vayamos a vestirnos porque a lo mejor llegan a las doce. Tenemos que comer a la una en punto, que la sopa hay que servirla al momento.

Muy solemnes fueron los ritos de cuidado personal que se practicaron entonces en la buhardilla de Tejas Verdes. Ana se observó la nariz, preocupada, y se alegró de ver que las pecas no llamaban nada la atención, ya fuera gracias al zumo de limón o al desacostumbrado color de las mejillas. Terminaron tan arregladas, lindas y femeninas como «las heroínas de la señora Morgan».

—A ver si soy capaz de decir algo de vez en cuando sin quedarme pasmada como si fuera muda —dijo Diana, muy nerviosa—. Todas las heroínas de la señora Morgan tienen una conversación maravillosa. Pero tengo miedo de quedarme sin saber qué decir, como una idiota. Y estaré atenta de no decir «me se». No lo he dicho muy a menudo desde que vino a darnos clase la señorita Stacy, pero cuando me emociono se me escapa siempre. Me moriría de vergüenza si suelto un «me se» delante de la señorita Morgan. Sería casi peor que no tener nada que decir.

—Yo estoy nerviosa por muchas cosas —dijo Ana—, pero no creo que tenga que preocuparme por quedarme sin habla.

Y, en honor a la verdad, así era.

Ana, con un gran delantal protegiendo su fantástica muselina, bajó a preparar la sopa. Marilla también se había vestido y había arreglado a los gemelos, y parecía más ilusionada que nunca. A las doce y media llegaron los Allan y la señorita Stacy. Todo iba bien, pero Ana empezaba a impacientarse. Priscilla y la señora Morgan ya tendrían que haber llegado. Se acercaba cada dos por tres a la valla y miraba camino abajo, con la misma inquietud que su tocaya en el cuento de *Barba Azul* se asomaba desde la torre del castillo.

—¿Os imagináis que no vienen? —preguntó en tono lastimero.

—Ni pensarlo. Sería horrible —dijo Diana, que también empezaba a tener un desagradable presentimiento.

—Ana —Marilla venía de la sala de estar—, la señorita Stacy quiere ver la fuente de porcelana azul de la señorita Barry.

Ana fue corriendo al armario del salón a por la fuente. Tal como le prometió a la señora Lynde, había escrito a la señorita Barry a Charlottetown para pedírsela prestada. La señorita Barry era una buena amiga de Ana y enseguida le envió la fuente, con una carta en la que la exhortaba a tratarla con el mayor cuidado, porque le había costado veinte dólares. La fuente había cumplido su función en el mercadillo benéfico y volvía a estar en el armario de Tejas Verdes, porque Ana no confiaba en nadie más que en sí misma para devolverla a la ciudad.

Llevó la fuente con cuidado a la puerta principal, donde sus invitados disfrutaban de la brisa fresca que subía del arroyo. La examinaron y admiraron, y entonces, justo cuando Ana tenía otra vez la fuente entre las manos, se oyó un golpe tremendo en la despensa. Marilla, Diana y Ana salieron corriendo, y esta última se paró el tiempo justo para dejar la valiosa fuente a toda prisa en el segundo peldaño de la escalera.

En la despensa las esperaba un espectáculo verdaderamente desgarrador: un niño con pinta de culpable bajaba de la mesa gateando, con la camisa llena de pegotes de crema amarilla, y sobre la mesa yacían los restos destrozados de dos espléndidas tartas de limón cubiertas de nata.

Davy había terminado de desenredar su red de pesca y había hecho un ovillo con el cordel. Después fue a la despensa, para dejarlo en un estante, encima de la mesa, donde guardaba unos cuantos ovillos similares, sin más fin práctico a primera vista que la simple alegría de la posesión. Davy había tenido que subirse a la mesa y alcanzar el estante en un ángulo peligroso... cosa que Marilla le tenía prohibida, pues ya alguna otra vez había habido algún percance en el intento. Las consecuencias en esta ocasión fueron catastróficas. El niño resbaló y aterrizó despatarrado encima de las tartas de limón. El caso es que se había ensuciado la blusa limpia y había destrozado las tartas. Pero como no hay mal que por bien no venga, fue el cerdo quien acabó beneficiándose del accidente.

—Davy Keith —dijo Marilla, zarandeándolo—. ¿No te prohibí que te subieras a esa mesa? ¿Eh?

—Se me olvidó —gimoteó Davy—. Me ha dicho que no haga tantas cosas que no puedo acordarme de todas.

—Bueno, pues ahora subes y te quedas en tu cuarto hasta después de comer. A lo mejor para entonces has conseguido hacer memoria. No, Ana, ni se te ocurra interceder. No lo castigo porque haya destrozado tus tartas... eso ha sido un accidente. Lo castigo por desobedecer. Vamos, Davy, vete.

—¿No voy a comer nada? —lloriqueó el niño.

—Bajarás cuando hayamos comido y comerás en la cocina.

—Muy bien —contestó Davy, algo tranquilizado—. Sé que Ana me guardará algunos huesos buenos, ¿a que sí, Ana? Porque yo no quería caerme encima de las tartas. Oye, Ana, ya que están destrozadas, ¿no puedo llevarme un poco arriba?

—No, nada de tarta de limón para usted, señorito Davy —dijo Marilla, empujándolo hacia el vestíbulo.

—¿Qué hacemos con el postre? —preguntó Ana, mirando el destrozo con pena.

—Sacaremos un tarro de fresas en conserva —la consoló Marilla—. Queda un montón de nata montada para acompañarlas.

Ya era la una... y no había señales de Priscilla y la señora Morgan. Ana estaba desesperada. Todo tenía su horario y la sopa estaba en su punto, pero no podía contar con que siguiera estándolo mucho después.

—Creo que al final no vendrán —dijo Marilla, disgustada.

Ana y Diana se miraron en busca de consuelo.

A la una y media Marilla salió otra vez de la sala de estar.

—Chicas, tenemos que comer. Todo el mundo tiene hambre y es inútil seguir esperando. Priscilla y la señora Morgan no vienen, eso es evidente, y esperando no ganamos nada.

Ana y Diana fueron a servir la comida sin ninguna ilusión.

—Me parece que no voy a poder probar bocado —dijo Diana con mucha pena.

—Yo tampoco. Aunque espero que salga todo bien, por la señorita Stacy y por los Allan —contestó Ana apáticamente.

Al servir los guisantes, Diana los probó y puso una cara muy extraña.

—Ana, ¿has puesto azúcar a los guisantes?

—Sí —asintió Ana, mientras trituraba las patatas con el aire de quien cumple con una obligación—. He puesto una cucharada de azúcar. Siempre la pongo. ¿No te gusta?

—Es que yo ya había puesto una cuando los puse al fuego —explicó Diana.

Ana dejó el pasapurés para probar los guisantes. Hizo una mueca.

—¡Qué horror! Nunca se me habría ocurrido que les hubieras puesto azúcar, porque sé que tu madre nunca se lo pone. Me acordé de milagro... porque siempre se me olvida... y puse una cucharada.

—Me parece que aquí había demasiadas cocineras —terció Marilla, que estaba atenta al diálogo con gesto culpable—. Pensé que no te habías acordado del azúcar, Ana, porque estoy segurísima de que nunca se lo has puesto, así que les puse una cucharada.

Los invitados, en el salón, oyeron las carcajadas en la cocina, pero nunca supieron a qué venía tanta juerga. Sin embargo, esta vez no hubo guisantes en la mesa.

—Bueno —dijo Ana, tranquilizándose y repasando con un suspiro—, tenemos la ensalada de todos modos, y no creo que a las judías les haya pasado nada. Vamos a servirlo para que todo acabe cuanto antes.

No se puede decir que la comida fuera un gran éxito social. Los Allan y la señorita Stacy se esforzaron por salvar la situación y la acostumbrada placidez de Marilla no se vio especialmente afectada, pero Ana y Diana, entre la euforia de la mañana y el chasco que se llevaron después, no podían ni comer ni hablar. Ana, en un arranque de heroísmo, intentó participar en la conversación, por cortesía hacia sus invitados, pero todo había perdido la chispa de momento, y a pesar de lo mucho que quería a los Allan y a la señorita Stacy, no podía dejar de pensar qué bonito sería cuando todos se hubieran marchado y pudiera enterrar el cansancio y la desilusión en su buhardilla, entre las almohadas.

Hay un viejo refrán que parece perfecto en algunas ocasiones: «Las desgracias nunca vienen solas». Las tribulaciones del día aún no habían terminado. Justo cuando el señor Allan acababa de bendecir la mesa, se oyó un ruido extraño y de mal agüero en las escaleras, como de algo pesado y duro que rebotaba de peldaño en peldaño y se detenía abajo con estruendo. Todo el mundo salió corriendo al vestíbulo. Ana dio un grito de horror.

Al pie de las escaleras había una caracola grande y rosa, entre los añicos de la fuente de la señorita Barry. Y arriba, de rodillas y con cara de pánico, estaba Davy, contemplando el desastre boquiabierto.

—Davy —dijo Marilla con una voz que daba escalofríos—. ¿Has tirado esa caracola *aposta*?

—No, no —gimoteó Davy—. Solo estaba aquí arrodillado, tranquilamente, mirando entre los barrotes, y le di con el pie a ese chisme y salió rodando y... tengo mucha hambre... y me gustaría que me dierais una tunda y ya está, en vez de mandarme arriba para que me pierda todo lo divertido.

—No le eche la culpa a Davy —dijo Ana mientras recogía los trozos rotos con los dedos temblorosos—. Es culpa mía. Dejé la fuente ahí y me olvidé por completo. Es un buen castigo por ser tan descuidada, pero ¿qué va a decir la señorita Barry?

—Bueno, te ha dicho que compró la fuente, así que no es lo mismo que si fuera una herencia —intentó consolarla Diana.

Los invitados se fueron poco después, con la sensación de que era lo más prudente, y las chicas lavaron los platos más calladas que nunca. Diana se fue a casa con dolor de cabeza y Ana, también con dolor de cabeza, subió a la buhardilla y allí seguía cuando Marilla volvió de la oficina de correos al atardecer, con una carta de Priscilla, escrita el día anterior. La señorita Morgan se había torcido el tobillo tanto que no podía moverse.

«Y, querida Ana, lo siento muchísimo —decía Priscilla—, pero me temo que ya no podremos ir a Tejas Verdes, porque para cuando la tía se haya recuperado tendrá que volver a Toronto. Tiene que estar allí en una fecha determinada.»

—Bueno —suspiró Ana, dejando la carta en el escalón de arenisca roja del porche de atrás, donde se había sentado mientras el crepúsculo se derramaba en el cielo veteado—, que la señora Morgan viniera a casa siempre me pareció demasiado bonito para que fuera verdad. Aunque... me da vergüenza decirlo, porque suena tan pesimista como las cosas que dice Eliza Andrews. En realidad, *no* era demasiado bonito para ser verdad. Continuamente me pasan cosas tan bonitas como esas o mejores. Además, creo que los incidentes de hoy también tienen su lado divertido. A lo mejor cuando seamos mayores y tengamos canas, Diana y yo nos reímos al recordarlo. Pero antes no creo que pueda, porque me he llevado una amarga decepción.

—Seguro que tendrás muchos más desencantos a lo largo de la vida, y peores que este —dijo Marilla, sinceramente convencida de estar ofreciendo unas palabras de consuelo—. Me parece, Ana, que nunca vas a superar esa costumbre de tomarte las cosas tan en serio y hundirte en la miseria porque no las consigues.

—Sí, ya sé que tengo esa tendencia —asintió Ana con pesar—. Cuando creo que va a pasar algo bonito me siento como si volara con las alas de la ilusión, y luego sin darme cuenta me caigo al suelo y me doy un trompazo. Pero de verdad, Marilla, que mientras dura el vuelo todo es divino... como flotar en la puesta de sol. Creo que casi compensa el trompazo.

—Bueno, puede que sí —admitió Marilla—. Yo prefiero andar tranquilamente, sin vuelo ni trompazo. Pero cada cual vive a su manera... Antes pensaba que solo había una manera buena de vivir, pero desde que te crie a ti, y ahora con los gemelos, ya no estoy tan segura. ¿Qué vas a hacer con la fuente de la señora Barry?

—Darle los veinte dólares que le costó, supongo. No sabe cuánto agradezco que no fuera una fuente heredada, porque entonces no habría podido pagarla con nada.

—A lo mejor encuentras una igual y puedes comprarla.

—Me temo que no. Esas fuentes tan antiguas son muy escasas. La señora Lynde no consiguió encontrar ninguna para el mercadillo. Ojalá la encuentre, porque a la señorita Barry le dará lo mismo tener una fuente que otra mientras las dos sean auténticas y antiguas. Mire, Marilla, esa estrella grande que asoma por el arcedo del señor Harrison, y el resplandor plateado que se recorta contra el cielo, tan silencioso que parece sagrado. Es casi como una oración. ¿Verdad que, cuando uno ve estrellas y cielos como estos, los percances y las desilusiones no son tan importantes?

—¿Dónde está Davy? —preguntó Marilla, mirando a la estrella de reojo y con indiferencia.

—En la cama. Les he prometido, a Dora y a él, que mañana los llevaría de excursión a la costa. El trato era que Davy tenía que portarse bien. Y lo ha intentado... No he sido capaz de quitarle la ilusión.

—Os vais a ahogar, remando por el lago en esa barca —refunfuñó Marilla—. Yo vivo aquí desde hace sesenta años y nunca me he metido en el lago.

—Bueno, nunca es tarde para remediarlo —dijo Ana con un aire pícaro—. ¿Por qué no viene mañana con nosotros? Cerraremos Tejas Verdes y pasaremos el día a la orilla del mar, para olvidarnos del mundo.

—No, gracias —replicó Marilla, indignada—. Menuda pinta tendría yo remando por el lago en una barca. Ya me imagino los comentarios de Rachel. Mira, el señor Harrison está saliendo. ¿Tú crees que hay algo de verdad en el rumor de que se ve con Isabella Andrews?

—No, seguro que no. Solo pasó por allí una noche, por unos asuntos que tenía con el señor Harmon Andrews, y la señora Lynde lo vio y dijo que estaba segura de que había ido a cortejar a Isabella Andrews, porque llevaba una camisa blanca. No creo que el señor Harrison se case nunca. Parece que está en contra del matrimonio.

—Bueno, con esos solterones nunca se sabe. Y si iba con camisa blanca, comparto las sospechas de Rachel, porque estoy segura de que nunca lo he visto así vestido.

—Yo creo que se la puso porque quería cerrar un trato con Harmon Andrews —observó Ana—. Le he oído decir que es la única ocasión en la que un hombre necesita esmerarse para tener buen aspecto, porque si parece pudiente hay menos posibilidades de que la otra parte intente engañarlo. Me da mucha pena del señor Harrison. Creo que no está contento con la vida que lleva. Debe de sentirse muy solo, sin nadie a quien cuidar más que a ese loro, ¿no le parece? Pero he visto que no le gusta que lo compadezcan. Supongo que a nadie le gusta.

—Mira, por ahí viene Gilbert —dijo Marilla—. Si te propone ir a remar al lago, ponte el abrigo y las botas, que esta noche va a caer una buena escarcha.

Capítulo XVIII
UNA AVENTURA
EN EL CAMINO TORY

—Ana —dijo Davy, sentándose en la cama con la barbilla entre las manos—. Ana, ¿dónde está el sueño? La gente se va a dormir todas las noches, y ya sé que el sueño es el sitio donde hago las cosas que sueño, pero me gustaría saber *dónde* está y cómo voy y vuelvo de allí sin darme cuenta... y en pijama, además. ¿Dónde está?

Ana estaba arrodillada en la ventana de la buhardilla oeste, contemplando el cielo del atardecer, que era como una flor enorme con los pétalos de azafrán y el corazón amarillo intenso. Volvió la cabeza hacia Davy y contestó a su pregunta distraída:

> —*Detrás de las montañas de la luna,*
> *en el fondo del valle de las sombras.*

Paul Irving habría entendido el significado de estas palabras, o les habría dado su propio sentido, pero un niño tan práctico como Davy, que, como bien decía Ana con frecuencia y desesperación, no tenía ni una pizca de imaginación, solo podía quedarse desconcertado y descontento.

—Ana, estás diciendo tonterías.

—Claro que sí, mi niño. ¿No sabes que solo la gente muy tonta habla en serio todo el tiempo?

—Bueno, creo que podrías darme una respuesta seria cuando te hago una pregunta seria —contestó Davy, ofendido.

—Ay, eres demasiado pequeño para entenderlo —dijo Ana. Pero se avergonzó mucho de su respuesta, porque, ¿no había hecho la solemne promesa (recordando con dolor la cantidad de desprecios similares que le habían hecho cuando era pequeña) de que jamás le diría a un niño que era demasiado pequeño para entender algo? Pues acababa de decírselo: así de enorme es a veces el abismo que separa la teoría de la práctica.

—Bueno, yo hago todo lo posible por crecer —explicó Davy—, pero tampoco puedo acelerarlo tanto. Si Marilla no fuera tan tacaña con la mermelada creo que crecería mucho más deprisa.

—Marilla no es tacaña, Davy —señaló Ana con severidad—. Decir eso es una ingratitud.

—Hay otra palabra que significa lo mismo y suena mucho mejor, pero ahora mismo no me acuerdo —dijo Davy, frunciendo el ceño—. El otro día ella misma dijo que lo era.

—Si te refieres a *económica,* es muy distinto de tacaña. Ser económica es una cualidad excelente en una persona. Si Marilla fuese tacaña no os habría adoptado a Dora y a ti cuando murió vuestra madre. ¿Te habría gustado vivir con la señora Wiggins?

—¡Claro que no! —Davy fue contundente en su contestación—. Y tampoco quiero irme con el tío Richard. Prefiero mil veces vivir aquí, aunque Marilla sea esa palabra tan larga cuando se trata de la mermelada, porque *tú* estás aquí, Ana. Oye, ¿me vas a contar un cuento antes de dormir? No quiero un cuento de hadas. Esos son para niñas, y a mí me gusta la emoción... con muchos disparos y muertos, y una casa en llamas y cosas así de interasantes.

Por suerte para Ana, Marilla la llamó entonces desde su habitación.

—Ana, Diana no para de hacer señales. Más vale que vayas a ver qué es lo que quiere.

Ana fue corriendo a la buhardilla este y vio los destellos en la ventana de Diana, a la luz del crepúsculo, en series de cinco, lo que según su antiguo código infantil significaba: «Ven corriendo, que tengo algo importante que decirte». Ana se echó el chal blanco por encima de la cabeza, cruzó a toda prisa el Bosque Encantado y siguió por el prado del señor Bell hasta El Bancal.

—Tengo buenas noticias, Ana —anunció su amiga—. Mamá y yo acabamos de volver de Carmody, y he visto a Mary Sentner, la de Spencervale, en la tienda del señor Blair. Dice que las hermanas Copp, las que viven en el camino Tory, tienen una fuente de porcelana azul, y cree que es idéntica a la que usamos en la comida del mercadillo. Y dice que puede que quieran venderla, porque Martha Copp nunca ha guardado nada, que se sepa, si es que puede venderlo; y si ellas no quisieran, en casa de Wesley Keyson, en Spencervale, tienen otra, y cree que te la venderían, aunque no está segura de que sea igual que la de la tía Josephine.

—Iré a Spencervale mañana —decidió Ana— y tendrás que venir conmigo. Me quitaré un buen peso de encima, porque pasado mañana tengo que ir a la ciudad, ¿y cómo voy a presentarme en casa de tu tía Josephine sin su fuente de porcelana azul? Sería incluso peor que cuando tuve que confesar que habíamos saltado en la cama de los invitados.

Se rieron de ese antiguo recuerdo... que, por cierto, para aquellos de mis lectores que no lo conozcan y sientan curiosidad, se encuentra en el primer libro sobre Ana.

La tarde siguiente las chicas emprendieron su expedición a la caza de la fuente. Tenían dieciséis kilómetros hasta Spencervale y el día no era especialmente agradable para hacer un viaje. Hacía mucho calor, no soplaba ni una gota de viento y el camino estaba lleno de polvo, como era de esperar después de varias semanas sin llover.

—Ay, qué ganas tengo de que llueva pronto —suspiró Ana—. Está todo agrietado. Me dan lástima los pobres campos, y los árboles parece que extendieran los brazos suplicando lluvia. Y mi huerto... Me duele cada vez que entro allí. Supongo que no está bien lamentarse por un huerto cuando los campesinos están sufriendo tanto por sus cosechas. El señor Harrison dice que los pastos están tan secos que sus pobres vacas casi no tienen qué comer, y se siente cruel con ellas cada vez que las mira a los ojos.

Al cabo de un buen rato de tedioso viaje las chicas llegaron a Spencervale y enfilaron por el camino «Tory», un sendero verde y solitario donde la hierba que crecía entre las rodadas de los carros daba fe de su escaso tráfico. Estaba bordeado en su mayor parte por un frondoso bosque de píceas jóvenes amontonadas hasta las orillas, con algún claro de vez en cuando allí donde el campo trasero de una granja llegaba hasta la cerca o donde un estallido de adelfillas y varas de oro cubrían una zona talada.

—¿Por qué lo llaman «el camino Tory»? —preguntó Ana.

—El señor Allan dice que por el mismo principio por el que llaman arboleda a un sitio sin árboles —explicó Diana—. Porque aquí solo viven las hermanas Copp y, al fondo, Martin Bovyer, que es liberal. El gobierno *tory* construyó la carretera cuando estaba en el poder para demostrar que hacía algo.

El padre de Diana era liberal, y por esa razón Ana y ella nunca hablaban de política. En Tejas Verdes siempre habían sido conservadores.

Por fin llegaron a casa de las Copp, de una pulcritud tan desmedida que ni siquiera Tejas Verdes podía competir con ella. Era muy antigua y estaba en mitad de una ladera, por lo que hubo que construir un zócalo de piedra en un extremo. Tanto la vivienda principal como los edificios anexos estaban encalados de blanco hasta un extremo de perfección cegadora, y ni una sola mala yerba asomaba en el impecable huerto cercado por una valla blanca.

—Las persianas están cerradas —observó Diana, decepcionada—. Creo que no hay nadie.

Y así era. Las chicas se miraron con perplejidad.

—No sé qué hacer —dijo Ana—. Si estuviera segura de que la fuente es idéntica no me importaría esperar hasta que vuelvan. Pero si no lo fuera, a lo mejor se nos hace tarde para ir a casa de Wesley Keyson.

Diana se había fijado en una ventana del sótano, muy pequeña.

—Esa es la ventana de la despensa, estoy segura, porque esta casa es igual que la del tío Charles en Newbridge, y esa es la ventana de su despensa. La persiana no está cerrada, y si subimos al tejado de la caseta a lo mejor podemos ver la fuente en la despensa. ¿Tú crees que estaría mal?

—No, no creo —afirmó Ana, después de reflexionar un momento—, porque no lo hacemos por pura curiosidad.

Una vez aclarada esta importante cuestión ética, Ana se preparó para subir a la «caseta», una construcción de tablas, con el tejado en punta, que antiguamente había sido el cobertizo de los patos. Las hermanas Copp dejaron de criar patos («porque eran muy sucios») y el edificio llevaba años sin usarse, salvo como correccional para gallinas ponedoras. Aunque encalada a conciencia, la caseta se tambaleaba un poco, y Ana tuvo muchas dudas mientras subía desde un barril puesto encima de un cajón.

—Me da miedo que no aguante mi peso —dijo, pisando el tejado con cautela.

—Apóyate en el alféizar de la ventana —le aconsejó Diana. Y Ana se apoyó. Con inmensa emoción, al asomarse, vio una fuente de porcelana azul idéntica a la que buscaba, en una estantería, enfrente de la ventana. Eso fue todo lo que pudo ver antes de que ocurriera la catástrofe. Tan contenta se puso que, olvidándose de lo precario de su apoyo, se soltó del alféizar y dio un impulsivo saltito de alegría... y al momento se había hundido en el tejado hasta las axilas: ahí se quedó colgando, incapaz de salir. Diana entró corriendo en la caseta y, tirando a su infeliz amiga de la cintura, intentó bajarla.

—Ay... no —gritó la pobre Ana—. Se me están clavando las astillas. A ver si puedes ponerme algo debajo de los pies... así igual consigo salir por arriba.

Diana arrastró el barril del que ya hemos hablado y Ana comprobó que tenía la altura justa para ofrecer un buen descanso a sus pies. Sin embargo, no era lo suficientemente alto para liberarse.

—¿Crees que podría sacarte si subiera? —preguntó Diana.

Ana negó con la cabeza, sin esperanza.

—No... Las astillas me hacen demasiado daño. Aunque si encontraras un hacha podrías cortarlas y desatascarme. Ay, de verdad empiezo a creer que nací con mala estrella.

Diana buscó a fondo, pero no encontró un hacha.

—Tengo que ir a pedir ayuda —dijo, volviendo con la prisionera.

—No, de eso nada —dijo Ana rotundamente—. Si haces eso la historia correrá como la pólvora y me moriré de vergüenza. No; tenemos que esperar hasta que vuelvan las hermanas Copp y pedirles que guarden el secreto. Ellas sabrán dónde hay un hacha y podrán sacarme. No estoy incómoda, mientras pueda quedarme muy quieta... Incómoda *físicamente*, quiero decir. No sé si las hermanas Copp valorarán mucho este corral. Tendré que pagar los daños, aunque eso sería lo de menos si estuviera segura de que entienden mis motivos para espiar por la ventana de su despensa. Mi único consuelo es que la fuente es la que necesito, y si la señorita Copp quisiera vendérmela aceptaré con resignación lo que ha pasado.

—¿Y si no vienen hasta esta noche... o hasta mañana? —insinuó Diana.

—Si no han vuelto al atardecer tendrás que ir a pedir ayuda, supongo —admitió Ana con recelo—, pero no debes ir a menos que sea imprescindible. Madre mía, qué lío más grande. No me molestarían tanto mis desgracias si fueran románticas, como lo son siempre las de las heroínas de la señora Morgan, pero las mías solo son ridículas. Imagínate lo que van a pensar las hermanas Copp cuando entren en el patio y vean asomar del tejado de una caseta la cabeza y los hombros de una chica. ¿Oyes eso...? ¿Es un carro? No, Diana, creo que es un trueno.

Era un trueno, sin lugar a dudas, y Diana, después de una precipitada exploración por los alrededores, volvió con el anuncio de que una nube muy negra se acercaba deprisa por el noroeste.

—Me parece que va a caer una buena tormenta —dijo, horrorizada—. Ay, Ana, ¿qué hacemos?

—Tenemos que prepararnos —contestó Ana sin perder la tranquilidad. Una tormenta parecía una nimiedad en comparación con lo que ya había pasado—. Más vale que metas al caballo y la calesa en ese cobertizo. Por suerte mi sombrilla está en la calesa. Toma... llévate mi sombrero. Marilla me llamó boba por ponerme mi mejor sombrero para venir al camino Tory y tenía razón, como siempre.

Diana desató al caballo y lo dejó en el cobertizo justo cuando empezaban a caer los primeros goterones. Se sentó y se quedó mirando el aguacero, tan fuerte y tan copioso que casi no se veía a Ana, que sujetaba con valor la sombrilla sobre la cabeza descubierta. No hubo demasiados truenos, pero llovió alegremente cerca de una hora sin parar. De vez en cuando, Ana inclinaba la sombrilla y saludaba con la mano a su amiga sin perder el buen ánimo, pero tener una conversación a esa distancia estaba fuera de lugar. Por fin dejó de llover y salió el sol, y Diana se aventuró a cruzar el patio encharcado.

—¿Te has mojado mucho? —preguntó con preocupación.

—Qué va —dijo Ana tan contenta—. La cabeza y los hombros los tengo secos, y la falda solo se ha humedecido un poco por donde entraba el agua entre las tablas. No te compadezcas de mí, Diana, porque eso me trae sin cuidado. No he parado de pensar en lo bien que vendrá esta lluvia, y me he imaginado qué pensarían las flores y los brotes cuando empezaron a caer las primeras gotas. Me he imaginado un diálogo interesantísimo entre los ásteres, las arvejillas, los canarios que están posados en el lilo y el espíritu guardián de este jardín. Pienso escribirlo cuando vuelva a casa. Ojalá tuviera un lápiz y un papel para escribirlo ahora, porque me temo que cuando llegue a casa se me habrá olvidado lo mejor.

La fiel Diana tenía un lápiz y encontró un trozo de papel de envolver en la caja de la calesa. Ana cerró la sombrilla empapada, se puso el sombrero, extendió el papel sobre una tablilla que le pasó Diana y escribió su idilio en el jardín en unas condiciones que difícilmente podían considerarse propicias para la literatura. A pesar de todo, el resultado fue muy bonito, y Diana se quedó «embelesada» cuando Ana se lo leyó.

—Ay, Ana, es precioso... una preciosidad. Envíalo a *La mujer canadiense*.

Ana dijo que no con la cabeza.

—No estaría a la altura. Ya ves que no tiene trama. Es solo una secuencia de fantasías. Me gusta escribir cosas así, aunque sé que nadie lo publicaría, porque los editores se empeñan en que haya tramas: eso dice Priscilla. Mira, ahí viene la señorita Sarah Copp. Por favor, Diana, ve a explicarle lo que ha pasado.

La señorita Sarah Copp era una mujer bajita y vestida de negro deslucido, con un sombrero elegido no tanto como vano adorno sino por ser duradero y de buena calidad. Se sorprendió mucho, como es natural, con la curiosa escena que la esperaba en el patio, pero después de oír las explicaciones de Diana fue de lo más comprensiva. Abrió corriendo la puerta de atrás, volvió con un hacha y con unos pocos hachazos bien dados liberó a Ana, que, algo cansada y agarrotada, se descolgó hasta el suelo de su prisión y recobró la libertad con agradecimiento.

—Señorita Copp —dijo, muy seria—. Le aseguro que solo me asomé a la ventana de la despensa para ver si tenía usted una fuente de porcelana azul. No he visto nada más: no he *mirado* nada más.

—No pasa nada, hija —la tranquilizó amablemente la señorita Sarah—. No te preocupes... no has hecho nada malo. ¡Menos mal que las Copp tenemos la despensa presentable a cualquier hora y no nos preocupa quién la vea! Y ese cobertizo de patos es tan viejo que me alegro de que se haya roto, porque a lo mejor ahora Martha por fin consiente en derribarlo. Antes nunca quería, por miedo a que pudiera sernos útil en algún momento, y cada primavera me tocaba encalarlo. Pero discutir con Martha es como hablar con la pared. Hoy ha ido la ciudad... Vengo de dejarla en la estación. Y dices que quieres comprarme la fuente... Bueno, ¿cuánto me das?

—Veinte dólares —ofreció Ana, que de haber tenido la menor intención de medirse con una Copp en ingenio comercial no habría propuesto un precio de partida.

—Bueno, no sé —dijo la señorita Sarah con reticencia—. La fuente es mía, por suerte. De lo contrario no me atrevería a venderla sin que Martha esté aquí. Seguro que armaría un buen escándalo. Martha es quien manda en esta casa, os lo aseguro. Empiezo a estar muy harta de que una mujer me mangonee. Pero pasa, pasa. Estarás agotada y tendrás hambre. Voy a darte de merendar lo mejor que pueda, aunque te advierto que no debes esperar más que un poco de pan con mantequilla y unos *pipinos*. Antes de irse, Martha ha cerrado con llave el bizcocho, el queso y las conservas. Siempre hace lo mismo, porque dice que soy demasiado generosa cuando vienen visitas.

Las chicas tenían hambre suficiente para hacer los honores a cualquier cosa, y se comieron con ganas el excelente pan con mantequilla y los *pipinos* de la señorita Sarah. Su anfitriona dijo entonces:

—No sé si quiero vender la fuente, pero vale veinticinco dólares. Es una fuente muy antigua.

Diana le dio a Ana un puntapié por debajo de la mesa, para decirle: «No aceptes... si aguantas te la dejará en veinte». Pero Ana no estaba dispuesta a correr ningún riesgo en relación con la valiosa fuente. Aceptó inmediatamente pagar veinticinco dólares, y la señorita Sarah puso cara de arrepentirse de no haberle pedido treinta.

—Bueno, creo que te la puedes llevar. Ahora mismo necesito rascar dinero donde sea. Es que —la señorita Sarah levantó la cabeza con aire de importancia y un orgulloso rubor en las mejillas finas— voy a casarme... con Luther Wallace. Me lo pidió hace veinte años. A mí me gustaba mucho, pero entonces era pobre y mi padre lo mandó a paseo. Creo que no tendría que haberlo consentido tan dócilmente, pero era tímida y tenía miedo de mi padre. Además, no sabía que los hombres fueran tan escasos.

Cuando ya se alejaban, Diana a las riendas y Ana con la codiciada fuente a buen recaudo en las rodillas, las verdes soledades del camino Tory, refrescadas por la lluvia, cobraron vida con la alegre risa de las jóvenes.

—Lo que se va a reír tu tía Josephine con la «extraña y azarosa historia» de esta tarde cuando vaya mañana a la ciudad y se la cuente. Hemos pasado un buen apuro, pero ya está. Tengo la fuente y esa lluvia ha asentado el polvo que da gusto. Así que bien está lo que bien acaba.

—Todavía no hemos llegado a casa —advirtió Diana con pesimismo—, y a saber lo que puede pasar mientras tanto. Siempre vives unas aventuras increíbles, Ana.

—Vivir aventuras es natural para algunas personas —asintió Ana con serenidad—. Es un don: o lo tienes o no lo tienes.

Capítulo XIX
UN DÍA
FELIZ

E—n el fondo —le había dicho Ana a Marilla una vez— creo que los días más bonitos y agradables no son esos en los que pasa algo espléndido, maravilloso o emocionante, sino los que traen una sarta de pequeños placeres que se suceden suavemente, como las perlas al caerse de un hilo.

La vida en Tejas Verdes estaba llena de días así, porque las aventuras y desventuras de Ana, como las de cualquiera, no ocurrían todas a la vez, sino espaciadas a lo largo del año, con largos intervalos de días felices y libres de percances, llenos de tareas, sueños, risas y aprendizaje. Así fue un día de finales de agosto. A última hora de la mañana, Ana y Diana llevaron a los ilusionados gemelos remando por el lago hasta la playa, donde cortaron hierba santa olorosa y estuvieron remando entre las olas mientras el viento entonaba con su arpa una antigua canción que había aprendido cuando el mundo era joven.

Por la tarde, Ana fue paseando hasta casa de los Irving a ver a Paul. Lo encontró tumbado en la hierba, a la orilla del abetal que protegía la vivienda por el norte, enfrascado en un libro de cuentos de hadas. Se levantó de un salto, radiante de alegría al ver a Ana.

—Cuánto me alegro de que haya venido, maestra —dijo con entusiasmo—, porque la abuela ha salido. Se quedará a merendar conmigo, ¿verdad? Es muy triste tomar el té uno solo. Sabe, maestra, he estado pensando muy en serio pedirle a Mary Joe que se sentara a merendar conmigo, pero creo que a mi abuela no le parecería bien. Dice que los franceses están mejor en su sitio. Además, es difícil hablar con Mary Joe. Solo se ríe y me dice: «Bueno, no conozco a ningún chico como tú». Y no es esa la idea que yo tengo de una conversación.

—Pues claro que me quedaré a merendar —contestó Ana, muy contenta—. Estaba deseando que me invitaras. Desde la última vez que merendé aquí se me hace la boca agua con la deliciosa torta de manteca de tu abuela, y quiero más.

Paul se puso muy serio.

—Si de mí dependiera, maestra —explicó, con las manos en los bolsillos y la bonita cara velada de repente por la preocupación—, con mucho gusto se la ofrecería. Pero depende de Mary Joe. Oí que la abuela, antes de irse, le decía que no me diera torta de manteca, que tenía demasiada grasa para el estómago de los niños. Pero a lo mejor Mary Joe puede cortar un poco para usted si le prometo no probarla. Esperemos que sí.

—Sí, esperemos —asintió Ana, con quien esta filosofía optimista casaba de maravilla—, y si resulta que Mary Joe tiene el corazón de piedra y no quiere darme un poco de torta, no pasa nada de nada, así que no te preocupes.

—¿Seguro que no le importa? —preguntó Paul, lleno de inquietud.

—Segurísima, cariño.

—Entonces no me preocuparé —dijo Paul, con un largo suspiro de alivio—; además, creo que Mary Joe atenderá a razones. Es una persona bastante razonable por naturaleza, pero sabe por experiencia que no conviene desobedecer las órdenes de la abuela. La abuela es una mujer estupenda, pero todo el mundo tiene que hacer lo que ella diga. Esta mañana se ha puesto muy contenta, porque por fin he sido capaz de comerme el plato de gachas entero. Me ha costado mucho, pero lo he conseguido. La abuela dice que todavía está a tiempo de hacer de mí un hombre. Pero quiero hacerle una pregunta muy importante, maestra. Me contestará con sinceridad, ¿verdad?

—Lo intentaré —prometió Ana.

—¿Cree que estoy mal de la azotea? —preguntó Paul, como si su vida dependiera de la respuesta de Ana.

—Claro que no, Paul —contestó Ana, llena de asombro—. De ninguna manera. ¿Quién te ha metido esa idea en la cabeza?

—Mary Joe... aunque no sabía que yo la estaba oyendo. Veronica, la chica que trabaja para la señora de Peter Sloane, vino a ver a Mary Joe ayer por la tarde, y las oí hablando en la cocina cuando llegué al vestíbulo. Oí que Mary Joe decía: «Ese Paul es un niño *rrrarrrísimo.* Dice cosas muy *rrrarrras.* Yo creo que está mal de la azotea». Anoche tardé mucho en dormirme, pensando en esto, y en si Mary Joe tendría razón. No sé por qué no me atrevía a preguntárselo a la abuela, pero decidí que se lo preguntaría a usted. Cuánto me alegro de que crea que estoy perfectamente de la azotea.

—Pues claro que sí. Mary Joe es una chica ignorante y boba, así que no te preocupes nunca de las cosas que diga —protestó Ana, indignada. Y decidió insinuarle discretamente a la señora Irving que sería recomendable que Mary Joe se mordiera un poquito la lengua.

—Bueno, me ha quitado un peso de encima —dijo Paul—. Ahora estoy contentísimo, maestra, gracias a usted. No sería bueno estar mal de la azotea, ¿verdad? Yo creo que Mary Joe se lo ha imaginado, porque a veces le cuento lo que pienso de las cosas.

—Eso es muy peligroso —reconoció Ana, desde lo más profundo de su experiencia personal.

—Bueno, voy a contarle más o menos lo que le dije a Mary Joe, para que usted decida si son ideas raras —dijo Paul—, pero quiero esperar hasta que empiece a oscurecer. A esa hora me muero por contárselo a alguien, y si no hay nadie a mano tengo que contárselo a Mary Joe. Aunque ya no volveré a contarle nada, si se imagina que estoy mal de la azotea. Me aguantaré las ganas y ya está.

—Y si tienes muchas ganas puedes venir a Tejas Verdes y contármelo a mí —sugirió Ana, con esa seriedad por la que tanto la querían los niños, a quienes les encanta que los tomen en serio.

—Sí, eso haré. Aunque espero que Davy no esté allí cuando vaya, porque me hace burla. No me molesta *mucho,* porque es un niño pequeño, pero no es agradable que te hagan burla. Y Davy pone unas caras horribles. A veces me preocupa que no pueda volver a adoptar su cara normal. Me lo hace en la iglesia, cuando tendría que concentrarme en las cosas sagradas. A Dora le caigo bien, y a mí también me gusta ella, aunque no tanto como antes de que le dijera a Minnie May Barry que cuando fuera mayor quería casarse conmigo. A lo mejor me caso con alguien cuando sea mayor, pero soy demasiado pequeño para pensar en eso por ahora, ¿no cree, maestra?

—Muy pequeño —afirmó la maestra.

—Y, hablando de casarse, me he acordado de otra cosa que me preocupa últimamente —añadió Paul—. La señora Lynde vino un día a merendar con la abuela, la semana pasada, y la abuela me obligó a que le enseñara el retrato de mi madre, el que me mandó mi padre de regalo por mi cumpleaños. Yo no quería enseñárselo a la señora Lynde. La señora Lynde es buena y amable, pero no apetece enseñarle el retrato de tu madre a una persona como ella. Ya lo sabe usted, maestra. Por supuesto, tuve que obedecer a la abuela. La señora Lynde dijo que mi madre era muy guapa, aunque tenía pinta de actriz, y que debía de ser muchísimo más joven que mi padre. Y luego añadió: «Es probable que tu papá vuelva a casarse algún día. ¿Te gustaría tener una nueva madre, señorito Paul?». Casi me quedo sin respiración solo de pensarlo, maestra, pero no podía consentir que la señora Lynde se diera cuenta. Así que la miré a la cara... así... y le dije: «Señora Lynde, mi padre hizo muy bien cuando eligió a mi primera madre y confío en que pueda encontrar a otra segunda madre igual de buena». Y es verdad que confío en él, maestra, pero de todos modos espero que, si algún día me da una nueva madre, me pida mi opinión antes de que sea demasiado tarde. Ahí viene Mary Joe para que vayamos a merendar. Voy a consultarle lo de la torta de manteca.

Y el resultado de la «consulta» fue que Mary Joe cortó un trozo de torta y ya de paso añadió un poco de mermelada. Ana sirvió el té y disfrutaron de una merienda muy alegre en la vieja y oscura salita, con las ventanas abiertas a las brisas del golfo, y dijeron tantas «tonterías» que Mary Joe se quedó escandalizada y al día siguiente le contó a Veronica que «la *maestrrra*» era tan rara como Paul. Después de merendar Paul llevó a Ana a su habitación para enseñarle el retrato de su madre, el misterioso regalo de cumpleaños que la señora Irving había escondido en la librería. A esa hora en la que el sol se ponía sobre el mar, el cuartito de Paul, de techo bajo, era un suave remolino de luz rojiza y sombras bailarinas, debido a los abetos que crecían muy cerca de la ventana cuadrada y hundida en la fachada. Envuelto en este tenue y precioso resplandor destacaba el retrato de una joven de rasgos dulces y aniñados, y ojos tiernos de madre, colgado en la pared a los pies de la cama.

—Esa es mi mamá —dijo Paul, con cariñoso orgullo—. Le pedí a la abuela que lo colgara ahí, para verlo cuando abriera los ojos por la mañana. Ya no me importa que no haya luz cuando me acuesto, porque tengo la sensación de que mi mamá está aquí conmigo. Mi padre sabía muy bien qué regalo de cumpleaños me gustaría más, aunque no me preguntó nada. ¿Verdad que es maravilloso lo mucho que saben los padres?

—Tu madre era muy guapa, Paul, y tú te pareces un poco a ella. Aunque ella tiene el pelo y los ojos más oscuros.

—Yo tengo los ojos del mismo color que mi padre —dijo Paul, mientras iba de un lado a otro para amontonar en el asiento de la ventana todos los almohadones disponibles—, pero él tiene el pelo gris. Tiene buen pelo, pero gris. Es que mi padre tiene casi cincuenta. Eso es ser viejo, ¿no? Aunque solo es viejo *por fuera*. *Por dentro* es tan joven como el que más. Ya está, maestra, siéntese aquí, por favor; yo me sentaré a sus pies. ¿Puedo apoyar la cabeza en sus rodillas? Así nos sentábamos mi mamá y yo. Ay, esto es maravilloso.

—Bueno, quiero que me hables de esas ideas que a Mary Joe le parecen tan raras —dijo Ana, acariciando la mata de rizos que tenía a su lado. Paul no necesitaba muchos ruegos para hablar de sus pensamientos... al menos con las almas gemelas.

—Se me ocurrieron una noche, entre los abetos —explicó como si soñara—. No me las *creí*, claro, pero las *pensé*. Luego quise contárselas a alguien y no había nadie más que Mary Joe. Estaba en la despensa, haciendo pan, y me senté a su lado en el banco y le dije: «Mary Joe, ¿sabe qué creo? Creo que la estrella de la tarde es un faro que está en el país donde viven las hadas». Y Mary Joe dijo: «Mira que eres *rrrarrro*. Las hadas no existen». Me molestó mucho. Por supuesto que sabía que las hadas no existen, pero eso no quita para que piense que sí. Usted me entiende, maestra. Lo intenté de nuevo, con mucha paciencia. Le dije: «Bueno, Mary Joe, ¿sabe lo que creo? Creo que un ángel se pasea por el mundo cuando se pone el sol... un ángel blanco, alto y grande, con las alas de plata plegadas... y que les canta a las flores y los pájaros hasta que se duermen. Los niños que saben escuchar pueden oírlo». Entonces Mary Joe levantó las manos llenas de harina y dijo: «Mira que eres un niño *rrrarrro*. Me das miedo». Y parecía asustada de verdad. Así que salí a susurrarle mis pensamientos al jardín. Había un haya muerta en el jardín. La abuela dije que la mató la sal que trae la brisa, pero yo creo que la dríade que vivía en ella era muy tonta y se fue a ver el mundo y se perdió. Y el arbolito se sentía tan solo que se murió de pena.

—Y cuando la dríade tonta se canse del mundo y vuelva a su árbol, también se morirá de pena —dijo Ana.

—Sí, pero las dríades tontas tienen que aceptar las consecuencias, como las personas de verdad —observó Paul, muy serio—. ¿Sabe qué pienso de la luna nueva, maestra? Creo que es un barquito de oro cargado de sueños.

—Y cuando choca con una nube algunos de esos sueños se derraman y nos caen encima mientras dormimos.

—Exacto, maestra. ¡Usted lo entiende todo! Y creo que las violetas son trocitos que caen del cielo cuando los ángeles recortan agujeros para que salga el brillo de las estrellas. Y los botones de oro están hechos de sol viejo, y creo que los guisantes serán mariposas cuando vayan al cielo. Bueno, maestra, ¿a usted estas ideas le parecen tan raras?

—No, cielo, no tienen nada de raras. Son ideas preciosas, poco frecuentes en un niño, y por eso a la gente que es incapaz de pensar algo parecido, aunque se pasara cien años intentándolo, le resultan raras. Pero tú sigue pensándolas, Paul... creo que algún día serás poeta.

En casa, Ana se encontró con un niño muy distinto al que tenía que acostar. Davy estaba mustio y, cuando Ana terminó de desnudarlo, se metió en la cama de un salto y hundió la cabeza en la almohada.

—Davy, te has olvidado de decir tus oraciones —le reprochó Ana.

—No, no me he olvidado —replicó Davy en tono desafiante—, es que no voy a rezar más. No pienso seguir intentando ser bueno, porque haga lo que haga a ti siempre te gusta más Paul Irving. Y para eso prefiero ser malo y divertirme.

—No me gusta más Paul Irving —contestó Ana, muy seria—. Tú me gustas tanto como él, solo que de otra manera.

—Pero yo quiero gustarte de la misma manera —insistió Davy, con un puchero.

—No te pueden gustar personas distintas de la misma manera. ¿Verdad que Dora y yo no te gustamos de la misma manera?

Davy se incorporó para reflexionar.

—Noooo... —reconoció por fin—. Dora me gusta porque es mi hermana, pero tú me gustas porque eres tú.

—Y a mí me gusta Paul porque es Paul y Davy porque es Davy —dijo Ana con alegría.

—Bueno, entonces siento no haber rezado —asintió Davy, convencido por esta lógica—. Pero es una lata levantarse ahora para rezar. Rezaré mañana por la mañana dos veces, Ana. ¿No da igual?

No, Ana estaba convencida de que no daba igual. Así que Davy salió de la cama gateando y se arrodilló delante de las rodillas de Ana. Cuando terminó su acto de devoción se inclinó hacia atrás, apoyado en los talones sucios, y miró a Ana.

—Ana, soy más bueno que antes.

—Sí, Davy, lo eres —asintió Ana, que nunca dudaba en reconocer el mérito a quien lo merecía.

—Yo *sé* que soy más bueno —aseguró Davy—, y te voy a decir por qué lo sé. Marilla me dio hoy dos trozos de pan con mermelada, uno para mí y otro para Dora. Uno era mucho más grande que el otro, y Marilla no me dijo cuál era el mío, y le di el trozo más grande a Dora. ¿Verdad que he sido bueno?

—Muy bueno, y muy hombrecito, Davy.

—Claro que —reconoció Davy— Dora no tenía mucha hambre y se comió solo la mitad de la tostada y me dio la otra mitad. Pero cuando se la di yo no sabía que iba a hacer eso, así que fui bueno, Ana.

Ya empezaba a oscurecer cuando Ana salió a dar un paseo hasta la Burbuja de la Dríade y se encontró con Gilbert Blythe, que se acercaba en la penumbra del Bosque Encantado. De repente cayó en la cuenta de que ya no era un colegial. ¡Y qué aspecto tan masculino tenía: alto, de expresión franca, ojos claros, sinceros, y hombros anchos! Ana pensó que era un chico muy guapo, aunque no se parecía en nada a su hombre ideal. Hacía ya mucho tiempo que Diana y ella decidieron qué tipo de hombre admiraban, y sus gustos eran idénticos. Tenía que ser muy alto y de aire distinguido, con la mirada inescrutable y melancólica y la voz dulce y agradable. No había nada de inescrutable o melancólico en la fisionomía de Gilbert, pero naturalmente eso no era un impedimento para la amistad.

Gilbert se tumbó en los helechos, al lado de la Burbuja, y miró a Ana con satisfacción. Si le hubieran pedido que describiera a su mujer ideal, su descripción se habría correspondido punto por punto con Ana, hasta en las siete pecas diminutas que tanto la desquiciaban con su ofensiva presencia. Gilbert era poco más que un chico, pero un chico tiene sus sueños, como todo el mundo, y en el futuro de Gilbert siempre aparecía una chica de ojos grises, grandes y claros, con la cara fina y delicada como una flor. Gilbert también había tomado la decisión de que su futuro tenía que ser digno de su diosa. Incluso en un lugar tan tranquilo como Avonlea se encontraban tentaciones en el camino. Las chicas de White Sands eran muy «adelantadas» y Gilbert era popular en todas partes. Pero quería ser digno de la amistad de Ana y tal vez, algún día, de su amor, y cuidaba sus palabras, pensamientos y actos con tanto esmero como si los ojos claros de Ana tuvieran que juzgarlos. Ella ejercía sobre él esa influencia inconsciente que cualquier chica de ideales nobles y puros ejerce sobre sus amigos, una influencia que perduraría mientras Ana fuera fiel a sus ideales y que seguramente perdería si alguna vez los traicionaba. A ojos de Gilbert, el mayor encanto de Ana era que nunca caía en actitudes mezquinas, como tantas chicas de Avonlea:

pequeñas envidias, desilusiones, rivalidades y palpables ofrecimientos de favor. Ana se quedaba al margen de todas estas cosas, no conscientemente ni a propósito, sino por la sencilla razón de que esta conducta era completamente ajena a su naturaleza impulsiva y transparente, clara como el cristal en sus aspiraciones y motivos.

Pero Gilbert no intentaba expresar sus pensamientos, pues tenía más que buenos motivos para creer que Ana cortaría de raíz, con implacable frialdad, cualquier brote de sentimentalismo... O se reiría de él, y eso era diez veces peor.

—Pareces una dríade debajo de ese abedul —dijo en broma.

—Me encantan los abedules —contestó Ana, apoyando la mejilla en la seda cremosa del tronco esbelto, con uno de esos gestos de cariño tan bonitos y naturales en ella.

—Entonces te alegrará saber que el señor Major Spencer ha decidido plantar una hilera de abedules en la carretera de su granja, para animar a la asociación —anunció Gilbert—. Me lo ha contado hoy. Major Spencer es el hombre más progresista y con mayor espíritu cívico de Avonlea. Y el señor William Bell va a plantar un seto de pícea en su parte de la carretera y hasta la entrada de su casa. Nuestra asociación va de maravilla, Ana. Ha pasado la fase experimental y ya es un hecho. Los mayores empiezan a interesarse por lo que hacemos y en White Sands están pensando en crear una igual. Hasta Elisha Wright se ha convencido, desde ese día que los estadounidenses del hotel vinieron de excursión a la playa. Elogiaron las orillas de los caminos y dijeron que eran los más bonitos de la isla. Y, cuando los demás agricultores sigan el buen ejemplo del señor Spencer y planten setos y árboles ornamentales al borde de sus caminos, Avonlea será el pueblo más bonito de la provincia.

—Las mujeres de la Sociedad de Ayuda están pensando en arreglar el cementerio —dijo Ana—. Espero que se animen, porque para eso habrá que recaudar fondos, y después de lo que pasó con el salón de actos sería imposible que lo hiciéramos nosotros. Aunque ellas no habrían movido un dedo si no les hubiéramos dado la idea extraoficialmente. Los árboles que plantamos alrededor de la iglesia están floreciendo, y la junta escolar me ha prometido que el año que viene pondrá una valla alrededor de la escuela. Si hacen eso, pienso organizar un día del árbol, para que cada niño plante el suyo, y pondremos un huerto en la esquina, al lado del camino.

—Por ahora hemos conseguido todos nuestros proyectos, menos el de derribar la casa de los Boulter —dijo Gilbert—, y a eso ya he renunciado, por desesperación. Levi no lo consentirá nunca, aunque solo sea para fastidiarnos. Los Boulter tienen tendencia a llevar la contraria, y él especialmente.

—Julia Bell quiere enviar a otro comité a hablar con él, pero yo creo que es mejor no hacer nada —observó Ana con sensatez.

—Y confiar en la Providencia, como diría la señora Lynde —sonrió Gilbert—. Nada de comités. Con eso solo conseguiríamos sacarlo de quicio. Julia Bell cree que con una comisión se arregla todo. La próxima primavera, Ana, tenemos que lanzar una campaña a favor de los céspedes y los jardines bonitos. Plantaremos buenas semillas este invierno. Tengo aquí un libro sobre el césped y su siembra, y pronto os presentaré un informe. Bueno, parece que casi han terminado las vacaciones. Las clases empiezan el lunes. ¿Ha conseguido Ruby Gillis la escuela de Carmody?

—Sí. Priscilla me escribió para contarme que ha montado su propia escuela en casa, y la junta escolar le ha dado a Ruby el puesto de Carmody. Vendrá a Avonlea los sábados, y será como en los viejos tiempos cuando estemos las cuatro juntas: Ruby, Jane, Diana y yo.

Marilla, que acababa de volver de casa de la señora Lynde, estaba sentada en el porche de atrás cuando llegó Ana.

—Rachel y yo hemos decidido hacer nuestra escapada a la ciudad mañana —anunció—. El señor Lynde ya se encuentra mejor esta semana y Rachel quiere ir antes de que le dé otro arrechucho.

—Yo quiero levantarme tempranísimo mañana, porque tengo un montón de cosas que hacer —dijo Ana, con responsabilidad—. Para empezar voy a cambiar la funda del colchón de plumas. Tenía que haberlo hecho hace semanas y lo he ido dejando... es una tarea aborrecible. Sé que es muy mala costumbre posponer las tareas desagradables, y no pienso volver a hacerlo, porque entonces no podré decirles tranquilamente a mis alumnos que no lo hagan. Sería incoherente. Después quiero hacer un bizcocho para el señor Harrison, terminar mi documento sobre jardines para la asociación, escribir a Stella, lavar y almidonar mi vestido de muselina y hacerle un delantal nuevo a Dora.

—No podrás hacer ni la mitad —observó Marilla con pesimismo—. Yo nunca me propongo hacer tantas cosas, y aun así siempre me surge algún impedimento.

Capítulo xx
COMO SUELE OCURRIR

A na madrugó a la mañana siguiente y saludó con felicidad al nuevo día, cuando los estandartes del amanecer ondeaban victoriosos en el cielo perlado. Tejas Verdes flotaba en un charco de sol salpicado de las sombras bailarinas de los sauces y los álamos. A un lado de la granja se extendía el trigal del señor Harrison, una llanura de oro claro rizada por el viento. El mundo era tan hermoso que Ana pasó diez minutos divinos perezosamente apoyada en la cerca del huerto, empapándose de su belleza.

Después de desayunar Marilla se preparó para el viaje. Se llevaría con ella a Dora, porque le había prometido este premio hacía mucho tiempo.

—Tú, Davy, procura ser bueno y no molestes a Ana —le ordenó con severidad—. Si eres bueno te traeré de la ciudad un caramelo de rayas.

Y es que, por desgracia, Marilla había tomado la mala costumbre de sobornar a la gente para que se portara bien.

—No me portaré mal aposta, pero ¿qué pasa si lo hago por accidente? —preguntó Davy.

—Tendrás que evitar los accidentes —le advirtió Marilla—. Ana, si viene el señor Shearer compra una buena pieza de carne para asar y algún filete. Si no viene, tendrás que matar un pollo para mañana.

Ana asintió.

—No voy a cocinar solo para Davy y para mí —dijo—. A mediodía nos comeremos ese codillo de jamón frío, y cuando volváis esta noche os freiré un filete.

—Voy a ayudar al señor Harrison a cargar algas esta mañana —anunció Davy—. Me lo ha pedido, y espero que también me pida que me quede a comer. El señor Harrison es buenísimo. Es un hombre muy simpático. Cuando sea mayor me gustaría ser como él. Quiero decir *portarme* como él... no *parecerme* a él. Aunque supongo que no hay peligro de eso, porque la señora Lynde dice que soy un niño muy guapo. ¿Tú crees que eso durará, Ana? Me gustaría saberlo.

—Yo diría que sí —contestó Ana, muy seria—. Eres un niño guapo, Davy. —Marilla puso cara de enorme disgusto, y Ana añadió—: Pero tienes que estar a la altura y ser un hombre bueno y educado además de guapo.

—El otro día le dijiste a Minnie May Barry, cuando viste que lloraba porque alguien la había llamado fea, que si era buena y amable y cariñosa a nadie le importaría la pinta que tuviera —dijo Davy de mal humor—. Parece que por una cosa o por otra en este mundo no hay forma de librarse de ser bueno. Es *obligatorio* portarse bien.

—¿No quieres ser bueno? —preguntó Marilla, que aunque había aprendido mucho seguía sin aprender que era inútil hacer estas preguntas.

—Sí, quiero ser bueno, pero tampoco *demasiado* —dijo Davy con recelo—. No hace falta ser muy bueno para ser director de catequesis. El señor Bell dirige la catequesis y es un hombre muy malo.

—Eso no es verdad —protestó Marilla, indignada.

—Lo es... Hasta él lo dice —aseguró Davy—. Lo dijo el domingo pasado cuando rezó. Dijo que era un gusano vil y un miserable pecador y culpable de la más negra iniquidad. ¿Qué cosa tan mala habrá hecho, Marilla? ¿Habrá matado a alguien? ¿O robado el dinero del cepillo? Me gustaría saberlo.

Por suerte en ese momento llegaba en el coche la señora Lynde, y Marilla se marchó con la sensación de haberse librado de la trampa, aunque lamentando profundamente que el señor Bell fuera tan metafórico en sus oraciones públicas, sobre todo cuando iban a oírlo niños con tanta ansia de «saber».

Ana, sola y en la gloria, trabajó a conciencia. Barrió el suelo, hizo las camas, dio de comer a las gallinas, lavó el vestido de muselina y lo colgó en el tendedero. Por fin se preparó para cambiar la funda del colchón. Subió al desván y se puso el primer vestido que encontró a mano... el de lana azul marino que llevaba a los catorce años. Era tirando a corto y tan «soso» como el famoso pichi que llevaba el día de su debut en Tejas Verdes, pero al menos no se estropearía con la pelusilla de las plumas. Completó su atuendo anudándose en la cabeza un pañuelo de lunares rojos y blancos que había sido de Matthew, y así equipada fue a la cocina para ocuparse del colchón de plumas, que Marilla antes de irse la había ayudado a trasladar.

En mala hora se le ocurrió mirarse en el espejo agrietado que había junto a la ventana: ahí estaban las siete pecas en la nariz, más llamativas que nunca, o esa impresión le dio con la intensa luz que entraba por el cristal sin cortinas.

«Ay, anoche se me olvidó ponerme la loción —pensó—. Mejor que vaya corriendo a la despensa y me la ponga ahora.»

¡Cuánto había sufrido en el intento de quitarse aquellas pecas! Una vez se le peló la nariz entera, pero las pecas resistieron. Días antes había visto en una revista una receta para preparar una loción contra las pecas y, como tenía los ingredientes a mano, la preparó enseguida, con gran disgusto de Marilla, que creía que si Dios te había puesto pecas en la nariz tenías la obligación imperiosa de dejarlas en paz.

Fue volando a la despensa, donde siempre daba la sombra del sauce que crecía muy cerca de la ventana y en ese momento estaba casi a oscuras, por la malla que habían puesto para que no entrasen las moscas. Buscó el frasco en el estante y se aplicó una buena cantidad de loción en la nariz, con ayuda de una esponjita que reservaba para este fin. Completada esta misión volvió a su tarea. Quien haya cambiado alguna vez la funda de un colchón de plumas no necesitará que le expliquen que, una vez terminado el trasvase, Ana estaba hecha un cuadro. Tenía el vestido blanco, cubierto de pelusa y borra, y un auténtico halo de plumas alrededor del pelo, que se le escapaba del pañuelo. En tan oportuno momento llamaron a la puerta de la cocina.

«Seguro que es el señor Shearer —pensó Ana—. Estoy hecha una pena, pero tendré que bajar a abrir, porque siempre va con prisa.»

Y fue corriendo a la puerta de la cocina. Si la tierra tuviera la caridad de abrirse para tragarse a una miserable damisela emplumada, el suelo del porche de Tejas Verdes tendría que haberse tragado a Ana en ese momento. En la puerta estaba Priscilla Grant, impecable y divina, con un vestido de seda, y a su lado una mujer bajita y gorda, con traje de *tweed,* y otra señora alta y majestuosa, maravillosamente vestida, guapa, de frente alta, ojos grandes de color violeta y unas pestañas negras, a la que Ana reconoció «por instinto», como decía cuando era pequeña, como la señora Charlotte E. Morgan.

En el horror del momento una idea se impuso en mitad de su confusión mental, y a ella se aferró Ana como al conocido clavo ardiendo. Todas las heroínas de la señora Morgan destacaban por «estar a la altura de las circunstancias». Fueran cuales fueran sus dificultades, siempre estaban a la altura y demostraban su superioridad frente a todos los males del tiempo, el espacio y la cantidad. Así, Ana se vio obligada a estar a la altura, y eso hizo, con tal perfección que Priscilla aseguraría más tarde que nunca había sentido tanta admiración por Ana Shirley como en ese momento. Si se sintió herida en su amor propio supo disimularlo. Saludó a Priscilla y esperó a que le presentaran a sus acompañantes con la misma calma y la misma serenidad que si hubiera ido ataviada con regias vestiduras. A decir verdad, se quedó de piedra cuando supo que la señora a la que instintivamente había tomado por Charlotte E. Morgan no era ni mucho menos la señora Morgan, sino una desconocida señora Pendexter, mientras que la mujer bajita, gorda y con canas era la señora Morgan. Pero esta sorpresa menor no fue nada comparada con la que había causado su llegada. Ana llevó a sus visitas a la sala de estar, donde las dejó mientras iba corriendo a ayudar a Priscilla a desenganchar al caballo.

—Es horrible presentarse así, sin avisar —se disculpó Priscilla—, pero es que hasta anoche no supe que veníamos. La tía Charlotte se va el lunes y hoy había prometido que pasaría el día con una amiga en la ciudad. Pero anoche su amiga la avisó de que no fuera, porque está en cuarentena por la escarlatina. Así que le propuse venir, sabiendo que tenías muchas ganas de conocerla. Pasamos por el Hotel de White Sands a por la señora Pendexter. Es una amiga de la tía, que vive en Nueva York y está casada con un millonario. No podemos quedarnos mucho rato, porque la señora Pendexter tiene que estar en el hotel sobre las cinco.

Varias veces, mientras desenganchaban al caballo, Ana vio que Priscilla la miraba de reojo y con desconcierto.

«No entiendo por qué me mira así —pensó, un poco ofendida—. Si no sabe lo que es cambiar un colchón de plumas se lo podría *imaginar*.»

Cuando Priscilla pasó a la salita, y antes de que Ana pudiera subir a su dormitorio, Diana entró en la cocina. Ana sujetó del brazo a su atónita amiga.

—Diana Barry, ¿quién crees que está ahora mismo en la salita? La señora Charlotte E. Morgan... y la mujer de un millonario de Nueva York... ¡Y yo con estas pintas... y sin nada que ofrecerles más que codillo de jamón frío!

Ana vio entonces que Diana la miraba exactamente con el mismo asombro que Priscilla. No pudo más.

—Ay, Diana, no me mires así —le imploró—. Al menos tú deberías saber que ni siquiera la persona más pulcra del mundo puede cambiar la funda de un colchón de plumas sin ponerse perdida.

—No... no... no son las plumas —titubeó Diana—. Es... es... tu nariz, Ana.

—¿Mi nariz? Ay, Diana, ¡no creo que le pase nada a mi nariz!

Fue corriendo a mirarse en el espejo del fregadero. De un vistazo descubrió la tremenda verdad. ¡Tenía la nariz roja y brillante!

Se sentó en el sofá, con toda su valentía definitivamente derrotada.

—¿Qué le ha pasado? —preguntó Diana, cuya curiosidad venció al tacto.

—Creí que me había puesto la loción para las pecas, pero he debido de ponerme el tinte rojo que usa Marilla para el dibujo de las alfombras —fue la desesperada respuesta de Ana—. ¿Qué hago?

—Lavarte —dijo Diana, siempre práctica.

—A lo mejor no se quita con agua. Primero me tiño el pelo y luego me tiño la nariz. Marilla me cortó el pelo cuando me lo teñí, pero no creo que

en este caso podamos aplicar el mismo remedio. Bueno, este es otro castigo por mi vanidad, y supongo que me lo merezco... Aunque eso no me consuela nada. Casi me hace creer en la mala suerte, aunque la señora Lynde dice que eso no existe, que todo está predeterminado.

Por fortuna, el tinte se eliminó con facilidad y Ana, algo más tranquila, subió a su buhardilla mientras Diana iba a casa corriendo. Ana no tardó en bajar de nuevo, aseada y en su sano juicio. Como el vestido de muselina que con tanto cariño esperaba ponerse se estaba secando en el tendedero, meciéndose alegremente, tuvo que conformarse con su bata negra. Ya tenía el fuego encendido y el té reposando cuando volvió Diana, con su muselina, al menos ella, y una fuente en la mano, tapada con un paño.

—Esto es de parte de mamá —dijo, levantando el paño para mostrar a los agradecidos ojos de Ana un pollo exquisitamente deshuesado y trinchado.

Acompañaron el pollo con pan fresco, un queso y una mantequilla excelentes, el bizcocho de fruta de Marilla y una fuente de ciruelas en conserva que flotaban en su sirope dorado como congeladas en la luz del sol estival. Y, aunque también pusieron un cuenco enorme con margaritas rosas y blancas, como decoración, el despliegue resultaba muy modesto en comparación con el primero que prepararon para la señora Morgan.

Las invitadas de Ana, que tenían mucha hambre, no pensaron que faltase nada, y dieron cuenta de las sencillas viandas con evidente placer. Pasados los primeros momentos, Ana no volvió a pensar en el menú. Y aunque el aspecto de la señora Morgan quizá fuera algo decepcionante, como hasta sus más fieles admiradores se veían obligados a admitir, su conversación era deliciosa. Había viajado mucho y era una narradora excelente. Conocía bien a los hombres y las mujeres y sabía cristalizar sus experiencias en ingeniosas expresiones y epigramas que producían en sus oyentes la sensación de estar en compañía de un inteligente personaje literario. Y por debajo de tanta chispa se percibía una sincera corriente de bondad y simpatía femenina que despertaba tanto cariño como su brillantez despertaba admiración. Tampoco monopolizaba la conversación. Sabía hacer hablar a los demás con la misma intensidad y soltura que ella, y Ana y Diana se sorprendieron expresándose con plena libertad. La señora Pendexter habló muy poco: se limitaba a sonreír, con unos ojos y unos labios preciosos, y se tomó el pollo, el bizcocho y las conservas con la misma elegancia y delicadeza que si fueran néctar y ambrosía. Y es que, como le dijo Ana a Diana después, una persona tan exquisita como la señora Pendexter no necesitaba hablar: le bastaba con *lucirse*.

Después de comer fueron a pasear por el Paseo de los Enamorados, el Valle de las Violetas y la Senda de los Abedules, y volvieron por el Bosque Encantado hasta la Burbuja de la Dríade, donde pasaron media hora deliciosa de conversación. La señora Morgan se interesó por el nombre del Bosque Encantado, y lloró de risa cuando le contaron la dramática historia de cierto memorable paseo de Ana a la hechizante hora del crepúsculo.

—¿Verdad que ha sido un auténtico festín para la razón y el espíritu? —dijo Ana cuando sus invitadas ya se habían marchado y estaba a solas con Diana—. No sé cómo he disfrutado más, si escuchando a la señora Morgan o mirando a la señora Pendexter. Creo que hemos pasado un rato más agradable que si hubiéramos sabido que venían y nos hubiéramos desvivido para atenderlas. Tienes que quedarte a tomar el té conmigo, Diana, para repasarlo todo.

—Priscilla dice que la cuñada de la señora Pendexter está casada con un conde inglés, y aun así ha repetido ciruelas —señaló Diana, como si las dos cosas fueran incompatibles.

—Yo diría que ni el propio conde inglés habría mirado con desprecio aristocrático las ciruelas de Marilla —contestó Ana con orgullo.

Esa noche, cuando le relató a Marilla la historia del día, Ana no dijo nada del accidente de su nariz, pero fue a por el frasco de loción para las pecas y lo vació por la ventana.

—No pienso usar más potingues de belleza —dijo, con triste determinación—. Puede que estén bien para la gente concienzuda y cuidadosa, pero para alguien tan desesperantemente dado como yo a meter la pata, usarlos es tentar al destino.

Capítulo XXI
LA DULCE SEÑORITA LAVENDAR

mpezó el curso, y Ana volvió al trabajo con menos teorías y mucha más experiencia. Tenía varios alumnos nuevos, de seis y siete años, que salían por primera vez, boquiabiertos, a un mundo sorprendente. Entre ellos estaban Davy y Dora. Davy se sentó con Milty Boulter, que llevaba ya un año yendo a la escuela y era por tanto todo un hombre de mundo. Dora había hecho un pacto el domingo anterior en catequesis para sentarse con Lily Sloane, pero Lily no fue a clase el primer día, y Dora tuvo que sentarse temporalmente con Mirabel Cotton, que tenía diez años y para Dora era «una de las mayores».

—Creo que la escuela es muy divertida —le dijo Davy a Marilla esa tarde, cuando volvió a casa—. Dijo usted que me costaría estar sentado y quieto, y así fue... Veo que normalmente dice la verdad... Pero puedes mover las piernas por debajo del pupitre y eso ayuda un montón. Es estupendo tener tantos niños con quien jugar. Me siento con Milty Boulter, y es simpático. Es más alto que yo, pero yo soy más ancho. Es mejor sentarse en las filas de atrás, aunque no puedes quedarte ahí hasta que te crezcan las piernas y te lleguen al suelo. Milty hizo un dibujo de Ana en su pizarra, y la sacó feísima, y le dije que si volvía a hacer dibujos de Ana le zurraría en el recreo.

Primero pensé hacer un dibujo de Milty y ponerle cuernos y rabo, pero tenía miedo de herir sus sentimientos, porque Ana dice que no hay que herir nunca los sentimientos de nadie. Por lo visto es horrible que te hieran los sentimientos. Si *tienes* que hacer algo es mejor tirar a un chico al suelo que herir sus sentimientos. Milty dijo que no me tenía miedo, pero enseguida borró el nombre de Ana de debajo del dibujo y escribió el de Barbara Shaw, para hacerse mi amigo. A Milty no le cae bien Barbara, porque le llama «dulce pequeñín» y una vez le acarició la cabeza.

Dora, muy recatada, dijo que le había gustado la escuela, pero estaba incluso más callada que de costumbre, y esa noche, cuando Marilla le dijo que subiera a acostarse, la niña titubeó y se echó a llorar.

—Es que... me da miedo —sollozó—. No quiero... subir sola en la oscuridad.

—¿Qué se te ha metido en la cabeza? —dijo Marilla—. Llevas todo el verano acostándote sola y nunca te ha dado miedo.

Al ver que Dora seguía llorando, Ana la abrazó, la acurrucó con cariño y le dijo al oído:

—Cuéntaselo a Ana, cielo. ¿De qué tienes miedo?

—De... del tío de Mirabel Cotton —sollozó Dora—. Mirabel Cotton me ha contado hoy la historia de su familia. Casi todos en su familia han muerto... Sus abuelos, sus abuelas y un montón de tíos y de tías. Tienen la costumbre de morirse, dice Mirabel, y está muy orgullosa de tener tantos parientes muertos, y me ha contado de qué murieron todos y qué decían y qué pinta tenían en el ataúd. Y también dice que a uno de sus tíos lo vieron andando por los alrededores de la casa cuando ya lo habían enterrado. Lo vio la madre de Mirabel. Los demás no me dan tanto miedo, pero no puedo dejar de pensar en ese tío.

Ana subió con Dora y se quedó con ella hasta que vio que se había dormido. Al día siguiente llamó a Mirabel Cotton en el recreo y «con cariño pero con firmeza» le explicó que, si tienes la desgracia de que un pariente muerto sigue merodeando alrededor de las casas cuando ya lo han enterrado dignamente, no es de buen gusto hablarle de tan excéntrico caballero a tu compañera de pupitre de corta edad. Mirabel se lo tomó muy a mal. Los Cotton no tenían mucho de lo que presumir. ¿Cómo iba a conservar su prestigio entre sus compañeros si le prohibían sacar rédito del fantasma de la familia?

Septiembre dio paso a la elegancia granate y dorada de octubre. Un viernes por la tarde llegó Diana.

—Hoy he recibido carta de Ella Kimball, Ana. Quiere que vayamos mañana a tomar el té, para que conozcamos a su prima, Irene Trent, que vive en la ciudad. Pero en casa mañana necesitan todos los caballos y tu poni está cojo... así que me parece que no podemos ir.

—¿Por qué no vamos andando? —propuso Ana—. Si caminamos en línea recta por el bosque saldremos a la carretera de West Grafton, no muy lejos de casa de los Kimball. Pasé por ahí el invierno pasado y conozco el camino. Está a menos de siete kilómetros y no tendremos que volver andando porque seguro que nos trae Oliver Kimball. Se alegrará mucho de tener una excusa para ir a ver a Carrie Sloane, porque dicen que su padre rara vez le deja llevarse un caballo.

Conque decidieron ir andando, y al día siguiente por la tarde fueron por el Paseo de los Enamorados hasta la parte de atrás de la granja de los Cuthbert, donde encontraron un camino que llevaba al resplandeciente corazón de los bosques de hayas y arces, envueltos en una fabulosa incandescencia de oro y fuego, y tendidos en una inmensa paz y quietud púrpura.

—Es como si el año se arrodillara para rezar en una inmensa catedral inundada por una suave luz de colores, ¿verdad? —dijo Ana, como en sueños—. Y no parece bien ir por aquí deprisa, ¿verdad? Parece irreverente, como correr en una iglesia.

—Pues tenemos que darnos prisa de todos modos —contestó Diana, echando un vistazo al reloj—. Ya vamos con el tiempo muy justo.

—Bueno, iré deprisa, pero no me pidas que hable —dijo Ana, apretando el paso—. Quiero empaparme de la belleza de este día... Tengo la sensación de que me la acercaran a los labios, como una copa de vino etéreo, y a cada paso que doy bebiera un sorbo.

Y quizá porque estaba tan absorta, «empapándose de la belleza», Ana giró a la izquierda cuando llegaron a un cruce del camino. Tendría que haber girado a la derecha, aunque más adelante siempre contaría este error entre los más afortunados de su vida. Por fin salieron a un solitario camino de hierba, bordeado de píceas y sin nada más a la vista.

—Pero ¿dónde estamos? —preguntó Diana, desconcertada—. Esto no es el camino de West Grafton.

—No, es el arranque del camino de Middle Grafton —reconoció Ana, muy avergonzada—. Me habré equivocado en el cruce. No sé dónde estamos exactamente, pero deben de quedarnos por lo menos cinco kilómetros todavía hasta casa de los Kimball.

—Entonces no llegamos a las cinco, porque ya son las cuatro y media —señaló Diana, mirando el reloj con desesperación—. Cuando lleguemos ya habrán tomado el té y tendrán que molestarse en servírnoslo otra vez a nosotras.

—Va a ser mejor que volvamos a casa —dijo Ana con humildad. Pero Diana vetó la propuesta después de pararse un momento a pensar.

—No, ya que hemos llegado hasta aquí podemos ir y pasar la tarde.

Un poco más adelante llegaron a un punto donde el camino volvía a bifurcarse.

—¿Cuál de los dos será? —dudó Diana.

Ana negó con la cabeza.

—No lo sé, y no podemos permitirnos más errores. Aquí hay una cancela y un sendero que va al bosque. Seguramente habrá una casa al otro lado. Vamos a preguntar.

—Qué sendero tan antiguo y tan romántico —observó Diana mientras seguían sus vueltas y revueltas. Discurría entre ancianos abetos patriarcales que entrelazaban sus ramas en lo alto, creando una eterna penumbra en la que ninguna otra especie podía crecer. A ambos lados se superponían las ramas de madera oscura, atravesadas en algunas zonas por las lanzas del sol. Todo era quietud y lejanía, como si el mundo y sus preocupaciones quedaran muy lejos.

—Me siento como si estuviéramos en un bosque encantado —dijo Ana en voz baja—. ¿Tú crees que encontraremos el camino de vuelta al mundo real, Diana? Me parece que vamos a llegar a un palacio donde vive una princesa encantada.

Lo que vieron al torcer la siguiente curva no era un palacio sino una casita, casi tan sorprendente como un palacio en aquella región de típicas granjas de madera, todas tan parecidas en sus rasgos generales como si hubieran brotado de la misma semilla. Ana se paró en seco, fascinada, y Diana exclamó:

—Ah, ya sé dónde estamos. En esa casita de piedra vive la señorita Lavendar Lewis... Creo que ella lo llama el Pabellón del Eco. Había oído hablar de esta casa muchas veces, pero nunca la había visto. ¿Verdad que es un sitio romántico?

—Es lo más dulce y más bonito que he visto o imaginado nunca —asintió Ana, maravillada—. Parece sacado de un cuento o de un sueño.

La casa estaba hecha con bloques de arenisca roja de la isla. Tenía el techo bajo, el tejado en punta, con dos tragaluces rematados por unas curiosas capuchas de madera, y dos chimeneas grandes. La fachada estaba tapizada por una frondosa parra que encontraba un agarre fácil en la tosca superficie de la piedra y cobraba con las heladas del otoño los más preciosos tonos del bronce y el vino tinto.

Delante de la casa había un jardín, más largo que ancho, al que se entraba por una cancela del camino por el que iban las chicas. La casa delimitaba el jardín a un lado; los otros tres los cerraba un antiguo dique de piedra, tan invadido por el musgo, la hierba y los helechos que parecía una alta ladera verde. A izquierda y derecha se extendían las píceas altas y oscuras, con sus ramas abiertas como palmeras, y debajo había un prado pequeño y verde, lleno de rastrojos de trébol, que bajaba hasta la cinta azul del río Grafton. No había más casas ni claros a la vista: solo cerros y valles alfombrados con los penachos de los abetos jóvenes.

—¿Qué clase de persona será la señorita Lewis? —se preguntó Diana cuando abrieron la cancela del jardín—. He oído decir que es una mujer muy singular.

—Entonces será interesante —aseguró Ana—. La gente singular por lo menos es siempre interesante, al margen de otras cosas. ¿No te dije que íbamos a llegar a un palacio encantado? Ya sabía yo que los elfos no habían llenado el camino de magia así porque sí.

—Pero la señorita Lavendar Lewis no es ni mucho menos una princesa encantada —se rio Diana—. Es una solterona... Tiene cuarenta y cinco años y el pelo gris, según he oído.

—Ah, eso precisamente es parte del hechizo —afirmó Ana con confianza—. Sigue siendo joven y hermosa de espíritu... Y si supiéramos deshacer el conjuro volvería a ser rubia y radiante. Pero no sabemos... Eso siempre lo sabe solo el príncipe... Y el de la señorita Lavendar no ha llegado todavía. A lo mejor le ha ocurrido un percance fatal... Aunque eso va en contra de la ley de todos los cuentos de hadas.

—Me temo que ese príncipe vino y se fue hace mucho tiempo —dijo Diana—. Dicen que iba a casarse con Stephen Irving... el padre de Paul... cuando eran jóvenes. Pero se pelearon y se separaron.

—Calla —dijo Ana—. La puerta está abierta.

Las chicas se pararon en el porche, debajo de los zarcillos de la parra, y llamaron a la puerta abierta. Se oyeron pasos rápidos y apareció un personajillo de lo más pintoresco: una niña de unos catorce años, con pecas, la nariz respingona, una boca tan grande que casi parecía como estirada «de oreja a oreja» y unas trenzas largas de pelo rubio atadas con dos enormes lazos de cinta azul.

—¿Está en casa la señorita Lewis? —preguntó Diana.

—Sí, señorita. Pase, señorita. Le diré a la señorita Lavendar que están aquí. Está arriba, señorita.

Con esto, la pequeña criada se perdió de vista y las chicas se quedaron solas, observándolo todo con fascinación. El interior de la casa era tan interesante como el exterior.

Se encontraban en una sala de techo bajo, con dos ventanas pequeñas, de cuarterones, y cortinas con volantes de muselina. Todos los muebles eran antiguos, pero los conservaban con tanto primor que causaban un efecto delicioso. Aunque había que reconocer, con sinceridad, que lo más atractivo de todo, para dos niñas sanas que acababan de darse una caminata de siete kilómetros bajo el aire del otoño, era una mesa preparada con un servicio de porcelana azul claro, llena de exquisiteces y con varias ramitas de helecho doradas que daban al mantel lo que Ana habría llamado «un aire festivo».

—La señorita Lavendar espera invitados para tomar el té —susurró—. Hay seis servicios puestos. Y qué chiquilla tan curiosa es su criada. Parecía una mensajera del reino de los duendes. Supongo que ella podría habernos indicado el camino, pero yo tenía curiosidad por ver a la señorita Lavendar. Ah... Ahí viene.

Y al momento la señorita Lavendar Lewis estaba en el pasillo. Las chicas, que estaban atónitas, se olvidaron de los buenos modales y la miraron sin disimular. Esperaban, inconscientemente, encontrarse con la típica solterona mayor, como de costumbre: angulosa, con el pelo gris muy estirado y gafas. Era imposible imaginar nada menos parecido a la señorita Lavendar.

Era muy bajita, con el pelo blanco como la nieve: abundante, con unas ondas preciosas, bien ahuecado y con unos tirabuzones muy favorecedores. Tenía la cara casi de niña, con las mejillas sonrosadas, los labios muy dulces, los ojos castaños y grandes, y... ¡hoyuelos de verdad! Llevaba un vestido muy delicado, de muselina color crema, con rosas de un tono muy claro; un vestido que habría resultado ridículo, por lo juvenil, en la mayoría de las mujeres de su edad, pero a ella le quedaba tan perfecto que a nadie se le ocurriría pensar eso.

—Charlotta Cuarta dice que queríais verme —anunció, con una voz a juego con su aspecto.

—Queríamos preguntar por dónde se va a West Grafton —explicó Diana—. Nos han invitado a merendar en casa del señor Kimball, pero nos equivocamos de camino en el bosque y acabamos por uno que va por debajo del de West Grafton. En su cancela, ¿tenemos que ir a la derecha o a la izquierda?

—A la izquierda —dijo la señorita Lavendar, mirando la mesa puesta con aire dubitativo. Y luego, como en un arranque de determinación, exclamó—: Pero ¿no vais a merendar conmigo? Quedaos, por favor, el señor Kimball ya habrá merendado cuando lleguéis. Y a Charlotta Cuarta y a mí nos encantará vuestra compañía.

Diana miró a Ana con gesto interrogante.

—Nos encantaría —asintió Ana sin pensarlo dos veces, porque ya había decidido que quería conocer mejor a la sorprendente señorita Lavendar—, si no es ninguna molestia para usted. Pero espera visitas, ¿verdad?

La señorita Lavendar volvió a mirar la mesa y se puso colorada.

—Ya sé que pensaréis que soy tonta de remate —dijo—. Soy tonta... y cuando me descubren me da vergüenza, pero *solo* cuando me descubren. No espero a nadie... Solo hago como si fuera que sí. Es que me sentía muy sola. Me encanta tener compañía... es decir, cuando la compañía es buena... pero aquí viene muy poca gente, porque esto está muy lejos del camino. Charlotta Cuarta también se sentía sola. Así que decidí hacer como si esperásemos invitados para merendar. Cociné... decoré la mesa... saqué la vajilla de porcelana china de la boda de mi madre... y me vestí para la ocasión.

Diana pensó que la señorita Lavendar era tan peculiar como decían. ¡Qué cosa tan curiosa que una mujer de cuarenta y cinco años fingiera que tenía invitados a merendar, como una niña! Pero Ana, la de los ojos brillantes, exclamó llena de alegría:

—¡Ah! ¿Usted también se imagina cosas?

El «también» revelaba que la señorita Lavendar era un alma gemela.

—Pues sí —confesó con valentía—. Ya sé que es absurdo en una persona tan mayor como yo, pero ¿de qué sirve ser mayor e independiente si una no puede ser tonta cuando se le antoja, si con eso no hace daño a nadie? Todo el mundo necesita alguna compensación. A veces creo que no podría vivir si no me imaginara cosas. Normalmente no me pillan y Charlotta Cuarta nunca dice nada. Pero me alegro de que hoy me hayáis pillado, porque estáis aquí de verdad y tengo la merienda preparada para vosotras. ¿Queréis dejar los sombreros en la habitación de invitados? Es la puerta blanca que está al final de la escalera. Yo voy corriendo a la cocina para asegurarme de que Charlotta Cuarta no está recociendo el té. Es una chica estupenda, pero deja que el té hierva.

La señorita Lavendar fue a la cocina con la intención de ser buena anfitriona mientras las chicas buscaban el cuarto de invitados, tan blanco como su puerta, iluminado por el tragaluz, con su cortina de parra y, según lo expresó Ana, con pinta de que era allí donde brotaban los sueños felices.

—Esto es toda una aventura, ¿eh? —dijo Diana—. Y ¿verdad que la señorita Lavendar es encantadora, aunque sea un pelín rara? No parece una solterona.

—Yo creo que es como ver la música sonar —contestó Ana.

Cuando bajaron, la señorita Lavendar llevaba la tetera en la mano, y detrás de ella, contentísima, iba Charlotta Cuarta, con una fuente de galletas recién hechas.

—Ahora, decidme cómo os llamáis —pidió la señorita Lavendar—. Me alegro mucho de que seáis tan jóvenes. Me encantan las chicas jóvenes. Cuando estoy con ellas me resulta muy fácil imaginarme que yo también soy joven. No soporto —hizo una mueca— pensar que soy mayor. Bueno, ¿quiénes sois... solo por conveniencia? ¿Diana Barry? ¿Y Ana Shirley? ¿Puedo hacer como si os conociera desde hace cien años y llamaros directamente Ana y Diana?

—Claro que sí —contestaron las chicas a dúo.

—Y ahora, a sentarse cómodamente y a comérselo todo —dijo la señorita Lavender, llena de alegría—. Charlotta, tú siéntate en la cabecera y ayúdame con el pollo. Qué bien que haya hecho el bizcochuelo y las rosquillas. Ya sé que era ridículo hacerlo para invitados imaginarios... Sé que eso pensó Charlotta Cuarta, ¿verdad que sí, Charlotta? Pues mira lo bien que nos ha venido. De todos modos no se habrían estropeado, porque Charlotta Cuarta y yo nos los habríamos comido en unos días, aunque el bizcochuelo no es de las cosas que mejoran con el tiempo.

Fue una comida alegre y memorable, y cuando terminó, todos salieron al jardín y se tendieron en el espléndido atardecer.

—Creo que tiene usted la casa más bonita del mundo —dijo Diana, mirando alrededor con admiración.

—¿Por qué lo llama «el Pabellón del Eco»? —preguntó Ana.

—Charlotta —dijo la señorita Lavendar—, ve y trae el cuerno de hojalata que está colgado sobre el estante del reloj.

Charlotta Cuarta se escabulló y volvió con el cuerno.

—Sopla, Charlotta —ordenó la señorita Lavendar.

Charlotta sopló y produjo un sonido estridente y ronco. Hubo un momento de silencio... Y entonces, de los bosques, por encima del río, llegó una multitud de ecos fantásticos, dulces, esquivos, argentinos, como si todos «los cuernos del país de los elfos» resonaran en el atardecer. Ana y Diana lanzaron exclamaciones de placer.

—Ahora, ríete, Charlotta... Ríete fuerte.

Charlotta, que probablemente también habría obedecido a la señorita Lavendar si esta le hubiera dicho que hiciera el pino, se subió al banco de piedra y se rio con ganas. Y de nuevo llegaron los ecos, como si un ejército de duendes imitara la risa de Charlotta desde el corazón de los bosques púrpuras y el perfil de las copas de los abetos.

—La gente siempre admira mis ecos —dijo la señorita Lavendar, como si fueran de su propiedad—. A mí me encantan. Son una compañía estupenda... echándole un poco de imaginación. En las noches serenas, Charlotta Cuarta y yo nos sentamos aquí muchas veces y nos divertimos mucho. Charlotta, ve y deja el cuerno bien colgado en su sitio.

—¿Por qué la llama Charlotta Cuarta? —preguntó Diana, que ardía de curiosidad.

—Solo para no mezclarla con otras Charlottas en mis pensamientos —explicó la señorita Lavendar, muy seria—. Se parecen tanto que no hay forma de distinguirlas. En realidad no se llama Charlotta. Se llama... a ver si me acuerdo... ¿Cómo era? Creo que Leonora... Sí, Leonora. Os contaré lo que pasó. Cuando murió mi madre, hace diez años, no era capaz de quedarme aquí sola... y no podía permitirme pagar el sueldo de una criada adulta. Así que me traje a Charlotta Bowman a vivir conmigo, a cambio de ropa y manutención. Ella sí se llamaba Charlotta... Fue Charlotta Primera. Acababa de cumplir los trece años. Se quedó conmigo hasta los dieciséis y después se fue a Boston, porque allí tendría mejores oportunidades. Entonces vino su hermana a vivir conmigo. Se llamaba Julietta... Parece que la señora Bowman tiene debilidad por los nombres curiosos... pero se parecía tanto a Charlotta que seguí llamándola así... y a ella no le importaba. Así que dejé de esforzarme para recordar su nombre de verdad. Pasó a ser Charlotta Segunda, y cuando ella se fue vino Evelina, que fue Charlotta Tercera. Y ahora tengo a Charlotta Cuarta. Pero cuando cumpla los dieciséis... ahora tiene catorce... también querrá irse a Boston, y entonces no sé qué voy a hacer. Charlotta Cuarta es la menor de las hermanas Bowman, y la mejor de todas. Las otras siempre me daban a entender que les parecía absurdo que me inventara cosas, pero Charlotta Cuarta nunca hace eso, al margen de lo que piense en realidad. Me trae sin cuidado lo que piensen los demás, mientras no me lo dejen ver.

—Bueno —anunció Diana, contemplando con pena la puesta de sol—, creo que tenemos que irnos si queremos llegar a casa del señor Kimball antes de que oscurezca. Lo hemos pasado de maravilla, señorita Lewis.

—¿Volveréis a verme? —suplicó la señorita Lavendar.

La alta Ana abrazó a la mujer bajita.

—Por supuesto que sí —prometió—. Ahora que nos hemos conocido se va a hartar usted de que vengamos. Bueno, tenemos que irnos... «Tenemos que arrancarnos de su lado», como dice Paul Irving cada vez que viene a Tejas Verdes.

—¿Paul Irving? —Hubo un cambio sutil en la voz de la señorita Lavendar—. ¿Quién es? No creía que hubiera en Avonlea nadie con ese apellido.

Ana se reprochó el descuido. Se le escapó el nombre sin acordarse de que la señorita Lavendar había sido novia del padre de Paul.

—Es un alumno mío —explicó despacio—. Vino de Boston el año pasado a vivir con su abuela, la señora Irving, la que vive en la carretera de la costa.

—¿Es hijo de Stephen Irving? —preguntó la señorita Lavendar, inclinándose sobre una mata de lavandas para ocultar la cara.

—Sí.

—Voy a daros un ramo de lavanda a cada una —dijo con alegría, como si no hubiera oído la respuesta—. ¿Verdad que es preciosa? A mi madre le encantaba. Plantó estas matas hace mucho tiempo. Mi padre me puso Lavendar porque les tenía mucho cariño. La primera vez que vio a mi madre fue en su casa de East Grafton, una vez que fue allí con su hermano. Se enamoró nada más verla, y se quedó a dormir en el cuarto de invitados. Y las sábanas estaban perfumadas con lavanda, y se pasó toda la noche en vela, pensando en ella. Desde entonces le encantaba el perfume de la lavanda... y por eso me puso ese nombre. No os olvidéis de volver pronto, chicas. Os esperamos, Charlotta Cuarta y yo.

Abrió la cancela, a los pies de los abetos, para que Ana y Diana salieran. De repente parecía mayor y cansada: había perdido su brillo y resplandor; la sonrisa con que despidió a sus invitadas seguía teniendo el mismo encanto y la misma juventud inagotable, pero cuando las chicas se volvieron a mirar, en la primera curva del camino, vieron a la señorita Lavendar en el centro del jardín. Estaba debajo del álamo blanco, en el banco de piedra, con la cabeza apoyada en la mano.

—Parece que está muy sola —dijo Diana en voz baja—. Tenemos que volver a menudo.

—Creo que sus padres le pusieron el único nombre que casa con ella —señaló Ana—. Si hubieran estado tan ciegos como para llamarla Elizabeth o Nellie o Muriel habrían acabado llamándola igualmente Lavendar. Evoca dulzura, placeres antiguos y «túnicas de seda». Mi nombre solo suena a pan con mantequilla, a colchas de retales y a tareas domésticas.

—A mí no me lo parece —rebatió Diana—. Creo que Ana es un nombre muy señorial y como de reina. Aunque también me gustaría Kerrenhappuch si diera la casualidad de que te llamaras así. Yo creo que son las personas quienes hacen que los nombres sean feos o bonitos con su manera de ser. Yo ahora no soporto nombres como Josie o Gertie, y antes de conocer a las hermanas Pye me encantaban.

—Es una idea preciosa, Diana —dijo Ana, entusiasmada—. La idea de vivir para embellecer tu nombre, aunque de entrada no sea bonito... y de que en el recuerdo de los demás equivalga a algo tan agradable y precioso que ya nunca puedan pensar en las dos cosas por separado. Gracias, Diana.

Capítulo XXII
CACHIVACHES

—Entonces ¿merendasteis en la casa de piedra con Lavendar Lewis? —dijo Marilla al día siguiente, en la mesa del desayuno—. ¿Cómo está? Han pasado más de quince años desde la última vez que la vi... Fue un domingo, en la iglesia de Grafton. Supongo que habrá cambiado mucho. Davy Keith, cuando quieras algo y no alcances, pide que te lo pasen en vez de echarte encima de la mesa de esa manera. ¿Has visto alguna vez a Paul Irving hacer eso cuando viene a comer?

—Pero es que Paul tiene los brazos más largos —refunfuñó Davy—. Sus brazos han tenido once años para crecer y los míos solo siete—. Además lo he pedido, pero Ana y tú estabais tan ocupadas hablando que no me habéis hecho ni caso. Además, Paul nunca ha comido aquí, solo ha venido a merendar, y es más fácil ser educado en la merienda que en el desayuno. No tienes ni la mitad de hambre. Entre la cena y el desayuno pasa un montón de rato. Y, Ana, esa cucharada no es más grande que el año pasado y *yo* soy mucho más grande.

—Bueno, yo no sé cómo era la señorita Lavendar, pero me da la impresión de que no ha cambiado mucho —dijo Ana, después de servirle a Davy dos cucharadas de sirope de arce para que se tranquilizara—. Tiene el pelo blanco como la nieve, pero la cara muy joven, casi infantil, y unos ojos castaños, dulcísimos... de un tono muy bonito, con destellos dorados... y una voz que te hace pensar en raso blanco, tintineo de agua y campanillas de hadas, todo junto.

—De joven se la tenía por una belleza —señaló Marilla—. Nunca la conocí muy bien, pero por lo que la traté me caía bien. Ya entonces algunos la encontraban peculiar. Davy, si vuelvo a pillarte haciendo eso te quedarás esperando para comer hasta que los demás hayan terminado y comerás con el mozo francés.

La mayoría de las conversaciones entre Ana y Marilla, en presencia de los gemelos, estaban intercaladas por este tipo de advertencias a Davy. En esta ocasión, es triste decirlo, viendo que no podía rebañar con la cuchara las últimas gotas de sirope, había resuelto la dificultad levantando el plato con las dos manos y sacando la lengüecita rosa. Ana lo miró con tal espanto que el pequeño culpable se puso colorado y, con un gesto que era mitad de vergüenza y mitad de descaro, explicó:

—Así no se derrocha nada.

—De las personas que son distintas de los demás siempre se dice que son peculiares —añadió Ana—. Y la señorita Lavendar es muy distinta, aunque cuesta decir dónde está la diferencia. A lo mejor es una de esas personas que nunca se hacen mayores.

—Uno tiene que hacerse mayor a la par que su generación —afirmó Marilla, siempre temeraria en sus pronunciamientos—. Si no, uno no encaja en ninguna parte. Tengo entendido que Lavendar Lewis quiso alejarse de todo. Lleva tanto tiempo viviendo en ese rincón tan apartado que todo el mundo se ha olvidado de ella. Esa casa de piedra es de las más viejas de la isla. La construyó el señor Lewis hace ochenta años, cuando vino de Inglaterra. Davy, deja de tirarle a Dora de la manga. ¡Sí, te he visto! No pongas cara de inocente. ¿Por qué te estás portando así esta mañana?

—A lo mejor me he levantado con el pie izquierdo —insinuó Davy—. Milty Boulter dice que cuando pasa eso las cosas te salen mal todo el día. Se lo ha dicho su abuela. Pero ¿por qué el izquierdo y no el derecho? ¿Y qué haces si el pie izquierdo te duele y no lo puedes apoyar? Me gustaría saberlo.

—Siempre me ha intrigado lo que pasó entre Stephen Irving y Lavendar Lewis —añadió Marilla, sin hacer caso a Davy—. Se comprometieron en firme hace veinticinco años, y un día, de la noche a la mañana, rompieron. No sé qué pasaría, pero tuvo que ser algo muy grave, porque él se fue a Estados Unidos y no ha vuelto desde entonces.

—A lo mejor tampoco fue tan grave. Yo creo que a veces las cosas pequeñas crean más problemas que las grandes —dijo Ana, con uno de esos destellos suyos de intuición que la experiencia nunca podría superar—. Marilla, por favor, no le diga a la señora Lynde que he estado en casa de la señorita Lavendar. Me haría montones de preguntas y, no sé por qué, no me apetece... y a la señorita Lavendar tampoco le gustaría que se enterase, estoy segura.

—Supongo que a Rachel le picaría la curiosidad —reconoció Marilla—, aunque ya no tiene tanto tiempo como antes para fijarse en los asuntos de los demás. Ahora está atada en casa, por Thomas, y la veo muy desanimada, porque creo que empieza a perder la esperanza de que él se recupere. Se sentirá muy sola si a Thomas le pasa algo, con todos sus hijos en el oeste, menos Eliza, que está en la ciudad y no se lleva bien con su marido.

Este comentario de Marilla era una calumnia, porque Eliza quería mucho a su marido.

—Rachel dice que Thomas mejoraría si pusiera un poco de valor y fuerza de voluntad. Pero ¿quién va a pedir peras al olmo? —añadió Marilla—. Thomas Lynde nunca ha tenido fuerza de voluntad. Vivió a las órdenes de su madre hasta que se casó con Rachel y ella tomó el mando. Nunca habría llegado a nada sin Rachel, eso está claro. Nació para dejarse gobernar, y ha tenido suerte de caer en manos de una gobernadora inteligente y capaz como Rachel. A Thomas nunca le ha molestado que ella fuera así. Le ahorraba el esfuerzo de tomar decisiones sobre cualquier cosa. Davy, deja de retorcerte como una anguila.

—No tengo otra cosa que hacer —protestó Davy—. Ya no puedo comer más y no es divertido verlas comer a Ana y a usted.

—Pues sal con Dora a dar su trigo a las gallinas —ordenó Marilla—. Y no intentes arrancarle más plumas de la cola al pollo blanco.

—Quería unas plumas para un tocado indio —explicó Davy de mal humor—. Milty Boulter se ha hecho un tocado increíble con las plumas que le dio su madre cuando mató a su pavo blanco. Podría usted darme unas cuantas. Ese gallo tiene muchas más de las que necesita.

—Puedes usar el plumero viejo del desván —propuso Ana—, y te teñiré las plumas de verde, rojo y amarillo.

—Estás malcriando a ese niño —observó Marilla cuando Davy, radiante de alegría, salió con la modosita Dora. Aunque Marilla había dado grandes pasos en sus métodos educativos en los seis últimos años, seguía sin desprenderse de la idea de que era muy malo para un niño que le dieran demasiados caprichos.

—Todos los niños de su clase tienen tocados indios, y Davy también quiere uno —explicó Ana—. Sé lo que se siente... Nunca olvidaré cuánto quería yo unas mangas de farol porque todas las demás las tenían. Y no estoy mimando a Davy. Lo veo cada día mejor. Piense cómo ha cambiado desde que llegó hace un año.

—Es verdad que desde que empezó a ir a la escuela ya no hace tantas fechorías —reconoció Marilla—. Supongo que al estar con otros niños se le quitan las ganas. Lo que me extraña es que no hayamos tenido noticias de Richard Keith a estas alturas. Ni una palabra desde el mes de mayo.

—A mí me da miedo tener noticias —confesó Ana, suspirando mientras empezaba a retirar los platos—. Si llegara una carta no me atrevería a abrirla, por miedo a que nos pidiera que le enviáramos a los gemelos.

Un mes más tarde llegó una carta. Pero no era de Richard Keith. Un amigo suyo anunciaba que Richard Keith había muerto de tuberculosis dos semanas antes. Quien escribía la carta era su albacea testamentario, y según su testamento, el fallecido designaba a la señorita Marilla Cuthbert como administradora de un fondo de dos mil dólares, que deberían entregarse a David y Dora Keith cuando tuvieran edad de casarse. Entre tanto, los intereses se destinarían a cubrir su manutención.

—Es horrible alegrarse de algo relacionado con una muerte —dijo Ana con aire solemne—. Lo siento por el pobre señor Keith, pero me alegro de que los gemelos se queden con nosotras.

—Lo del dinero es muy buena cosa —afirmó Marilla, con visión práctica—. Quería que se quedaran, pero la verdad es que no veía cómo permitírmelo, sobre todo cuando fueran mayores. La renta de la granja no llega más que para mantener la casa, y me había prometido no gastar en estos niños ni un centavo del dinero que guardo para ti. Ya has hecho demasiado por ellos. A Dora no le hacía ninguna falta ese sombrero que le has comprado. Pero ya no hay piedras en el camino y los niños tendrán todo lo necesario.

Davy y Dora se pusieron contentísimos al saber que vivirían en Tejas Verdes «para siempre». La muerte de un tío al que nunca habían visto no inclinó la balanza ni por un segundo en contra de su alegría. De todos modos, Dora tenía un recelo.

—¿Han enterrado al tío Richard? —le susurró a Ana.

—Sí, claro, cariño.

—No... ¿no será como el tío de Mirabel Cotton? —añadió, con un susurro aún más nervioso—. No andará rondando las casas después de enterrado, ¿verdad, Ana?

Capítulo *XXIII*
EL ROMANCE
DE LA SEÑORITA LAVENDAR

🌿

—Creo que esta tarde iré dando un paseo al Pabellón del Eco —anunció Ana un viernes de diciembre después de comer.

—Parece que va a nevar —advirtió Marilla, con dudas.

—Llegaré antes de que nieve y tengo intención de quedarme a pasar la noche. Diana no puede venir, porque tiene invitados, y estoy segura de que la señorita Lavendar me espera hoy. Hace dos semanas que no voy por ahí.

Ana había hecho muchas visitas al Pabellón del Eco desde aquel día de octubre. Iba con Diana, unas veces en la calesa y otras veces paseando por los bosques. Cuando Diana no podía acompañarla, Ana iba sola. Había surgido entre la señorita Lavendar y ella una de esas beneficiosas amistades inquebrantables únicamente posibles entre una mujer que ha sabido conservar en corazón y alma la frescura de la juventud y una joven capaz de suplir la experiencia con intuición e imaginación. Ana por fin había encontrado una auténtica «alma gemela», y para la mujer solitaria y recluida, Ana y Diana eran como un soplo de alegría y entusiasmo por la vida exterior, a la que la señorita Lavendar, «olvidándose del mundo y del mundo olvidada», había renunciado hacía mucho tiempo; las chicas colmaban la casita de piedra de juventud y realidad. Charlotta Cuarta siempre las recibía con su enorme sonrisa —las sonrisas de Charlotta eran descomunales— y las quería tanto por su adorada señorita como por sí misma. Nunca había habido tanto «alboroto» en la casita de piedra como ese largo y precioso otoño en que el mes de noviembre parecía otra vez octubre, y hasta diciembre imitó el sol y las brumas del verano.

Pero este día en particular parecía como si diciembre hubiera recordado que era hora de dar paso al invierno, y de repente se había vuelto oscuro y taciturno, con una quietud en el viento que era un presagio de nieve. A pesar de todo, Ana disfrutó muchísimo su paseo por el inmenso laberinto gris del hayedo; aunque estuviera sola, allí nunca se sentía sola. Su imaginación poblaba el camino de alegres compañeros con los que mantenía una animada conversación imaginaria, más ingeniosa y más fascinante de lo que suelen ser las conversaciones en la vida real, donde la gente a veces fracasa estrepitosamente y no llega a dar la talla. En una reunión «imaginaria» de espíritus selectos todo el mundo dice justo lo que quieres que diga y de ese modo te brinda la oportunidad de decir lo que quieres decir. Con ayuda de esta invisible compañía, Ana cruzó los bosques y llegó al camino de los abetos justo cuando los primeros copos de nieve, grandes y esponjosos, empezaban a revolotear suavemente.

En la primera curva se encontró con la señorita Lavendar, que estaba debajo de un abeto de amplias ramas. Llevaba un vestido grueso de color rojo vivo, y un chal de seda gris plateada le cubría la cabeza y los hombros.

—Parece la reina de los bosques de los cuentos de hadas —saludó Ana con alegría.

—Pensé que vendrías esta noche, Ana —dijo la señorita Lavendar, corriendo hacia su amiga—. Me alegro el doble, porque Charlotta Cuarta se ha marchado. Su madre está enferma y ha tenido que ir a casa a pasar la noche. Me habría sentido muy sola si no hubieras venido... Ni siquiera me habría bastado con la compañía de los sueños y el eco. Ay, Ana, qué guapa eres —añadió de pronto, mirando a la chica alta y delgada, con las mejillas coloreadas por el paseo—. ¡Qué guapa y qué joven! ¿Verdad que es delicioso tener diecisiete años? Te envidio —confesó la señorita Lavendar con franqueza.

—Pero en su corazón sigue teniendo diecisiete —sonrió Ana.

—No, soy mayor... o más bien de mediana edad, y eso es mucho peor —suspiró la señorita Lavendar—. A veces puedo fingir que no, pero otras veces me doy cuenta de que sí. Y no consigo aceptarlo como parece que lo aceptan la mayoría de las mujeres. Me rebelo con la misma fuerza que cuando me descubrí la primera cana. Bueno, Ana, no me mires como si intentaras entenderme. Con diecisiete años *no se puede* entender. Voy a fingir que yo también tengo diecisiete años; ahora que estás aquí seguro que puedo. Siempre llegas con la juventud en las manos, como un regalo. Pasaremos una tarde estupenda. Primero vamos a merendar... ¿qué te apetece? Tomaremos lo que tú quieras. Piensa en algo rico e indigesto.

Hubo mucho bullicio y alegría esa noche en la casita de piedra. Entre cocinar, festejar, hacer caramelo, reír y «fingir», es muy cierto que la actitud de Ana y la señorita Lavendar fue totalmente impropia de la dignidad de una mujer de cuarenta y cinco años y una maestra serena. Ya cansadas, se sentaron delante del fuego en la alfombra de la sala de estar, iluminada solo por el suave resplandor del fuego y deliciosamente perfumada por un tarro de pétalos de rosa abierto en la repisa de la chimenea. El viento, que se había levantado, suspiraba y gemía en los aleros, y la nieve golpeaba las ventanas con delicadeza, como si un centenar de trasgos de la tormenta llamaran para que les dejasen entrar.

—Me alegro mucho de que estés aquí, Ana —dijo la señorita Lavendar, mordisqueando su caramelo—. Si no hubieras venido tendría una pena muy grande, casi negra. Los sueños y las fantasías están muy bien de día y a la luz del sol, pero no bastan cuando oscurece y llega la tormenta. En esos momentos una necesita cosas reales. Pero tú no lo sabes... con diecisiete años no se puede saber. A los diecisiete años basta con los sueños, porque una cree que la realidad la espera más adelante. Cuando yo tenía diecisiete años, Ana, no me imaginaba que a los cuarenta y cinco sería una vieja solterona con el pelo blanco y nada más que sueños con que llenar mi vida.

—Pero no es una vieja solterona —contestó Ana, sonriendo y mirando a los ojos nostálgicos de la señorita Lavendar, que eran del color de la madera—. Las solteronas *nacen*... no *se hacen*.

—Unas nacen solteronas, otras conquistan la soltería y a algunas les cae encima —parodió la señorita Lavendar con aire juguetón.

—En ese caso usted es de las que la han conquistado —dijo Ana, riéndose—, y lo ha hecho tan bien que si todas las solteronas fuesen como usted se pondría de moda ser solterona.

—Siempre me gusta hacer las cosas lo mejor posible —señaló la señorita Lavendar con aire reflexivo—, y ya que me tocaba ser solterona, decidí ser una solterona espléndida. La gente dice que soy rara, pero eso es porque soy solterona a mi manera y me niego a seguir el modelo tradicional. Ana, ¿te ha hablado alguien de mí y Stephen Irving?

—Sí —fue la franca respuesta de Ana—. He oído que estuvieron prometidos.

—Así es... hace veinticinco años... toda una vida. Íbamos a casarnos en primavera. Yo ya tenía mi vestido de novia, aunque eso solo lo sabían mi madre y Stephen. En cierto modo se podría decir que llevábamos toda la vida prometidos. Cuando Stephen era pequeño, su madre lo traía aquí cuando venía a ver a mi madre, y la segunda vez que vinieron... él tenía nueve años y yo seis... me dijo en el jardín que había decidido que cuando fuese mayor se casaría conmigo. Recuerdo que le contesté: «Gracias». Y cuando se fueron le conté a mi madre, muy en serio, que me había quitado un peso enorme de encima, porque ya no tenía miedo de ser una solterona. ¡Cuánto se rio mi pobre madre!

—¿Y qué pasó? —preguntó Ana, intrigada.

—Tuvimos una pelea tonta, absurda y trivial. Tan trivial que no sé si te lo vas a creer pero ni me acuerdo de cómo empezó. No sé quién de los dos tuvo más culpa. Es verdad que fue Stephen quien se enfadó primero, pero supongo que yo lo provoqué con alguna tontería de las mías. Yo tenía un par de pretendientes, ¿sabes? Era coqueta y vanidosa, y me gustaba chinchar un poco a Stephen. Él era muy sensible y muy nervioso. El caso es que nos despedimos enfadados. Yo pensé que todo se arreglaría, y así habría sido si Stephen no hubiera vuelto demasiado pronto. Querida Ana, siento decirte que... —la señorita Lavendar bajó la voz, como si estuviera a punto de confesar su instinto asesino— tengo muy mal genio. No, no sonrías:

es la pura verdad. Me enfado, y Stephen volvió antes de que se me hubiera pasado. No quise escucharlo ni perdonarlo, y se fue para siempre. Era demasiado orgulloso para volver. Y entonces me enfadé porque no volvía. Podría haberlo llamado, pero no quise rebajarme. Era tan orgullosa como él; el orgullo y el mal humor son una combinación fatal, Ana. El caso es que nunca he podido ni he querido querer a nadie más. Decidí que prefería vivir mil años soltera antes que casarme con un hombre que no fuera Stephen Irving. Y ahora todo parece un sueño, por supuesto. Qué comprensiva eres, Ana... Solo a los diecisiete años se puede serlo tanto. Pero no exageres. En el fondo soy una persona muy feliz y satisfecha, aunque tenga el corazón hecho añicos. Se me rompió el corazón, como nunca se ha roto un corazón, cuando comprendí que Stephen Irving no volvería. Pero un corazón roto en la vida real, Ana, no es ni la mitad de malo que en los libros. Se parece mucho a una muela picada... aunque el símil no te parezca demasiado romántico. De vez en cuando duele y te hace pasar la noche en vela, pero entre medias te permite disfrutar de la vida, los sueños, los ecos y el cacahuete tostado con caramelo como si no pasara nada. Y ahora pones cara de desilusión. Ya no te parezco ni la mitad de interesante que hace cinco minutos, cuando me creías prisionera de un trágico recuerdo valientemente escondido detrás de las sonrisas... Eso es lo peor... o lo mejor... de la vida real, Ana. Que no te deja ser desgraciada. Siempre intenta que te encuentres a gusto... y lo consigue... incluso cuando te empeñas en ser infeliz y romántica. ¿Verdad que este caramelo está riquísimo? Ya he comido más de lo que me conviene, pero ¡qué más da! Comeré un poco más.

Hubo un silencio, y luego la señorita Lavendar se confesó de repente.

—Me impresionó oír hablar del hijo de Stephen el primer día que estuviste aquí, Ana. Desde entonces no he sido capaz de preguntarte, pero me gustaría que me lo contaras todo. ¿Qué clase de niño es?

—Es el niño más dulce y cariñoso que he conocido nunca, señorita Lavendar... Y él también se imagina cosas, como usted y yo.

—Me gustaría conocerlo —dijo la señorita Lavendar en voz baja, como para sus adentros—. Siento curiosidad por ver si se parece en algo al niño de mis sueños, que sigue aquí conmigo... A *mi* niño.

—Si quiere conocer a Paul puedo traerlo algún día —se ofreció Ana.

—Me gustaría... pero sin prisa. Necesito hacerme a la idea. A lo mejor me causa más dolor que placer... si se parece demasiado a Stephen... o si no se parece lo suficiente. Puedes traerlo dentro de un mes.

Y al cabo de un mes, Ana y Paul fueron dando un paseo por el bosque hasta la casa de piedra, y en el camino se encontraron con la señorita Lavendar. No los esperaba en ese momento y se puso muy pálida.

—Así que este es el hijo de Stephen —murmuró, mientras estrechaba la mano a Paul. Tenía delante a un niño guapo y varonil, con su gorra y su elegante abrigo de piel—. Se... se parece mucho a su padre.

—Todo el mundo dice que soy igualito —dijo Paul tranquilamente.

Ana, que observaba la escena, respiró con alivio. Vio que la señorita Lavendar y Paul «se caían bien» y que no habría reparos ni tensiones. La señorita Lavendar era una mujer muy sensata, a pesar de sus sueños y su romanticismo, y tras esta primera y modesta confesión, guardó sus sentimientos a buen recaudo y trató a Paul con tanta alegría y naturalidad como al hijo de cualquier persona que fuese a verla. Pasaron los tres una tarde muy alegre, y disfrutaron de un festín que habría hecho a la abuela Irving poner el grito en el cielo, horrorizada y convencida de que la digestión de Paul quedaría maltrecha para siempre.

—Vuelve otro día, hijo —lo invitó la señorita Lavendar mientras le daba la mano al despedirse.

—Puede darme un beso si quiere —dijo Paul, muy serio.

La señorita Lavendar se inclinó y le dio un beso.

—¿Cómo sabías que quería? —le preguntó en voz baja.

—Porque me ha mirado igual que me miraba mi mamá cuando quería besarme. Normalmente no me gusta que me besen. A los chicos no nos gusta. Supongo que ya lo sabe, señorita Lewis. Pero creo que me gusta mucho que usted me bese. Y claro que volveré a verla. Creo que me gustaría tenerla como amiga especial, si no tiene inconveniente.

—Bueno... creo que no tengo ningún inconveniente —asintió la señorita Lavendar. Dio media vuelta y entró en casa muy deprisa, pero al momento estaba en la ventana, diciendo adiós con la mano y una sonrisa.

—Me gusta la señorita Lavendar —anunció Paul cuando iban por el hayedo—. Me gusta cómo me mira y me gusta su casa de piedra y me gusta Charlotta Cuarta. Ojalá la abuela Irving tuviera una Charlotta Cuarta en vez de una Mary Joe. Estoy seguro de que Charlotta Cuarta no diría que estoy mal de la azotea si le cuento lo que pienso de las cosas. ¿Verdad que nos hemos dado una buena merendola, maestra? La abuela dice que no está bien que un niño piense en lo que van a darle de comer, pero a veces, cuando tiene mucha hambre, uno no puede evitarlo. Usted lo sabe, maestra. Yo creo que la señorita Lavendar no obligaría a un niño a desayunar gachas si no le gustaran. Le prepararía cosas que le gustasen. Claro que... a lo mejor no le sentaban demasiado bien —añadió Paul, que, si no otra cosa, era un niño justo—. Pero está muy bien, para variar. Usted lo sabe, maestra.

Capítulo XXIV
UN PROFETA
EN SU TIERRA

Un día de mayo, la gente de Avonlea andaba alborotada por unas «Notas de Avonlea» que, con la firma de «Observador», aparecieron en el *Daily Enterprise* de Charlottetown. Los rumores atribuían su autoría a Charlie Sloane, en parte porque el tal Charlie ya se había permitido en el pasado escarceos literarios similares y en parte porque en una de las notas se despreciaba implícitamente a Gilbert Blythe. La juventud de Avonlea seguía considerando a Gilbert Blythe y Charlie Sloane rivales en la pugna por cierta damisela de ojos grises y notable imaginación.

Los rumores, como de costumbre, eran falsos. Gilbert Blythe, con la ayuda y la complicidad de Ana, había escrito las notas e incluido la que hablaba de sí mismo con el fin de despistar. Solo dos de estas notas son de interés para esta historia:

«Corre el rumor de que habrá una boda en nuestro pueblo antes de que florezcan las margaritas. Un ciudadano nuevo y muy respetado llevará al altar nupcial a una de nuestras más populares señoras.

»El tío Abe, nuestro conocido profeta del tiempo, vaticina una violenta tormenta de rayos y truenos para la tarde del veintitrés de mayo, que empezará a las siete en punto. La tormenta se extenderá sobre la mayor parte de la provincia. Quienes tengan que viajar en esas horas harán bien en llevar impermeables y paraguas.

—Es cierto que el tío Abe ha anunciado una tormenta para algún momento de esta primavera —dijo Gilbert—, pero ¿tú crees que es verdad que el señor Harrison va a ver a Isabella Andrews?

—No —Ana se echó a reír—. Estoy segura de que solo va a jugar a las damas con el señor Harrison Andrews, pero la señora Lynde dice que sabe que Isabella Andrews va a casarse, porque está de muy buen humor esta primavera.

El pobre tío Abe se indignó con las notas. Sospechaba que el «Observador» se burlaba de él. Negó con rabia haber señalado una fecha concreta para su tormenta, pero nadie lo creyó.

La vida en Avonlea proseguía con su acostumbrado ritmo suave y apacible. Se aprobó la propuesta de la «plantación» y la asociación celebró un Día del Árbol. Cada socio aportó, o consiguió que se aportaran, cinco árboles ornamentales. Como la asociación contaba por aquel entonces con cuarenta miembros, el total de arbolitos ascendió a doscientos. La avena florecía en los campos rojos; los manzanos de los huertos tendían sus brazos en flor en todas las granjas y la Reina de las Nieves se engalanó como una novia para su esposo. A Ana le gustaba dormir con la ventana abierta, para sentir en la cara la fragancia del cerezo a lo largo de la noche. Le parecía muy poético. Marilla pensaba que con eso ponía su vida en peligro.

—Acción de Gracias debería celebrarse en primavera —le dijo Ana una tarde a Marilla, cuando se sentaron en los peldaños de la puerta principal a escuchar el dulce y argentino coro de las ranas—. Creo que sería muchísimo mejor que celebrarlo en noviembre, cuando todo está dormido o muerto. Entonces hay que hacer un esfuerzo para acordarse de dar las gracias, mientras que en mayo, es imposible no sentirse agradecido... de estar vivo, sin más. Me siento exactamente como debió de sentirse Eva en el Edén antes de que las cosas se complicaran. ¿Esa hierba de la vaguada es verde o dorada? Creo, Marilla, que un día tan precioso como este, con todo florecido y estos vientos locos que no saben desde dónde soplar, de puro placer, debe ser tan bonito como estar en el cielo.

Marilla parecía escandalizada, y miró de reojo alrededor para asegurarse de que los gemelos no habían oído a Ana. Justo en ese momento doblaban la esquina de la casa.

—¿Verdad que huele riquísimo esta tarde? —dijo Davy, olisqueando con placer mientras balanceaba una azada en las manos mugrientas. Venía de trabajar en su huerto. Esa primavera, con la idea de encauzar hacia fines provechosos la pasión de Davy por revolcarse en el barro y la arcilla, Marilla les dio a Dora y a él un trocito de tierra para hacer un huerto. Y cada cual acometió la tarea de acuerdo con su estilo personal. Dora plantaba, limpiaba de malas hierbas y regaba con cuidado, sistemáticamente y sin pasión. Y así, su parcela ya estaba ocupada por primorosas hileras de verduras y flores de temporada. Davy, en cambio, trabajaba con más ardor que criterio: cavaba, araba, rastrillaba, regaba y trasplantaba con tanto brío que sus semillas no tenían ninguna posibilidad de prosperar.

—¿Cómo va tu huerto, Davy? —preguntó Ana.

—Un poco lento —dijo Davy con un suspiro—. No sé por qué las cosas no crecen mejor. Milty Boulter dice que tenía que haber sembrado con luna nueva, que todo el problema viene de ahí. Dice que no puedes plantar semillas, matar cerdos, cortarte el pelo ni hacer nada importante si la fase de la luna no es la buena. ¿Eso es cierto, Ana? Me gustaría saberlo.

—A lo mejor si no anduvieras tirando de las raíces de las plantas cada dos por tres para ver «cómo van por el otro lado» crecerían mejor —señaló Marilla con sarcasmo.

—Solo tiré de seis —protestó Davy—. Quería ver si había larvas en las raíces. Milty Boulter me dijo que si la culpa no era de la luna tenían que ser las larvas. Pero solo encontré una. Era como una rosca grandota y jugosa. La puse en una piedra y con otra piedra la machaqué. No veas el ruido que hizo: *pfshhhh*. Fue una pena que no hubiera más larvas. Dora plantó su huerto a la vez que yo, y sus plantas están creciendo estupendamente. *No puede* ser la luna —decidió Davy con aire reflexivo.

—Mire ese manzano, Marilla —dijo Ana—. ¡Si parece humano! Mire cómo tiende los brazos para recogerse las faldas rosas con delicadeza y despertar nuestra admiración.

—Esos manzanos de Duquesa Amarilla siempre se dan muy bien —contestó Marilla con satisfacción—. Este año estarán cargaditos. Me alegro mucho, porque son manzanas buenísimas para hacer tarta.

Pero el destino no iba a permitir que ni Marilla ni Ana ni nadie hicieran tartas de Duquesa Amarilla ese año.

El veintitrés de mayo fue... un día mucho más cálido de lo normal, y afectó especialmente a Ana y su enjambre de alumnos, que se achicharraron en la escuela mientras resolvían sus fracciones y sus ejercicios de sintaxis. Una brisa caliente sopló durante toda la mañana. A las tres y media Ana oyó el retumbo sordo del trueno. Terminó la clase enseguida, para que los niños pudieran volver a casa antes de que estallara la tormenta.

Al salir al patio, Ana detectó un velo de sombra y de penumbra sobre el mundo a pesar de que lucía un sol espléndido. Annetta Bell, que parecía asustada, le dio la mano.

—Ay, maestra, ¡mire qué nube tan horrible!

Ana miró y se le escapó una exclamación de horror. Un banco de nubes como no creía haber visto en la vida se acercaba deprisa desde el noroeste. Era una masa negra como la muerte, con una cadavérica blancura azulada en los bordes recortados. Su manera de oscurecer el cielo azul encerraba una amenaza indescriptible: de vez en cuando un rayo la atravesaba, seguido de un rugido salvaje. Tan baja estaba que casi parecía rozar las cumbres de los montes boscosos.

El señor Harmon Andrews subía por el camino en el carro, arreando a sus rucios hasta el límite de su velocidad. Los hizo detenerse enfrente de la escuela.

—Me da que el tío Abe ha acertado por una vez en la vida, Ana —dijo a gritos—. La tormenta se ha adelantado un poco. ¿Habías visto alguna vez una nube como esa? Venga, niños, todos los que vayáis en la misma dirección que yo, arriba, y los demás corred a la oficina de correos si tenéis más de medio kilómetro hasta casa y quedaos allí hasta que pase el chaparrón.

Ana, con Davy y Dora de la mano, enfiló la Senda de los Abedules, el Valle de las Violetas y la Laguna de los Sauces a la mayor velocidad que podían los gemelos. Llegaron a Tejas Verdes con el tiempo justo, y en la puerta se encontraron con Marilla, que venía de guardar a los patos y las gallinas. Cuando entraron precipitadamente en la cocina pareció que la luz se esfumaba, como si un poderoso soplido la hubiera apagado; la aterradora nube ocultó el sol y una oscuridad crepuscular se extendió sobre el mundo. En ese mismo instante, acompañado de un trueno estrepitoso y un destello de luz cegador, el granizo borró el paisaje con furia blanca.

En mitad del clamor de la tormenta resonaron los golpes de las ramas partidas que caían encima de la casa y el nítido chasquido de un cristal al romperse. En tres minutos, todos los cristales de las ventanas que miraban al norte y al oeste reventaron, y el suelo se cubrió del pedrisco que entraba a mansalva por los huecos: las piedras más pequeñas eran del tamaño de un huevo de gallina. La tormenta rugió sin tregua los tres cuartos de hora siguientes, y nadie de quienes la vivieron pudo olvidarla jamás. Marilla, que por una vez en la vida perdió la compostura, de puro terror, se arrodilló al lado de su mecedora, en un rincón de la cocina, jadeando y sollozando entre los ensordecedores redobles de los truenos. Ana, blanca como el papel, retiró el sofá de la ventana y se sentó con un gemelo a cada lado. Al primer reventón de un cristal Davy se puso a dar voces: «Ana, Ana, ¿ha llegado el Día del Juicio? ¡Ana, Ana, yo no quería ser malo!». Y después escondió la cara en el regazo de Ana y no la apartó de ahí, a la vez que le temblaba todo el cuerpo. Dora, algo pálida pero bastante serena, no dejaba de apretar la mano de Ana, que estaba muy callada y sin moverse. Es dudoso que un terremoto hubiera podido alterar a Dora.

Y entonces, casi con la misma brusquedad con que había empezado, la tormenta cesó. Dejó de granizar, los truenos enmudecieron poco a poco, alejándose hacia el este, y un sol radiante y feliz estalló sobre un mundo tan cambiado que parecía absurdo que en tres cuartos de hora escasos hubiera podido producirse semejante transformación.

Marilla levantó por fin las rodillas del suelo, débil y temblorosa, y se desplomó en su mecedora. Estaba demacrada y parecía diez años mayor.

—¿Estamos todos vivos? —preguntó solemnemente.

—Téngalo por seguro —canturreó alegremente Davy, que volvía a ser el mismo de siempre—. Y no me he asustado nada... solo un poco al principio.

Es que fue muy de repente. En un abrir y cerrar de ojos decidí que el lunes no me pelearía con Teddy Sloane, como había prometido, pero ahora puede que sí. Oye, Dora, ¿tú te has asustado?

—Sí, me he asustado un poco —reconoció Dora, muy relamida—, pero apreté muy fuerte la mano a Ana y no he parado de rezar.

—Bueno, yo también habría rezado si se me hubiera ocurrido —dijo Davy. Y añadió con aire victorioso—: Pero aquí me veis sano y salvo, igual que vosotras, a pesar de que no he rezado.

Ana le llevó a Marilla un vaso lleno hasta el borde de su potente vino de grosella —demasiado bien tuvo ocasión de saber Ana lo potente que era al poco de llegar a Tejas Verdes— y luego se asomaron a la puerta a contemplar la extraña escena.

Todo era una alfombra de granizo blanca que llegaba hasta las rodillas; el viento había amontonado el pedrisco en los peldaños y debajo de los aleros. Tres o cuatro días más tarde, cuando las piedras por fin se derritieron, quedaron a la vista sus estragos: no habían dejado en pie ni una sola planta en el huerto o los campos. Los manzanos no solo habían perdido hasta la última flor, sino que tenían muchas ramas y ramitas rotas. Y la gran mayoría de los doscientos árboles que plantaron los mejoradores se habían partido o roto en pedazos.

—¿Es posible que el mundo sea el mismo de hace una hora? —preguntó Ana, atónita—. ¿Cómo se pueden causar tantos destrozos en tan poco tiempo?

—Nunca se ha visto cosa igual en la Isla del Príncipe Eduardo —dijo Marilla—. Nunca. Me acuerdo de que hubo una tormenta muy mala cuando yo era pequeña, pero nada como esto. No te quepa duda de que nos llegarán noticias de daños catastróficos.

—Espero que a ninguno de los niños les haya pillado —murmuró Ana con angustia. Y más tarde comprobó que todos estaban a salvo porque, siguiendo el excelente consejo del señor Andrews, se refugiaron en la oficina de correos.

—Ahí viene John Henry Carter —dijo Marilla.

John Henry venía con cara de susto, chapoteando entre el granizo.

—Ay, señorita Cuthbert, ¡qué cosa tan horrible! Me envía el señor Harrison para ver si están todos bien.

—No ha muerto nadie —fue la macabra respuesta de Marilla— y los establos se han librado. Espero que vosotros también estéis bien.

—Sí, señora. Bueno, no del todo, señora. No nos hemos librado. El rayo se ha metido por la chimenea de la cocina, ha salido por el cañón, ha tirado la jaula de Ginger, ha hecho un boquete en el suelo y ha llegado al sótano.

—¿Le ha hecho algo a Ginger? —preguntó Ana.

—Sí, señora. Le ha hecho mucho daño. Lo ha matado.

Poco después, Ana fue a consolar al señor Harrison. Lo encontró sentado a la mesa, acariciando el vistoso cuerpo sin vida de Ginger con una mano trémula.

—El pobre Ginger ya no podrá insultarte, Ana —dijo con mucha pena.

A Ana, que nunca se había imaginado que pudiera llorar por Ginger, se le llenaron los ojos de lágrimas.

—Era mi única compañía, Ana... Y ahora está muerto. En fin, qué tonto soy por sentirlo tanto. Por ahí diré que no lo siento. Sé que vas a compadecerte de mí en cuanto me calle, pero ¡ni se te ocurra! Si dices algo me echaré a llorar como un niño. ¡Qué tormenta tan espantosa! Me parece que nadie volverá a reírse de las predicciones del tío Abe. Es como si todas las tormentas que ha profetizado sin acertar a lo largo de su vida hubieran llegado a la vez. Aunque es muy raro que acertara el día exacto, ¿no? Mira el desastre que tenemos aquí. Tengo que ir enseguida a buscar unas tablas para parchear ese agujero del suelo.

Al día siguiente, los vecinos de Avonlea no hicieron nada más que visitarse unos a otros y contrastar los daños. Como el pedrisco había dejado las carreteras intransitables para los carros, todos iban andando o a caballo. El correo llegó a última hora, con malas noticias de toda la provincia. Había casas destrozadas, muertos y heridos; la red de teléfono y de telégrafo era un caos, y el ganado joven que se encontraba a la intemperie había muerto en los prados.

El tío Abe fue chapoteando hasta la forja del herrero a primera hora de la mañana y allí se pasó el día entero. Era su día de gloria y lo disfrutó al

máximo. Sería injusto decir que se alegró de que cayera la tormenta, pero, ya que había sido inevitable, se alegraba mucho de haber pronosticado... incluso el día exacto. Se olvidó de que siempre había negado que en su pronóstico precisara el día. Y la insignificante discrepancia de la hora: eso no era nada.

Gilbert llegó a Tejas Verdes a la caída de la tarde y se encontró a Marilla y Ana muy atareadas, clavando trozos de hule en las ventanas rotas.

—A saber cuándo nos traen los cristales —dijo Marilla—. El señor Barry ha ido esta tarde a Carmody y no ha encontrado un solo cristal, ni por todo el oro del mundo. A las diez de la mañana los vecinos de Carmody ya habían vaciado el almacén de Lawson y Blair. ¿Fue muy mala la tormenta en White Sands, Gilbert?

—Pues sí. Me pilló en el colegio con todos los niños, y se asustaron tanto que creí que algunos se volvían locos. Tres se desmayaron, dos niñas se pusieron histéricas y Tommy Blewett se pasó toda la tormenta gritando a pleno pulmón.

—Yo solo grité una vez —anunció Davy con orgullo—. Mi huerto está machacado —dijo con tristeza—, pero el de Dora también —añadió, en un tono que indicaba que aún quedaba esperanza en el mundo.

Ana bajó corriendo de la buhardilla.

—Ay, Gilbert, ¿te has enterado? Ha caído un rayo en la casa del señor Levi Boulter y la ha quemado hasta los cimientos. Me siento malísima por alegrarme de *eso* cuando hay tantos destrozos. El señor Boulter dice que cree que la tormenta ha sido un maleficio de la asociación.

—Una cosa está clara —dijo Gilbert, riéndose—. Y es que el «Observador» ha convertido al tío Abe en profeta del tiempo. La tormenta del tío Abe pasará a la historia local. ¡Qué casualidad tan extraordinaria que ocurriera justo el día que elegimos! Casi me siento un poco culpable, como si de verdad hubiera hecho el maleficio. Y podemos alegrarnos de que esa casa vieja se haya quemado, ya que por el lado de los arbolitos no tenemos ningún motivo de alegría. No se han librado ni diez.

—Bueno, habrá que volver a plantarlos la próxima primavera —dijo Ana con filosofía—. Hay una cosa buena en este mundo, y es la seguridad de que siempre habrá más primaveras.

Capítulo XXV
UN ESCÁNDALO
EN AVONLEA

U na alegre mañana de junio, dos semanas después de la tormenta del tío Abe, Ana, que volvía del huerto, cruzó el patio de Tejas Verdes muy despacio, con dos narcisos blancos machacados por el granizo.

—Mire, Marilla —dijo con tristeza, acercando las flores a los ojos de Marilla, que, con cara de pocos amigos y el pelo recogido con un trapo de cuadros verdes, estaba a punto de entrar en casa con un pollo desplumado—. Son las únicas flores que se libraron de la tormenta... y aun así están en muy mal estado. Lo siento mucho... Quería unos narcisos para la sepultura de Matthew: ¡le gustaban tanto los lirios de junio!

—Hasta yo los echo de menos —admitió Marilla—, aunque no está bien lamentarse por unos lirios cuando han pasado tantas cosas mucho peores... Las cosechas están destrozadas y la fruta también.

—Pero la gente ha vuelto a sembrar la avena —señaló Ana, con intención de consolar—, y el señor Harrison dice que cree que si tenemos un buen verano la cosecha saldrá perfectamente, aunque sea tarde. Y mis flores de temporada están volviendo a brotar... Pero no hay nada que pueda sustituir a los lirios de junio. La pobrecita Hester Gray también se quedará sin ellos. Anoche fui a su jardín y no quedaba ni uno. Seguro que los echará de menos.

—No me parece nada bien que digas esas cosas, Ana —dijo Marilla con severidad—. Hester Gray lleva treinta años muerta y su espíritu está en el cielo... espero.

—Sí, pero creo que todavía quiere mucho a su jardín y se acuerda de él. Seguro que a mí, si llevase muchos años viviendo en el cielo, me gustaría mirar desde arriba y ver que alguien está poniendo flores en mi sepultura. Si tuviera un jardín como el de Hester Gray tardaría más de treinta años, incluso estando en el cielo, en dejar de tener momentos de nostalgia.

—Bueno, que no te oigan los gemelos hablar así —refunfuñó Marilla mientras entraba en casa con su pollo.

Ana se prendió los narcisos en el pelo, fue hasta la cerca del camino y estuvo un rato allí disfrutando del radiante sol de junio antes de ocuparse de sus tareas del sábado por la mañana. El mundo empezaba a ponerse precioso: la madre naturaleza se esmeraba a conciencia para borrar los rastros de la tormenta y, aunque aún tardaría muchas lunas en conseguirlo, estaba haciendo auténticos milagros.

—Ojalá pudiera no hacer nada en todo el día —le dijo Ana a un mirlo que cantaba y se columpiaba en la rama de un sauce—, pero una maestra que además está ayudando a criar a unos gemelos no puede permitirse la pereza, chiquitín. ¡Qué voz tan dulce tienes, pajarito! Expresas mis emociones con tu canto mucho mejor de lo que yo lo haría. Pero ¿quién viene ahí?

Un carro subía por el camino dando tumbos, con dos personas en el asiento y un baúl grande detrás. Cuando lo tuvo más cerca, Ana reconoció que el conductor era el hijo del jefe de la estación de Bright River, acompañado de una desconocida: una mujer minúscula que bajó de un salto antes de que el caballo se hubiera parado. Era pequeña y muy guapa, y estaba claramente más cerca de los cincuenta que de los cuarenta, pero tenía las mejillas sonrosadas, los ojos negros muy brillantes, y el pelo también negro y reluciente. Llevaba un sombrerito adornado con flores y plumas. A pesar de que había hecho un viaje de quince kilómetros por caminos de tierra, su aspecto era impecable.

—¿Vive aquí el señor James A. Harrison? —preguntó a bocajarro.

—No, el señor Harrison vive allí —explicó Ana, llena de asombro.

—Claro, ya me parecía a mí que esto estaba muy limpio... demasiado limpio para que James A. viviese aquí, a menos que haya cambiado —canturreó la mujercilla—. ¿Es cierto que James A. va a casarse con una mujer que vive aquí?

—No, no —negó Ana, poniéndose colorada y con un aire tan culpable que la desconocida la miró con curiosidad, como si sospechara que fuera ella quien quisiera casarse con el señor Harrison.

—Pues lo he visto en un periódico de la isla —insistió la guapa desconocida—. Una amiga me envió un ejemplar con la noticia señalada... Las amigas siempre se dan buena prisa para estas cosas. Se hablaba de James A. como «nuevo vecino».

—Ah, esa nota era solo una broma —dijo Ana—. El señor Harrison no pretende casarse *con nadie*. Se lo aseguro.

—Me alegro mucho —asintió la lozana señora, volviendo al asiento del carro con agilidad—, porque resulta que ya está casado. Yo soy su mujer. Sí, no me extraña que te sorprenda. Supongo que se habrá hecho pasar por soltero y habrá estado rompiendo corazones a diestro y siniestro. Bueno, bueno, James A... —advirtió, señalando enérgicamente con la cabeza la casa blanca y alargada que se veía al otro lado de los campos—, se te acabó la diversión. Estoy aquí... aunque no me habría tomado la molestia de venir si no hubiera pensado que ibas a hacer alguna fechoría. —Y, volviéndose hacia Ana, añadió—: Supongo que ese loro sigue blasfemando tanto como siempre.

—El loro... ha muerto... creo —explicó con un hilo de voz la pobre Ana, que en ese momento dudaba hasta de su nombre.

—¡Muerto! Entonces todo saldrá bien —dijo la señora, muy contenta—. Sin ese loro de por medio sé cómo llevar a James.

Y con esta críptica afirmación siguió su camino mientras Ana iba corriendo a la puerta de la cocina en busca de Marilla.

—Ana, ¿quién era esa señora?

—Marilla —dijo Ana con solemnidad, aunque le bailaban los ojos de alegría—. ¿Tengo pinta de estar loca?

—No más que de costumbre —contestó Marilla, sin intención de ser sarcástica.

—Entonces, ¿cree que estoy despierta?

—Ana, ¿qué tonterías estás diciendo? ¿Quién era esa señora, te pregunto?

—Marilla, si no estoy loca y tampoco estoy dormida, esa señora no puede estar hecha de la materia de los sueños... Tiene que ser real. Además, seguro que el sombrerito no he podido imaginármelo. Dice que es la mujer del señor Harrison, Marilla.

Esta vez fue Marilla quien se quedó pasmada.

—¡Su mujer! ¡Ana Shirley! Entonces, ¿por qué se ha hecho pasar por soltero?

—Yo creo que en realidad no ha hecho eso —dijo Ana, intentando ser justa—. Nunca ha dicho que estuviera soltero. Simplemente todo el mundo lo dio por sentado. Ay, Marilla, ¿qué va a decir la señora Lynde?

Y esa misma tarde, cuando la señora Lynde pasó por Tejas Verdes, supieron lo que tenía que decir. ¡No estaba sorprendida! ¡Siempre había sospechado algo así! ¡Siempre se había olido *algo raro* en el señor Harrison!

—¡Mira que abandonar a su mujer! —exclamó, indignada—. Ya sabemos que en Estados Unidos pasan esas cosas, pero ¿quién se iba a imaginar que pudieran pasar aquí, en Avonlea?

—No sabemos que la abandonara —protestó Ana, decidida a creer en la inocencia de su amigo mientras no se demostrara que era culpable—. No sabemos si es cierto.

—Pues lo sabremos enseguida, porque ahora mismo voy para allá —anunció la señora Lynde, que nunca había aprendido el significado de la palabra «delicadeza»—. Se supone que no sé que ella ha venido, y como el señor Harrison iba a traerme hoy de Carmody un medicamento para Thomas, tengo una buena excusa para ir. Me enteraré de todo y a la vuelta pasaré a contároslo.

La señora Lynde salió corriendo hacia donde Ana no se habría atrevido a dar ni un paso. Por nada del mundo se habría acercado a casa del señor Harrison, aunque también sentía curiosidad, como es lógico y normal, y en el fondo se alegraba de que la señora Lynde fuese a resolver el misterio. Tanto ella como Marilla esperaron con impaciencia que la buena mujer volviese por allí, pero esperaron en balde. La señora Lynde no volvió a Tejas

Verdes esa noche. Davy, que a las nueve llegó de casa de los Boulter, les explicó por qué.

—Me he encontrado en la hondonada con la señora Lynde y una desconocida —dijo—. ¡Caramba, cómo hablaban las dos a la vez! La señora Lynde dice que os diga que lo siente, que se le ha hecho tarde para pasar esta noche. Ana, me muero de hambre. En casa de Milty merendamos a las cuatro y creo que la señora Boulter es muy tacaña. No nos dio bizcocho ni conservas... Hasta el pan era poco.

—Davy, cuando vas de visita no puedes criticar lo que te dan de comer —lo aleccionó Ana—. Es de muy mala educación.

—Vale... Solo lo pensaré —dijo Davy alegremente—. Dale algo de cenar a este niño, Ana.

Ana miró a Marilla, que la siguió hasta la despensa y cerró la puerta con cuidado.

—Ponle si quieres un poco de mermelada en el pan. Sé cómo puede ser la merienda en casa de Levi Boulter.

Davy aceptó su pan con mermelada con un suspiro.

—La verdad es que el mundo es decepcionante —observó—. A la gata de Milty le dan ataques: le ha dado un ataque todos los días desde hace tres semanas. Milty dice que es divertidísimo verla. Hoy he ido aposta para verla cuando le diera el ataque, y la muy miserable no ha tenido ninguno: estaba sana, sana. Milty y yo nos hemos pasado la tarde rondándola. Pero da igual —Davy se animó cuando el traicionero consuelo de la mermelada de ciruela le llegó al alma—, ya la veré otro día. No creo que deje de tener ataques ahora que ha tomado la costumbre, ¿no? Esta mermelada está riquísima.

Davy no tenía penas que la mermelada de ciruela no pudiese curar.

El domingo llovió tanto que nadie salió de casa, pero el lunes todo el mundo ya había oído alguna versión de la historia del señor Harrison. Hasta la escuela llegaron los cotilleos, y Davy volvió a casa lleno de información.

—Marilla, el señor Harrison tiene una mujer nueva... Bueno, no exactamente nueva, pero habían dejado de estar casados una temporada, dice Milty. Yo creía que la gente tenía que seguir casada siempre una vez que empezaba, pero Milty dice que no, que se pueden dejar cuando no están de acuerdo. Dice que una forma, por ejemplo, es largarte y abandonar a tu mujer, y eso es lo que hizo el señor Harrison. Milty dice que el señor Harrison dejó a su mujer porque ella le tiró cosas a la cabeza... Cosas *duras*... Y Arty Sloane dice que fue porque ella no le dejaba fumar, y Ned Clay dice que fue porque siempre le estaba riñendo. Yo nunca dejaría a mi mujer por esas cosas. Simplemente me pondría firme y le diría: «Señora Keith, tiene usted que hacer lo que a mí me plazca porque soy un *hombre*». Me parece a mí que con eso enseguida se le bajarían los humos. Pero Annetta Clay dice que fue *ella* quien lo dejó a él, porque no se limpiaba las botas antes de entrar en casa, y a Annetta le parece muy bien. Ahora mismo voy a casa del señor Harrison a ver cómo es esa mujer.

Davy volvió enseguida, algo desanimado.

—La señora Harrison no estaba... Ha ido a Carmody con la señora Lynde a comprar un papel nuevo para la sala de estar. Y el señor Harrison me ha dicho que le diga a Ana que vaya a verlo, que quiere hablar con ella. Ah, y el suelo estaba limpio y el señor Harrison afeitado, y eso que ayer no hubo sermón.

La cocina de Harrison le pareció a Ana desconocida. Efectivamente, el suelo estaba limpio, hasta un grado de pulcritud asombroso, y lo mismo pasaba con los muebles: el fogón brillaba tanto que te veías la cara reflejada; las paredes estaban recién encaladas y los cristales de las ventanas relucientes. Encontró al señor Harrison sentado a la mesa, con su ropa de faena, que un viernes cualquiera estaría rota y llena de manchas, bien remendada y cepillada en ese momento. Iba impecablemente afeitado y con el poco pelo que le quedaba bien cortadito.

—Siéntate, Ana, siéntate —dijo, en un tono solo un poquito más alegre del que empleaba la gente de Avonlea en los funerales—. Emily ha ido a Carmody con Rachel Lynde. Parecen amigas de toda la vida. ¡Hay que ver lo distintas que son las mujeres! En fin, Ana, se me acabó la buena vida... totalmente. Supongo que de hoy en adelante todo será orden y limpieza para mí.

El señor Harrison hacía lo posible por hablar con pena, pero un brillo incontenible en los ojos lo delataba.

—Señor Harrison, usted se alegra de que haya vuelto su mujer —afirmó Ana, señalándolo con el dedo—. No disimule, que lo veo perfectamente.

El señor Harrison se relajó y sonrió con docilidad.

—Bueno... bueno... me voy acostumbrando —reconoció—. No puedo decir que me disgustara ver a Emily. La verdad es que un hombre necesita algo de protección en una comunidad como esta, donde uno no puede ni jugar a las damas con un vecino sin que le acusen de querer casarse con la hermana del vecino en cuestión y lo publiquen en el periódico.

—Nadie se habría imaginado que usted iba a ver a Isabella Andrews si no hubiera fingido que estaba soltero —le reprochó Ana con severidad.

—Yo no he fingido nada. Si alguien me hubiera preguntado si estaba casado habría dicho que sí. Simplemente lo dieron por hecho. No me apetecía hablar de eso... Me dolía demasiado. La señora Lynde se habría vuelto loca de haber sabido que mi mujer me había dejado, ¿no?

—Pues otros dicen que la dejó usted a ella.

—Ella empezó, Ana, ella empezó. Te lo voy a contar todo, porque no quiero que pienses de mí peor de lo que me merezco... y tampoco de Emily. Pero vamos al porche. Aquí dentro está todo tan limpio que casi me entra nostalgia. Digo yo que me iré acostumbrando con el tiempo, pero ahora me tranquiliza ver el patio. Emily todavía no ha tenido tiempo de limpiarlo.

Y en cuanto se instalaron cómodamente en el porche, el señor Harrison empezó a contar sus penas.

—Antes de venir aquí yo vivía en Scottsford, Ana, en New Brunswick. Mi hermana se ocupaba de mi casa y a mí me venía muy bien; limpiaba solo lo razonable, me dejaba en paz y me mimaba... eso dice Emily. Pero hace tres años se murió. Antes de morir estaba muy preocupada por qué iba a ser de mí y me hizo prometerle que me casaría. Me recomendó a Emily Scott, porque tenía dinero y era un ama de casa modélica. Yo le dije: «Emily Scott ni me miraría». Y mi hermana dijo: «Tú pregúntaselo y a ver qué dice». Y solo para que se quedara tranquila le prometí que se lo preguntaría. Y se lo pregunté. Y Emily dijo que sí, que se casaba conmigo. En mi vida me he llevado mayor sorpresa, Ana... Una mujer lista y guapa como ella, con un hombre como yo. Te aseguro que al principio pensé que tenía suerte. Bueno, pues, nos casamos, nos fuimos quince días de viaje de novios a St. John y volvimos a casa. Llegamos a casa a las diez de la noche y, te doy mi palabra, Ana, de que en media hora se había puesto a hacer limpieza. Sí, ya sé que crees que a mi casa le haría falta... Tienes una cara muy expresiva, Ana; se te ve lo que piensas, como si lo llevaras grabado... pero no era el caso, no era para tanto. Reconozco que mi casa de soltero estaba manga por hombro, pero una mujer vino a limpiar antes de que me casara, y yo había pintado y reparado todo. Te aseguro que si llevaras a Emily a un flamante palacio de marfil se pondría a fregar en cuanto encontrase un vestido viejo. Bueno, esa noche estuvo limpiando hasta la una, y a las cuatro ya había vuelto a levantarse a limpiar. Y así siguió... Que yo sepa no ha parado nunca. Se pasaba el día barriendo, fregando y limpiando el polvo, menos los domingos, que los pasaba deseando que llegara el lunes. Era su manera de divertirse y yo podría haberme conformado si me hubiese dejado en paz. Y eso ella no podía consentirlo. Se había propuesto reformarme, pero cuando me pilló yo ya no era joven. No me dejaba entrar en casa si no me cambiaba en la puerta las botas por unas zapatillas. Por nada del mundo podía fumarme una pipa si no era en el establo. Y mi gramática no daba la talla. Emily fue maestra de escuela de joven y nunca ha dejado de serlo. Tampoco soportaba verme comer con la navaja. El caso es que, ya lo ves, todo el rato chinchando y fastidiando. Aunque, si te soy sincero, Ana, supongo que yo también era un cascarrabias. No me propuse mejorar, y podía haberlo hecho... Simplemente me ponía desagradable y gruñón cuando ella me sacaba algún defecto. Un día le solté que no se había quejado de mi gramática cuando le propuse matrimonio. Fue una torpeza decirle eso. Bueno, seguíamos discutiendo a todas horas y no era exactamente agradable, aunque quizá hubiéramos llegado a acoplarnos con el tiempo de no haber sido por Ginger. Ginger fue el escollo donde al final encallamos. A Emily no le gustaban los loros y no soportaba las blasfemias de Ginger. Yo me había encariñado con el loro, porque era de mi hermano el marinero. Mi hermano había sido mi favorito cuando éramos unos críos y me mandó a Ginger cuando se estaba muriendo. Yo no entendía que a Emily le pusieran tan nerviosa las groserías de Ginger. No hay nada que me repatee más que las groserías en una persona, pero un loro no hace más que repetir lo que oye, y lo entiende tanto como yo el chino, salvando las distancias. Pero Emily no lo veía así. Las mujeres no son lógicas. Intentó quitarle a Ginger la manía de soltar tacos, con tan poco éxito como el que tuvo para enseñarme a no decir «aiga» o «andé». Parecía que cuanto más se empeñaba ella peor se ponía Ginger, y yo también.

»El caso es que las cosas no cambiaban y los dos estábamos cada vez más ásperos, hasta que llegó el remate. Emily invitó a cenar al pastor y a su mujer, y a otro sacerdote que había venido con su mujer a pasar unos días con ellos. Le prometí que guardaría a Ginger a buen recaudo, donde nadie lo oyese (Emily no tocaba la jaula ni con un palo de tres metros), y tenía toda la intención de hacerlo, porque no quería que los sacerdotes oyeran palabrotas en mi casa. Pero se me olvidó... Y no me extraña, porque Emily no paraba de darme la murga con la gramática y el cuello limpio... El caso es que ni me acordé del pobre loro hasta que nos sentamos a cenar. Justo cuando el primer sacerdote había empezado a bendecir la mesa Ginger levantó la voz en el porche, delante de la ventana del comedor. Había visto al pavo paseando por el patio, y ver a un pavo siempre tenía un efecto nocivo para Ginger. Ese día se superó. Puedes sonreír, Ana, y no niego que yo también me he reído a veces después, pero en ese momento me sentí casi tan humillado como Emily. Salí y encerré a Ginger en el establo. No puedo decir que disfrutara de la ocasión. Sabía, por cómo me miraba Emily, que se avecinaban problemas para Ginger y James A. Cuando se fueron los invitados salí al prado a por las vacas y en el camino estuve pensando. Me daba pena de Emily, y por un lado sentía no haber sido más considerado con ella; además, me preocupaba que los sacerdotes creyeran que Ginger había aprendido ese vocabulario de mí. En resumidas cuentas, decidí que tenía que deshacerme de Ginger sin contemplaciones y, cuando volví con las vacas, fui a decírselo a Emily. Pero Emily no estaba, y había una carta suya encima de la mesa, como pasa en los cuentos. En la carta me decía que tenía que elegir entre Ginger y ella; se iba a su casa, y que allí esperaría hasta que le anunciase que me había librado del loro.

»Me sacó de mis casillas, Ana, y dije que si quería esperar que esperase sentada. Y lo cumplí. Guardé sus cosas en un baúl y se las mandé. Hubo muchas habladurías... Scottsford era casi tan malo como Avonlea para los cotilleos, y todo el mundo simpatizaba con Emily. Yo estaba harto y enfadado, y vi que si no me iba de allí nunca tendría un segundo de paz. Decidí venir a la isla. Estuve aquí de pequeño y me gustó; pero Emily siempre había dicho que nunca viviría en un sitio donde la gente no podía salir de noche por miedo a caerse por el acantilado. Así que me vine aquí, solo para llevarle la contraria. Y eso es todo. No había vuelto a saber nada de Emily hasta el sábado pasado, cuando volví del campo y me la encontré fregando el suelo, aunque también vi la mesa puesta, y en la mesa la primera comida decente desde que ella me dejó. Me dijo que comiese primero y después hablábamos... Y eso me hizo ver que Emily había aprendido un par de cosas para llevarse bien con un hombre. El caso es que aquí está y que piensa quedarse... ahora que Ginger se ha muerto y que la isla es un poco más grande de lo que ella pensaba. Así que ahora son dos: Emily y la señora Lynde. No, no te vayas, Ana. Quédate a conocer a Emily. Se llevó una excelente impresión de ti el sábado... Me preguntó quién era esa pelirroja tan guapa que vivía en la casa de al lado.

La señora Harrison brindó a Ana una calurosa acogida y se empeñó en que se quedara a cenar.

—James A. me ha hablado mucho de ti y de lo buena que has sido con él, ayudándole y haciéndole bizcochos. Quiero conocer a mis nuevos vecinos lo antes posible. ¿Verdad que la señora Lynde es una mujer encantadora? ¡Qué simpática!

Cuando Ana volvió a casa, en el suave crepúsculo de junio, la señora Harrison la acompañó un buen trecho por el campo, donde las luciérnagas empezaban a encenderse como las estrellas.

—Supongo —dijo en tono confidencial— que James A. te ha contado lo que nos pasó.

—Sí.

—Entonces no hace falta que te cuente nada, porque es un hombre justo y te habrá dicho la verdad. La culpa no fue toda suya, ni mucho menos. Ahora lo veo. Nada más volver a mi casa de soltera me arrepentí de haberme precipitado, pero no quería ceder. He comprendido que esperaba demasiado de un hombre. Y era una estupidez que me molestara su mala gramática. No tiene importancia que un hombre cometa faltas de gramática mientras sea bueno y trabajador y no asome la nariz por la despensa para ver cuánto azúcar has gastado en una semana. Creo que ahora vamos a ser muy felices. Me gustaría saber quién es el «Observador», para darle las gracias. Tengo una deuda de gratitud con él.

Ana guardó el secreto y la señora Harrison nunca supo que su gratitud había llegado a su destinataria. Estaba muy sorprendida del alcance de las consecuencias de esas «notas» tan bobas: habían servido para reconciliar a un hombre con su mujer y dar fama a un profeta.

La señora Lynde estaba en la cocina de Tejas Verdes. Le había contado la historia a Marilla de pe a pa.

—Bueno, ¿te ha gustado la señora Harrison? —le preguntó a Ana.

—Mucho. Creo que es una mujer muy buena.

—Eso es exactamente —subrayó Rachel—. Y, como acabo de decirle a Marilla, creo que tenemos que pasar por alto las rarezas del señor Harrison, por el bien de su mujer, para que se sienta como en casa... Eso creo. Bueno, tengo que irme. Thomas estará cansado de esperarme. He salido un poco desde que vino Eliza, y estos últimos días parece que él se encuentra mucho mejor. De todos modos, no me gusta dejarlo solo mucho tiempo. He oído decir que Gilbert Blythe ha renunciado al puesto de White Sands. Supongo que se irá a la universidad en otoño.

La señora Rachel miró a Ana, pero Ana se había agachado en ese momento para llevarse a Davy, que estaba dando cabezadas en el sofá, y no dio muestras de nada. Se llevó a Davy, con la femenina mejilla ovalada apoyada en los rizos dorados del niño. Cuando subían por la escalera, Davy le echó un brazo cansado por el cuello y le dio un cariñoso achuchón y un beso pegajoso.

—Qué buenísima eres, Ana. Milty Boulter ha escrito hoy una cosa en su pizarra para Jennie Sloane. Decía: «La rosa es roja, la campanilla azul, y el azúcar tan dulce como tú». Y eso es exactamente lo que siento por ti, Ana.

Capítulo XXVI
EL RECODO DEL CAMINO

Thomas Lynde se marchó de este mundo con la misma tranquilidad y discreción con que había vivido. Su mujer fue una enfermera incansable, paciente y cariñosa. Rachel había sido a veces algo dura con Thomas cuando estaba sano, porque la exasperaba su lentitud o su docilidad, pero cuando cayó enfermo no había voz más dulce ni mano más amable y diligente, ni vigilia más resignada que la suya.

—Has sido una buena mujer para mí, Rachel —le dijo con sencillez un día que ella se sentó a su lado, en la penumbra, y sostuvo la mano flaca y blanquecina de Thomas con su mano curtida por el trabajo—. Una buena mujer. Siento no dejarte en mejor posición, pero los chicos cuidarán de ti. Son todos listos y capaces, como su madre. Una buena madre..., una buena mujer...

Entonces se quedó dormido, y a la mañana siguiente, justo cuando el alba blanca asomaba en las puntas de los abetos, en la hondonada, Marilla entró en la buhardilla sin hacer ruido y despertó a Ana.

—Ana, Thomas Lynde ha muerto... El chico acaba de darme la noticia. Me voy con Rachel.

El día siguiente al funeral de Thomas Lynde, Marilla andaba por Tejas Verdes con un extraño aire de preocupación. De vez en cuando miraba a

Ana, como a punto de decir algo, pero movía la cabeza con pesar y no abría la boca. Después de cenar fue a ver a la señora Rachel y a la vuelta subió a la buhardilla, donde Ana estaba corrigiendo ejercicios de los niños.

—¿Cómo está la señora Lynde esta noche? —se interesó Ana.

—Más calmada y más entera —contestó Marilla, sentándose en la cama de Ana... Y esto indicaba una alteración del ánimo del todo impropia en ella, porque, según la ética doméstica de Marilla, sentarse en una cama hecha era una ofensa imperdonable—. Pero se siente muy sola. Eliza tenía que volver a casa hoy... Su hijo no está bien y no podía quedarse más tiempo.

—Cuando haya terminado estos ejercicios iré a charlar un rato con ella. Tenía intención de hacer un poco de redacción en latín esta noche, pero eso puede esperar.

—Creo que Gilbert Blythe se va a la universidad en otoño —dijo Marilla de repente—. ¿No te gustaría ir a ti también, Ana?

Ana la miró sorprendida.

—Claro que me gustaría, Marilla. Pero no es posible.

—Yo diría que se puede hacer posible. Siempre he pensado que tenías que ir. Nunca me he sentido cómoda sabiendo que renunciabas por mí.

—Pero, Marilla, yo en ningún momento me he arrepentido de quedarme en casa. Estaba feliz... Estos dos últimos años han sido maravillosos.

—Sí, sé que estabas contenta, pero esa no es la cuestión exactamente. Tienes que seguir estudiando. Has ahorrado lo suficiente para pasar un año en Redmond, y con el dinero de las vacas dará para otro año... y puedes conseguir becas y ayudas.

—Sí, pero no puedo irme, Marilla. Es verdad que usted está mejor de los ojos, pero no puedo dejarla aquí sola con los gemelos. Dan mucho trabajo.

—No estaré sola. De eso quería hablarte. He tenido una larga conversación con Rachel esta noche. Lo está pasando fatal, por muchas cosas. No se ha quedado en muy buena posición. Por lo visto hipotecaron la granja hace ocho años, para ayudar al pequeño a instalarse cuando se fue al oeste, y no han podido devolver mucho más que los intereses. Luego, la enfermedad de Thomas ha salido muy cara, entre unas cosas y otras. Tendrá que vender la granja, y Rachel no cree que le quede casi nada después de liquidar las deudas. Dice que tendrá que irse a vivir con Eliza y que se muere de pena cuando piensa en marcharse de Avonlea. Para una mujer de su edad no es fácil hacer amistades ni tener nuevas aficiones. Y, mientras me lo decía, Ana, se me ocurrió ofrecerle que se viniera a vivir conmigo, pero pensé que antes de decirle nada teníamos que hablar tú y yo. Si Rachel viniera a vivir conmigo podrías ir a la universidad. ¿Qué te parece?

—Es como... como si... me hubieran dado... la luna... y no supiera... qué hacer con ella... exactamente —dijo Ana, aturdida—. Pero ofrecerle a la señora Lynde que venga aquí es una decisión de usted, Marilla. ¿Usted cree... está segura... de que le gustaría? La señora Lynde es una buena persona y una vecina amable pero... pero...

—¿Quieres decir que tiene sus defectos? Los tiene, naturalmente, pero creo que estoy dispuesta a soportar defectos mucho peores antes que ver a Rachel yéndose de Avonlea. La echaría muchísimo de menos. Es la única amiga que tengo y me sentiría perdida sin ella. Somos vecinas desde hace cuarenta y cinco años y ni una vez hemos discutido... aunque estuvimos a punto cuando te pusiste hecha una furia porque te llamó pelirroja y feúcha. ¿Te acuerdas, Ana?

—Creo que sí —asintió Ana con remordimiento—. Nadie se olvida de esas cosas. ¡Cuánto odié a la pobre señora Rachel en ese momento!

—Y las «disculpas» que le diste después. Sinceramente, Ana, eras de armas tomar. Me dejabas de piedra: no sabía cómo tratarte. Matthew te entendía mucho mejor.

—Matthew lo entendía todo —dijo Ana en voz baja, como siempre que hablaba de él.

—Bueno, yo creo que podemos organizarnos de manera que Rachel y yo no choquemos. Siempre he pensado que si dos mujeres no pueden llevarse bien en una casa es porque intentan compartir la misma cocina y se entorpecen la una a la otra. Por eso, si Rachel viniera aquí, le dejaría el dormitorio de la buhardilla norte, y el cuarto libre podría ser su cocina, porque no necesitamos para nada un cuarto libre. Podría poner un fogón y los muebles que quiera conservar, y estaría bien cómoda e independiente. Tendrá lo suficiente para vivir, por supuesto... de eso se ocuparán sus hijos... Así que yo solo le ofrecería alojamiento. Sí, Ana, creo que me gustaría.

—Pues ofrézcaselo —la animó Ana—. A mí también me daría mucha pena que la señora Rachel se marchara.

—Y si acepta —añadió Marilla—, tú puedes ir a la universidad o no. Me hará compañía y se ocupará de hacer las tareas de los gemelos que yo no pueda hacer. Así que no hay ningún motivo en el mundo para que no vayas.

Esa noche Ana pasó un buen rato reflexionando delante de su ventana. La alegría y la pena combatían en su corazón. Por fin había llegado... de repente y por sorpresa... al recodo del camino; y a la vuelta de ese recodo estaba la universidad, con cientos de visiones y esperanzas luminosas; pero también se daba cuenta de que para dar ese paso tenía que dejar atrás muchas cosas buenas: las obligaciones y aficiones sencillas por las que había llegado a sentir tanto cariño en los dos últimos años y a las que daba belleza y encanto por el entusiasmo que ponía en ellas. Tenía que dejar la escuela... y quería mucho a todos sus alumnos, incluso a los tontos y los maleducados. El mero hecho de pensar en Paul Irving le hacía preguntarse si en realidad valía la pena invocar el nombre de Redmond.

—He echado muchas raíces en los dos últimos años —le dijo Ana a la luna— y me va a doler una barbaridad que me arranquen de aquí. Pero creo que es mejor que vaya y, como dice Marilla, no hay nada que me lo impida. Tengo que sacar mis ambiciones y desempolvarlas.

Ana envió su carta de renuncia al día siguiente, y la señora Rachel, después de hablar con Marilla, de corazón a corazón, aceptó con gratitud el ofrecimiento de tener un hogar en Tejas Verdes. De todos modos, decidió seguir en su casa ese verano; la granja no se vendería hasta el otoño y había mucho que hacer.

—La verdad es que nunca pensé en vivir tan lejos de la carretera como está Tejas Verdes —dijo la señora Rachel para sus adentros, con un suspiro—. Aunque en realidad Tejas Verdes ya no está tan apartada del mundo como antes... Ana siempre tiene visitas y los gemelos le dan mucha vida. Además, preferiría vivir en el fondo de un pozo antes que irme de Avonlea.

La noticia de estas dos decisiones desbancó inmediatamente a la señora Harrison de los cotilleos populares. Las cabezas más sabias cuestionaron la precipitación de Marilla al dar el paso de ofrecerle a la señora Rachel que viviese con ella. La opinión general era que no se llevarían bien. Las dos eran «demasiado suyas» y se hicieron funestos vaticinios que no alteraron ni un ápice la voluntad de las partes interesadas. Habían llegado a un acuerdo muy claro sobre sus respectivos derechos y deberes en la convivencia, y las dos estaban dispuestas a cumplirlo.

—Yo no me meteré en tus cosas ni tú en las mías —resumió la señora Lynde—. Y con los gemelos, estaré encantada de hacer lo que pueda por ellos; eso sí, no pienso hacerme cargo de responder a las preguntas de Davy. No soy una enciclopedia ni un abogado de Filadelfia. Vas a echar de menos a Ana en ese sentido.

—Las respuestas de Ana a veces son tan raras como las preguntas de Davy —contestó secamente Marilla—. Los gemelos la echarán de menos, eso está claro, pero Ana no puede sacrificar su futuro para saciar la sed de información de Davy. Cuando haga preguntas que no sepa responder, le diré que los niños tienen que ver, oír y callar. Así me educaron a mí, y me parece una forma de educar tan buena como esta moda de hoy de enseñar a los niños.

—Bueno, parece que los métodos de Ana han dado muy buen resultado con Davy —observó la señora Lynde, sonriendo—. Es un niño reformado, la verdad.

—No tiene mal fondo —reconoció Marilla—. No esperaba encariñarme tanto con estos niños. Davy sabe hacerse querer... y Dora es una niña encantadora aunque... un poco... bueno, un poco...

—¿Monótona? —sugirió la señor Rachel—. Como un libro con todas las páginas iguales, diría yo. Dora será una mujer buena y de confianza, pero nunca se comerá el mundo. Es cómodo rodearse de personas como ella, aunque no sean tan interesantes como otras.

Gilbert Blythe fue probablemente la única persona en quien la noticia de la renuncia de Ana despertó una alegría absoluta. Los niños de Avonlea recibieron la noticia como una catástrofe. Annetta Bell se puso histérica cuando volvió a casa. Anthony Pye tuvo dos sonadas peleas con otros chicos, sin que le hubieran provocado, para desfogarse. Barbara Shaw se pasó toda la noche llorando. Paul Irving le advirtió a su abuela en tono desafiante que no contara con que se comiera las gachas hasta dentro de una semana.

—No puedo, abuela —dijo—. La verdad es que no sé si puedo comer algo. Siento como si tuviera un nudo enorme en la garganta. Si no hubiera sido porque Jake Donnell estaba delante, habría vuelto de la escuela llorando. Creo que voy a llorar en la cama. ¿No se me notará mañana en los ojos? Me sentaría muy bien. De todos modos, las gachas no me las puedo comer. Voy a necesitar toda mi fortaleza de ánimo para resistir esto, abuela, y no me quedará nada para pelearme con las gachas. Ay, abuela, no sé qué voy a hacer cuando se vaya mi querida maestra. Milty Boulter dice que seguro que el puesto será para Jane Andrews. Supongo que la señorita Andrews es muy simpática, pero sé que no comprenderá las cosas como la señorita Shirley.

Diana también encaró la situación con pesimismo.

—Voy a estar solísima aquí el invierno que viene —se lamentó una noche, en el cuarto de Ana, cuando la luna derramaba «polvo de plata» entre las ramas de los cerezos y daba a la buhardilla el suave resplandor del mundo de los sueños. Las dos amigas estaban charlando: Ana en su mecedora baja, al lado de la ventana; Diana sentada como los indios encima de la cama—. Gilbert y tú no estaréis aquí... y los Allan tampoco. Van a ofrecerle al señor Allan un puesto en Charlottetown, y, como es natural, piensa aceptarlo. Es horrible. Me parece que nos pasaremos todo el invierno con el puesto vacante y tendremos que aguantar un desfile de candidatos... Ni la mitad de los que vengan valdrán un pimiento.

—Por lo menos espero que no traigan al señor Baxter de East Grafton —dijo Ana con contundencia—. Quiere el puesto, pero da unos sermones de lo más tétricos. El señor Bell dice que es un sacerdote de la vieja escuela, pero la señora Lynde dice que lo único que le pasa es que tiene malas digestiones. Por lo visto su mujer no es muy buena cocinera, y la señora Lynde dice que cuando un hombre come pan ácido dos de cada tres semanas la teología se le atraganta sin remedio. A la señora Allan le daba mucha pena irse de Avonlea. Dice que todo el mundo ha sido muy bueno con ella, desde que llegó, recién casada, y que se marcha con la sensación de separarse de los amigos de toda la vida. Además, ya sabes que la tumba de su hijo está aquí. Dice que no sabe cómo va a poder dejar a... esa cosita que tenía solo tres meses, y tiene miedo de que eche de menos a su madre, aunque sabe que al señor Allan no puede decirle eso por nada del mundo. Dice que casi todas las noches ha ido a la tumba a escondidas, por el abedular, por detrás de la casa parroquial, a cantarle una nana. Me lo contó todo ayer por la tarde, cuando fui a poner unas rosas silvestres en la tumba de Matthew. Le prometí que pondría flores en la tumba de su hijo mientras estuviera en Avonlea, y estoy segura de que cuando me vaya...

—Me ocuparé yo —se ofreció Diana con cariño—. Por supuesto. Y las pondré también en la tumba de Matthew, Ana.

—Ay, gracias. Pensaba preguntarte si podrías. ¿Y también en la de Hester Gray? Por favor, no te olvides de ella. ¿Sabes?, es curioso, pero he pensado y he soñado tanto con Hester Gray que para mí ya es un ser real. Me la imagino en su jardincito, en ese rincón tan verde, fresco y tranquilo; y tengo la fantasía de que si pudiera volver allí un atardecer de primavera, justo a la hora mágica, entre el crepúsculo y la oscuridad, y subir la ladera del hayedo de puntillas, sin hacer ruido, para no asustarla con mis pisadas, encontraría el jardín tan precioso como siempre, lleno de rosas y de lirios de junio, con la casita al fondo cubierta de parra; y vería a Hester Gray en el jardín... con esos ojos dulces, y el pelo oscuro alborotado por el viento... paseando, rozando los lirios con las yemas de los dedos y susurrando secretos a las rosas; y me acercaría despacio, sí, muy despacio, le tendería las manos y le diría: «Querida Hester Gray, ¿me dejas jugar contigo, que a mí también me encantan las rosas?». Y nos sentaríamos en el banco a hablar un poco y a soñar un poco, o nos quedaríamos en silencio, tan a gusto. Saldría la luna y yo echaría un vistazo alrededor... y de repente no habría ninguna Hester Gray, ni casita cubierta de parra, ni rosas: habría solo un jardín abandonado y viejo, salpicado de lirios de junio entre las malas hierbas, y el suspiro del viento, ¡ay!, tan lastimero en los cerezos. Y no sabría si la escena había sido real o simplemente me lo había imaginado todo.

Diana se deslizó para apoyar la espalda en el cabecero de la cama. Cuando tu compañera de la hora crepuscular dice cosas tan escalofriantes, más vale no imaginarse que detrás de ti hay algo.

—Me temo que la asociación se irá a la porra cuando Gilbert y tú no estéis —dijo con pena.

—No tengas miedo —la tranquilizó Ana, volviendo de sus sueños a los asuntos de la vida práctica—. La asociación está bien afianzada, sobre todo ahora que los mayores se lo han tomado con tanta ilusión. Mira lo que están haciendo este verano en los jardines y en los caminos. Además, estaré atenta a cualquier pista que vea en Redmond y el invierno que viene escribiré alguna propuesta de mejora y te la enviaré. No lo veas todo tan negro, Diana. Y no me estropees este momento de alegría y celebración. Dentro de poco, cuando tenga que irme, no voy a estar nada contenta.

—Tienes derecho a estar contenta... Vas a la universidad, te lo pasarás en grande y harás montones de amigos.

—Espero hacer amigos —dijo Ana, con aire pensativo—. La posibilidad de hacer amigos ayuda a que la vida parezca fascinante. Pero da igual cuántos nuevos amigos haga que nunca los querré tanto como a los antiguos... y pienso especialmente en una chica de ojos negros y hoyuelos. ¿Adivinas quién es, Diana?

—Pero habrá un montón de chicas listas en Redmond —suspiró Diana— y yo soy una boba de pueblo que a veces dice «me se»... Aunque si me paro a pensarlo me doy cuenta. Bueno, está claro que estos dos últimos años han sido maravillosos, pero no podían durar. Además, sé de alguien que se alegra mucho de que vayas a Redmond. Ana, te voy a preguntar una cosa... una cosa importante. No te enfades y contéstame en serio. ¿Sientes algo por Gilbert?

—Solo como amigo, pero ni una pizca en el sentido que insinúas —dijo Ana, con calma y seguridad. Ella también creía estar siendo sincera.

Diana suspiró. En parte le habría gustado que Ana le hubiera dado otra respuesta.

—¿No piensas casarte *nunca*, Ana?

—Puede que sí... algún día... cuando encuentre al hombre ideal —contestó Ana, sonriendo a la luna con aire soñador.

—¿Y cómo puedes estar segura de que es el ideal? —insistió Diana.

—Ah, lo reconoceré... *Algo* me lo dirá. Tú ya sabes cuál es mi ideal, Diana.

—Pero los ideales de la gente a veces cambian.

—Los míos no. Y no podría interesarme ningún hombre que no estuviera a la altura.

—¿Y si nunca llegaras a conocerlo?

—Entonces me moriré siendo una solterona —fue la alegre respuesta de Ana—. Yo diría que no es ni mucho menos la peor muerte.

—No, supongo que morir sería la parte fácil; es vivir siendo una solterona lo que no me gustaría —dijo Diana, sin la menor intención de ser graciosa—. Aunque tampoco me preocuparía tanto ser una solterona si pudiera parecerme a la señorita Lavendar. Pero yo no soy así. Cuando tenga cuarenta y cinco estaré gordísima. Y a esa edad una mujer delgada todavía puede tener un romance, pero para una gorda es imposible. Ah, por cierto, Nelson Atkins le ha pedido matrimonio a Ruby Gillis hace tres semanas. Me lo contó Ruby. Dice que nunca se le había pasado por la cabeza aceptarlo, porque quien se case con él tendrá que irse a vivir con sus padres, pero que la proposición de Nelson fue tan preciosa y tan romántica que se sintió como si volara. Pero como no quería precipitarse le pidió que le diera una semana para pensarlo; y dos días después, en una reunión del Círculo de Costura en casa de la madre de Nelson, vio en la mesa de la sala de estar un libro que se llamaba «Guía completa de protocolo». Dice que no puede describir lo que sintió cuando, en el capítulo titulado «Cómo comportarse en el noviazgo y el matrimonio», encontró palabra por palabra la proposición de Nelson. Volvió a casa y le escribió una nota de rechazo muy dura, y dice que desde entonces los padres de Nelson se están turnando para vigilarlo, por miedo a que se tire al río. Pero según Ruby no hay motivos para tener miedo, porque en el capítulo sobre el noviazgo y el matrimonio se explica lo que tiene que hacer un amante rechazado y ahí no decía nada de ahogarse. Y también me contó que Wilbur Blair se muere literalmente por sus huesos, pero que ella no piensa hacer nada de nada.

Ana hizo un gesto de impaciencia.

—Me da mucha rabia decir esto... parece una deslealtad, pero... ya no me cae bien Ruby Gillis. Me caía bien cuando íbamos juntas a la escuela y a Queen's... aunque no tanto como Jane y tú, claro. Pero este último año, desde que está en Carmody, parece muy cambiada y... y...

—Sí —asintió Diana—. Está sacando su parte Gillis... No lo puede evitar. La señora Lynde dice que si ha habido alguna vez una Gillis que pensara en algo que no fueran los chicos lo disimuló muy bien, tanto en sus andares como en su conversación. Ruby solo habla de chicos y de los cumplidos que le hacen, y dice que en Carmody están todos locos por ella. Y lo raro es que lo *están*... —admitió Diana, con cierto resentimiento—. Anoche, cuando la vi en el almacén del señor Blair, me dijo al oído que acababa de «hacer papilla» a uno. No le pregunté quién era, porque vi que lo estaba deseando. Bueno, es lo que siempre ha querido. Acuérdate de que ya de pequeña siempre decía que cuando fuese mayor pensaba tener docenas de novios y pasárselo en grande antes de sentar la cabeza. Es muy distinta de Jane, ¿verdad? Jane es una chica elegante, sensible y encantadora.

—Nuestra Jane es una joya —dijo Ana. E inclinándose para acariciar con ternura la mano menuda y regordeta que colgaba por encima de la almohada, añadió—. Pero no hay nadie como mi Diana. ¿Te acuerdas de esa tarde, cuando nos conocimos y nos «juramos» amistad eterna en tu jardín? Hemos cumplido el juramento, creo... No nos hemos peleado ni distanciado nunca. Nunca olvidaré el escalofrío que me dio el día que me dijiste que me querías. Había tenido una infancia muy solitaria y falta de cariño. Ahora empiezo a ver hasta qué punto fue así. Nadie se preocupaba por mí ni una pizca, y nadie quería saber nada de mí. Habría sufrido mucho de no haber sido por esa otra vida de mis fantasías, donde me imaginaba todos los amigos y todo el amor que necesitaba. Pero cuando vine a Tejas Verdes mi vida cambió. Y luego te conocí. No te imaginas lo que tu amistad significó para mí. Quiero darte las gracias, querida Diana, por el cariño tan sincero que siempre me has dado.

—Y siempre, siempre te daré —dijo Diana, entre sollozos—. Nunca querré a nadie... a ninguna *chica*... ni la mitad de lo que te quiero a ti. Y si me caso y tengo una hija, pienso llamarla Ana.

Capítulo XXVII
UNA TARDE
EN LA CASA DE PIEDRA

🌿

—¿Adónde vas tan arreglada, Ana? —quiso saber Davy—. Estás de muerte con ese vestido.

Ana había bajado a cenar con un vestido nuevo de muselina verde pálido... El primer color que se ponía desde que murió Matthew. Le quedaba perfecto y realzaba los delicados tonos de su piel, además del lustre y el brillo de su pelo.

—Davy, ¿cuántas veces te he dicho que no digas eso? —le regañó Ana—. Voy al Pabellón del Eco.

—Llévame.

—Te llevaría si fuera en coche. Pero voy andando y está demasiado lejos para tus piernas de ocho años. Además, Paul viene conmigo, y me temo que no te guste mucho su compañía.

—Bueno, Paul me cae mil veces mejor que antes —dijo Davy mientras empezaba a explorar su pudin con cautela—. Ahora que me porto tan bien ya no me molesta tanto que él sea mejor. Si sigo así algún día lo alcanzaré, tanto en las piernas como en buen comportamiento. Además, Paul es muy simpático en la escuela con los de segundo. No deja que los mayores se metan con nosotros y nos enseña un montón de juegos.

—¿Cómo acabó Paul ayer a mediodía cayéndose al arroyo? —preguntó Ana—. Lo vi en el patio, chorreando, y lo mandé a casa a cambiarse de ropa inmediatamente antes de averiguar qué había pasado.

—Bueno, en parte fue un accidente —explicó Davy—. Metió la cabeza aposta, pero el resto del cuerpo se fue al agua por accidente. Estábamos todos en la orilla, y Prillie Rogerson se enfadó con Paul por no sé qué... Es que Prillie es horrible y malísima, aunque es guapa... Y le dijo a Paul que su abuela le ponía trapos en el pelo para rizárselo todas las noches. Yo creo que Paul no se enfadó por eso, pero Gracie Andrews se rio, y Paul se puso colorado, porque Gracie es su novia, ya lo sabes. Está loco perdido por ella... Le regala flores y le lleva los libros hasta el camino de la costa. Se puso como un tomate y dijo que su abuela no hacía eso, que tenía el pelo rizado de nacimiento. Y entonces se tumbó en la orilla y metió la cabeza en la fuente para demostrarlo. No fue en la fuente de la que bebemos —dijo, al ver la cara de horror de Marilla—, fue en la de más abajo. Pero es que la orilla resbala que no veas y Paul acabó dentro. Fue una caída de muerte. Perdón, perdón, Ana, no quería decir eso... Se me ha escapado sin querer. Fue una caída *espléndida*. Y estaba muy gracioso cuando salió a gatas, empapado y lleno de barro. Las chicas se rieron más que nunca, pero Gracie no se rio. Le dio pena. Gracie es buena, aunque tiene la nariz respingona... Yo buscaré una novia que tenga una nariz tan bonita como la tuya, Ana.

—Un niño que se pringa así la cara de sirope tomando el pudin nunca conseguirá que una chica se fije en él —señaló Marilla con severidad.

—Me lavaré la cara antes de cortejar a nadie —protestó Davy, y en el intento de mejorar las cosas se frotó la cara con el dorso de la mano—. Y también me lavaré detrás de las orejas sin que nadie me lo diga. Esta mañana me acordé, Marilla. Ya no me olvido ni la mitad de veces que antes. Pero... —suspiró— uno tiene tantos rincones que es muy difícil acordarse de todos. Bueno, ya que no puedo ir a casa de la señorita Lavendar iré a ver a la señora Harrison. Es simpatiquísima, por si no lo sabíais. En la despensa tiene un tarro de galletas especiales para los niños, y siempre me deja rebañar el cazo donde ha mezclado la masa del bizcocho de pasas. Es que muchas pasas se quedan pegadas en los lados. El señor Harrison siempre fue simpático, pero es el doble de simpático desde que ha vuelto a casarse. Creo que la gente se vuelve más simpática cuando se casa. ¿Por qué usted no se casa, Marilla? Me gustaría saberlo.

Y Marilla, a quien nunca le había dolido su feliz soltería, contestó de buen humor, a la vez que cruzaba una elocuente mirada con Ana, que no creía que nadie la quisiera.

—Es que a lo mejor nunca se lo ha pedido usted a nadie —replicó Davy.

—Davy —dijo la remilgada Dora, atreviéndose a hablar de puro horror sin que nadie se hubiera dirigido a ella—. Son los *hombres* quienes lo piden.

—Pues no veo por qué tienen que ser *siempre* ellos —protestó Davy—. Me parece que en este mundo se les echa todo encima a los hombres. ¿Puedo tomar más pudin, Marilla?

—Ya has tomado más de lo que te conviene —dijo Marilla, pero le dejó repetir moderadamente.

—Ojalá la gente pudiera alimentarse de pudin. ¿Por qué no se puede, Marilla? Me gustaría saberlo.

—Porque nos cansaríamos enseguida.

—A mí me gustaría probarlo —dijo Davy con escepticismo—. Aunque supongo que es mejor comer pudin solo los días de pesca y de visita que no comerlo nunca. En casa de Milty Boulter nunca hay pudin. Milty dice que cuando van visitas su madre les da queso, y que lo corta ella: un trocito por cabeza y uno de sobra, por educación.

—Aunque Milty Boulter hable así de su madre tú no puedes repetirlo —le reprochó Marilla.

—¡Lo que hay que oír! —Davy había copiado esta expresión del señor Harrison y le encantaba decirla—. Milty lo dice como un elogio. Está muy orgulloso de su madre, porque la gente dice que sería capaz de comer piedras.

—Me... me parece que las gallinas han vuelto a meterse en mis matas de pensamientos, las muy tunantes —dijo Marilla, levantándose y saliendo precipitadamente.

Las calumniadas gallinas no se habían acercado a las matas de pensamientos y Marilla ni siquiera las miró. Lo que hizo fue sentarse en la trampilla del sótano y reírse tanto que le dio vergüenza.

Esa tarde, cuando Ana y Paul llegaron a la casa de piedra, la señorita Lavendar y Charlotta Cuarta estaban en el jardín, quitando malas hierbas, pasando el rastrillo, podando y recortando como si les fuera la vida en ello. La señorita Lavendar, muy contenta y encantadora con esos encajes y volantes que tanto le gustaban, soltó las tijeras de podar y salió corriendo a recibir a sus invitados mientras Charlotta Cuarta sonreía con alegría.

—Bienvenida, Ana. Pensaba que vendrías hoy. Tú eres de la tarde y la tarde te ha traído. Las cosas que están hechas para estar juntas se juntan inevitablemente. La de problemas que se ahorrarían algunos si lo supieran. Pero no lo saben... y derrochan un montón de energía valiosa removiendo cielo y tierra para juntar cosas que no están hechas para juntarse. Y tú, Paul... pero ¡qué alto estás! Has crecido media cabeza desde la última vez que viniste.

—Sí, he empezado a crecer por las noches como la hiedra, como dice la señora Lynde —dijo Paul, encantado—. La abuela dice que las gachas por fin están surtiendo efecto. A lo mejor es eso. A saber... —suspiró—. Con la cantidad de gachas que he comido cualquiera crecería. Ahora que he empezado a crecer espero seguir así hasta que sea tan alto como mi padre. Mide uno ochenta y dos, ¿sabe, señorita Lavendar?

Sí, la señorita Lavendar lo sabía. Le subió un poco el color de sus bonitas mejillas y, con Paul de una mano y Ana de la otra, echó a andar hacia la casa en silencio.

—¿Es buen día para los ecos, señorita Lavendar? —preguntó Paul, emocionado. La primera vez que estuvo allí hacía demasiado viento y se llevó un buen chasco.

—Sí, es un día perfecto —asintió la señorita Lavendar, volviendo a la realidad—. Pero primero vamos a comer algo. Seguro que después de esa caminata por los hayedos tendréis hambre, y Charlotta Cuarta y yo somos capaces de comer a cualquier hora... Tenemos un apetito muy flexible. Así que vamos a atacar la despensa. Por suerte está llena de cosas ricas. Tenía el presentimiento de que hoy vendría alguien y Charlotta Cuarta y yo nos hemos preparado.

—Creo que siempre tiene cosas buenas en la despensa —dijo Paul—. A la abuela también le gusta tenerlas, pero no le parece bien picotear entre horas. No sé —añadió con aire pensativo— si está bien que pique fuera de casa, si a ella no le parece bien.

—Bueno, no creo que le pareciera mal si acabas de darte una caminata. Eso es diferente —dijo la señorita Lavendar, cruzando divertidas miradas con Ana por encima de los rizos castaños de Paul—. Supongo que el picoteo es de lo más insano. Por eso en el Pabellón del Eco picoteamos tanto. Nosotras, Charlotta Cuarta y yo… desafiamos todas las normas conocidas en cuestión de dieta. Comemos todo tipo de cosas indigestas siempre que se nos ocurre, de día o de noche, y estamos sanas como manzanas. Siempre hacemos propósito de enmienda. Cuando leemos algún artículo en el periódico que nos advierte de los peligros de algo que nos gusta, lo recortamos y lo clavamos en la pared de la cocina para acordarnos. Pero no sé por qué se nos olvida… y siempre vamos a comer justo esa cosa. De momento nada nos ha matado, aunque Charlotta Cuarta tiene pesadillas cuando comemos rosquillas, tartaleta y bizcocho de frutas antes de acostarnos.

—La abuela me deja tomar un vaso de leche y una rebanada de pan con mantequilla antes de acostarme; y los domingos me unta mermelada en el pan —dijo Paul—. Así que siempre me alegro de que llegue el domingo por la noche… por más de una razón. El domingo es un día muy largo en la carretera de la costa. La abuela dice que a ella se le queda muy corto y que mi padre nunca se aburría los domingos cuando era pequeño. No sería tan largo si pudiera hablar con mi gente de piedra, pero no puedo, porque a mi abuela no le parece bien que haga eso en domingo. Pienso mucho, aunque me temo que tengo pensamientos muy mundanos. La abuela dice que en domingo solo podemos tener pensamientos religiosos. Pero Ana me dijo una vez que cualquier pensamiento bonito era religioso, daba igual de qué tratase o qué día lo pensáramos. Aunque estoy seguro de que la abuela cree que los sermones y las clases de catequesis son lo único que sirve para tener pensamientos religiosos. Y cuando hay diferencias de opinión entre mi abuela y mi maestra yo no sé qué hacer. En el fondo —Paul se llevó la mano al pecho y con un gesto muy serio en los ojos azules miró a la señorita Lavendar, que inmediatamente puso cara de comprenderlo— estoy de acuerdo con la maestra. Por otro lado, la abuela crio a mi padre a su manera y mi padre ha salido de maravilla; y la maestra todavía no ha criado a nadie, aunque ayuda a criar a Davy y a Dora. Pero hasta que sean mayores nadie sabe cómo van a salir. Por eso a veces tengo la sensación de que es más seguro hacer caso a la abuela.

—Creo que sí —asintió Ana, muy seria—. De todos modos, creo que si tu abuela y yo explicáramos bien lo que pensamos, aunque lo expresemos con palabras distintas, veríamos que queremos decir casi lo mismo. Pero como ella tiene más experiencia, mejor que te quedes con su forma de expresarlo. Habrá que ver cómo salen los gemelos antes de que podamos asegurar que mi manera de educar es igual de buena.

Después de comer volvieron al jardín, donde Paul conoció a los ecos y se quedó maravillado y encantado, mientras Ana y la señorita Lavendar charlaban en el banco a la sombra del álamo.

—Entonces, ¿te vas en otoño? —preguntó con pena la señorita Lavendar—. Debería alegrarme por ti, Ana… pero lo siento muchísimo, por egoísmo. Te echaré muchísimo de menos. A veces creo que no sirve de nada hacer amigos. Que al cabo de un tiempo desaparecen de tu vida y te dejan una herida peor que el vacío que había antes de que llegaran.

—Eso parece más propio de la señorita Eliza Andrews que de la señorita Lavendar Lewis —dijo Ana—. *No hay nada* peor que el vacío… y no pienso salir de su vida. Hay cosas como las cartas y las vacaciones. Querida, está usted un poquito pálida y cansada.

—Eo… Eoo… Eoo… Eoo… —seguía gritando Paul en el dique, donde llevaba un rato muy concentrado dando voces… no siempre melodiosas al salir de su boca, aunque siempre volvían transformadas en sonidos de oro y plata por las hadas alquimistas del otro lado del río. La señorita Lavendar movió las bonitas manos con un gesto de impaciencia.

—Estoy harta de todo… hasta de los ecos. En mi vida no hay nada más que ecos: los ecos de los sueños, las esperanzas y las alegrías perdidas. Son preciosos y a la vez son burlones. Ay, Ana, es horrible hablar así cuando tengo compañía. Es que me estoy haciendo mayor y eso no va conmigo. Sé que cuando tenga sesenta seré una cascarrabias insoportable. Aunque a lo mejor solo necesito tomar unas pastillas azules de esas que quitan las penas.

Charlotta Cuarta, que había desaparecido después de comer, volvió en ese momento, para anunciar que la esquina del pasto del señor John Kimball estaba roja, llena de fresas silvestres, y quizá a la señorita Shirley le apeteciera probarlas.

—¡Las primeras fresas para merendar de la temporada! —exclamó la señorita Lavendar—. Bueno, no soy tan mayor como pensaba... Y no necesito ni una sola pastilla. Cuando traigáis las fresas merendaremos aquí, debajo del álamo blanco. Voy a prepararlo todo y a hacer nata montada.

Ana y Charlotta Cuarta se fueron al pasto del señor Kimball, un rincón recóndito donde el aire era tan suave como el terciopelo, tan fragante como una mata de violetas y tan dorado como el ámbar.

—¡Qué dulzura y qué frescor! —dijo Ana, aspirando el aire—. Me siento como si me bebiera la luz del sol.

—Sí, señorita, yo también. Justo eso es lo que siento, señorita —asintió Charlotta Cuarta, que habría contestado exactamente lo mismo si Ana hubiera dicho que se sentía como un pelícano del Ártico. Cada vez que Ana iba de visita al Pabellón del Eco, Charlotta Cuarta subía a su cuartito, encima de la cocina, y ensayaba delante del espejo para hablar y moverse como Ana, para parecerse a ella. Nunca quedaba convencida del resultado, pero la práctica hace al maestro, tal como Charlotta había aprendido en la escuela, y esperaba con ilusión pillarle poco a poco el tranquillo a la delicada elevación de la barbilla, el destello chispeante de los ojos y esa forma de andar, como una rama mecida por el viento. Viendo a Ana parecía facilísimo. Charlotta Cuarta la admiraba profundamente. No es que le pareciera guapa. La belleza de Diana Barry, con sus mejillas encarnadas y sus rizos negros, era mucho más del gusto de Charlotta Cuarta que el encanto lunar de Ana, con ese brillo en los ojos grises y esa continua oscilación de las mejillas pálidas entre distintos tonos de rosa—. Pero prefiero ser como usted antes que ser guapa —le dijo a Ana con sinceridad.

Ana se echó a reír, saboreó las mieles del halago y le restó importancia. Estaba acostumbrada a recibir los cumplidos con una mezcla de sentimientos. La gente nunca se ponía de acuerdo sobre el físico de Ana. Quienes habían oído decir que era guapa, cuando la conocían se llevaban un chasco. Quienes habían oído decir que era feúcha no entendían, al verla, dónde ponían los ojos los demás. La propia Ana nunca creyó que pudiera afirmar que era guapa. Cuando se miraba en el espejo solo veía la piel pálida y las siete pecas en la nariz. El espejo nunca le revelaba el escurridizo vaivén de emociones que transformaba sus rasgos como una reveladora llama de esperanza, o el encanto con que el sueño y la risa se alternaban en sus ojos grandes.

Sin ser guapa en el sentido estricto de la palabra, tenía un carisma y una elegancia personal que producían en los demás una agradable sensación de dulzura y madurez femenina rebosante de fuerza y capacidad. Quienes la conocían bien sentían, sin saberlo, que su mayor atractivo era ese halo de posibilidad que la envolvía: la fuerza ya presente de sus logros futuros. Parecía desenvolverse en un ambiente en el que siempre estaba a punto de ocurrir algo.

Mientras recogían las fresas, Charlotta Cuarta le confió a Ana sus temores sobre la señorita Lavendar. La buena y cariñosa criada estaba sinceramente preocupada por su adorada señora.

—La señorita Lavendar no está bien, señorita Shirley. Estoy segura, aunque nunca se queja. Desde hace un tiempo no parece la misma: desde la primera vez que vino usted con Paul. Estoy segura de que esa noche se enfrió, señorita. Cuando usted y el niño se fueron, estuvo mucho rato dando vueltas por el jardín, ya de noche, con solo un chal ligero encima. Había mucha nieve en los paseos y estoy segura de que se enfrió. Desde entonces la veo cansada y como si se sintiera sola. Parece que nada le interesa, señorita. Solo cuando viene usted se anima un poco. Y la peor señal de todas, señorita Shirley —Charlotta Cuarta bajó la voz, como si estuviera a punto de nombrar un síntoma verdaderamente horrible y raro— es que ya nunca se enfada cuando rompo algo. Fíjese, señorita, que ayer rompí esa fuente verde y amarilla que estaba siempre en la estantería. La trajo de Inglaterra la abuela de la señorita Lavendar, y ella le tenía mucho cariño. Bueno, pues le estaba limpiando el polvo con muchísimo cuidado, señorita Shirley, y se me escurrió, no pude sujetarla y se rompió en cuarenta millones de pedazos. Me asusté y me preocupé. Creía que me iba a caer una buena bronca, señorita, y casi lo habría preferido a que se lo tomara como se lo tomó. Entró y casi ni miró el destrozo. Dijo: «No pasa nada, Charlotta. Recoge los trozos y tíralos». Como si no fuera la fuente que su abuela había traído de Inglaterra. No, no está bien, y me preocupa mucho. No tiene a nadie que la cuide, solo a mí.

Se le llenaron los ojos de lágrimas. Ana acarició con cariño la mano pequeña y morena que sostenía el agrietado recipiente rosa.

—Creo que la señorita Lavendar necesita un cambio, Charlotta. Pasa demasiado tiempo sola. ¿No podemos animarla a que haga un viaje?

Charlotta negó desconsoladamente con la cabeza emperifollada de lazos.

—No lo creo, señorita Shirley. A la señorita Lavendar no le gusta ir de visita. Solo tiene tres parientes a los que visita de vez en cuando y dice que lo hace por pura obligación. La última vez, cuando volvió a casa, dijo que nunca más iría de visita por obligación. «Vuelvo enamorada de la soledad, Charlotta —me dijo—. Y no quiero alejarme de mi parra y mi higuera. Mi familia se empeña en convertirme en una vieja, y eso me sienta mal.» Eso me dijo, señorita Shirley. «Me sienta muy mal.» Conque no creo que podamos convencerla.

—Tenemos que intentarlo —insistió Ana con determinación, mientras ponía la última fresa que cabía en el cuenco rosa—. En cuanto tenga vacaciones vendré a pasar una semana entera con vosotras. Iremos de excursión todos los días y nos inventaremos un montón de cosas interesantes. A ver si conseguimos animar a la señorita Lavendar.

—Eso es justo lo que hace falta, señorita Shirley —dijo Charlotta Cuarta, maravillada. Se alegraba por su señorita y también por ella. Si tenía una semana para estudiar a Ana a todas horas, seguro que aprendía a moverse y a comportarse como ella.

Cuando volvieron al Pabellón del Eco, la señorita Lavendar y Paul habían sacado al jardín la mesita cuadrada de la cocina y todo estaba listo para merendar. No había nada más delicioso que esas fresas con nata que tomaron bajo el inmenso cielo azul, cuajado de esponjosas nubecillas blancas, a la sombra alargada de los bosques repletos de murmullos y susurros. Después de merendar, Ana ayudó a Charlotta a lavar los platos mientras Paul se sentaba en el banco de piedra con la señorita Lavendar y le hablaba de su gente de piedra. La dulce señorita Lavendar sabía escuchar, pero, justo al final de su relato, Paul de repente tuvo la sensación de que su amiga había perdido el interés por los marineros gemelos.

—Señorita Lavendar, ¿por qué me mira así?

—¿Cómo te miro, Paul?

—Como si le recordara a alguien —explicó Paul, que de vez en cuando tenía asombrosos destellos de intuición, y no era prudente guardar secretos cuando él estaba cerca.

—Me recuerdas a alguien que conocí hace mucho tiempo —dijo la señorita Lavendar, como en sueños.

—¿Cuando era joven?

—Sí, cuando era joven. ¿Te parezco muy mayor, Paul?

—No acabo de decidirme —reconoció Paul—. Tiene el pelo de persona mayor; nunca he conocido a una persona joven con el pelo blanco. Pero cuando se ríe tiene los ojos igual que mi maravillosa maestra. Le voy a decir una cosa, señorita Lavendar —bajó la voz y puso un gesto tan solemne como un juez—. Creo que sería usted una madre estupenda. Sus ojos tienen la expresión perfecta: la que tenía siempre mi mamá. Me parece una lástima que no tenga hijos.

—Tengo uno en mis fantasías, Paul.

—¿De verdad? ¿Cuántos años tiene?

—Creo que es más o menos de tu edad. Tendría que ser mayor, porque me lo imaginé mucho antes de que tú nacieras. Pero nunca he dejado que tenga más de once o doce años, porque entonces algún día se haría mayor y lo perdería.

—Ya —asintió Paul—. Eso es lo bueno de la gente imaginaria... Que se quedan contigo todo el tiempo que quieras. Aparte de usted, mi maravillosa maestra y yo, no conozco a nadie que tenga amigos imaginarios. ¿No le parece curioso y bonito que nos hayamos conocido? Aunque creo que las personas así siempre se acaban conociendo. La abuela nunca tiene amigos imaginarios y Mary Joe cree que estoy mal de la azotea. Pero a mí me encanta tenerlos. Venga, señorita Lavendar. Hábleme de su niño imaginario.

—Tiene los ojos azules y el pelo rizado. Entra sin hacer ruido y me despierta con un beso todas las mañanas. Y luego se pasa el día aquí en el jardín, jugando... y yo juego con él. ¡Lo pasamos muy bien! Echamos carreras y hablamos con los ecos. Y le cuento historias. Y cuando cae la tarde...

—Lo sé —interrumpió Paul con impaciencia—. Viene a sentarse a su lado... porque a los doce años ya es demasiado grande para sentarse en sus rodillas... y pone la cabeza en su hombro... así... y usted lo abraza muy muy fuerte y apoya la cabeza en su mejilla... Sí, justo así. Usted lo entiende, señorita Lavendar.

Así los encontró Ana cuando salió de la casa de piedra, y al ver la cara de la señorita Lavendar sintió muchísimo interrumpirles.

—Lo siento, Paul, pero tenemos que irnos para llegar antes de que se haga de noche. Señorita Lavendar, muy pronto me invitaré a pasar una semana en el Pabellón del Eco.

—Si vienes una semana te obligaré a quedarte dos —la amenazó la señorita Lavendar.

Capítulo XXVIII
EL REGRESO DEL PRÍNCIPE AL PALACIO ENCANTADO

El último día de clase llegó y se fue. Se celebró un impresionante «examen semestral» y los alumnos de Ana lo hicieron de maravilla. Antes de despedirse, Ana les dio a todos una dirección y recado de escribir. Todas las niñas y las madres presentes se echaron a llorar, y a algunos niños también les colgaron después el sambenito de haber llorado, aunque ellos siempre lo negaron.

La señora de Harmon Andrews, la señora de Peter Sloane y la señora de William Bell volvieron a casa juntas, comentando la situación.

—Es una lástima que Ana se vaya, viendo cuánto la quieren los niños —suspiró la señora Sloane, que tenía la costumbre de suspirar por todo y hasta remataba los chistes con un suspiro—. Claro que —añadió enseguida— ya sabemos que tendremos una buena maestra el curso que viene.

—No me cabe la menor duda de que Jane cumplirá con su deber —dijo la señora Andrews, algo envarada—. No creo que les cuente a los niños tantos cuentos de hadas, ni que pase tanto tiempo paseando con ellos por el bosque, pero el inspector ha incluido su nombre en la Lista de Honor y en Newbridge están desesperados desde que saben que se va.

—Yo me alegro muchísimo de que Ana vaya a la universidad —dijo la señora Bell—. Es lo que siempre ha querido y será estupendo para ella.

—Bueno, no sé yo —dudó la señora Andrews, que ese día no estaba dispuesta a estar de acuerdo con nadie—. No veo que Ana necesite más educación. Lo más probable es que se case con Gilbert Blythe, si a él le dura el enamoramiento hasta que acabe los estudios, y, además, ¿de qué van a servirle el latín y el griego? Si en la universidad te enseñaran a manejar a un hombre a lo mejor tenía algún sentido que Ana fuese.

La señora Andrews, según se rumoreaba en Avonlea, nunca aprendió a «manejar» a su marido, y por eso el hogar de los Andrews nunca fue precisamente un modelo de felicidad.

—He visto en la puerta de la casa parroquial el anuncio del traslado del señor Allan a Charlottetown —dijo la señora Bell—. Eso significa que lo perderemos pronto, supongo.

—No se van hasta septiembre —contestó la señora Sloane—. Será una gran pérdida para la comunidad... aunque siempre he pensado que la señora Allan vestía con demasiado desenfado para ser la mujer de un clérigo. Pero nadie es perfecto. ¿Os habéis fijado en lo limpio y amable que estaba hoy el señor Harrison? Nunca he visto a un hombre más cambiado. Va a la iglesia todos los domingos y se ha suscrito para pagar el sueldo del pastor.

—¿Verdad que Paul Irving ha crecido mucho? —dijo la señora Andrews—. Era muy poca cosa para su edad cuando llegó. La verdad es que hoy casi no lo reconocía. Empieza a parecerse mucho a su padre.

—Es un chico listo —señaló la señora Bell.

—Es bien listo, pero —la señora Andrews bajó la voz— creo que dice cosas raras. Un día de la semana pasada, Gracie volvió de la escuela contando no sé qué lío de una gente que vivía en la costa... una historia sin pies ni cabeza. Le dije a Gracie que no se creyera esos cuentos, y contestó que Paul no pretendía que se los creyera. Pero entonces ¿por qué se los contó?

—Ana dice que Paul es un genio —dijo la señora Sloane.

—Puede. Con esa gente de Estados Unidos nunca se sabe —fue la respuesta de la señora Andrews, cuya única relación con la palabra «genio» venía de la costumbre popular de llamar «genio raro» a cualquier individuo excéntrico. Probablemente pensaba, como Mary Joe, que la persona en cuestión estaba mal de la azotea.

Ana estaba sola en la escuela, sentada a su escritorio como el primer día de clase, dos años antes, con la cara apoyada en una mano y los ojos húmedos, mirando con nostalgia por la ventana hacia el Lago de Aguas Centelleantes. Le dolía tanto separarse de sus alumnos que la universidad perdió por un momento todo el encanto que tenía para ella. Seguía sintiendo los brazos de Annetta Bell alrededor del cuello, como una tenaza, y oyendo su lamento infantil: «Nunca querré a ninguna maestra como a usted, señorita Shirley, nunca, nunca».

Había trabajado los dos últimos años con empeño y determinación, cometiendo muchos errores y aprendiendo de ellos. Y había obtenido su recompensa. Había enseñado algo a sus alumnos, pero tenía la sensación de que ellos le habían enseñado mucho más... Le habían dado lecciones de ternura, contención, sabiduría inocente y acervo popular infantil. Tal vez no hubiera conseguido «inspirar» en los niños ninguna ambición deslumbrante, pero les había enseñado, más con la dulzura de su personalidad que con todas sus reglas premeditadas, que era conveniente y necesario que vivieran los años que tenían por delante siendo amables y buenos, aferrándose a la verdad, la cortesía y el cariño, alejándose de todo lo que oliese a falso, mezquino y vulgar. Es posible que no fueran en absoluto conscientes de haber aprendido estas lecciones, pero las recordarían y practicarían mucho después de haber olvidado el nombre de la capital de Afganistán y las fechas de la guerra de las Dos Rosas.

—Se ha cerrado otro capítulo de mi vida —dijo Ana en voz alta mientras cerraba con llave el escritorio. Le daba mucha pena y al mismo tiempo le consolaba un poco el romanticismo de la idea de «cerrar un capítulo».

Al principio de las vacaciones, Ana pasó quince días en el Pabellón del Eco, que fueron magníficos para ella y sus anfitrionas.

Llevó a la señorita Lavendar de excursión a la ciudad y la convenció para que comprase una pieza de organdí para un vestido, y a esto le siguió la emoción de cortar la tela y coser juntas, mientras Charlotta Cuarta, feliz, barría hilos y retazos. La señorita Lavendar se había lamentado de no sentir demasiado interés por nada, pero sus ojos volvían a brillar gracias al bonito vestido.

—Qué persona tan tonta y frívola soy —suspiró—. Me llena de vergüenza pensar que un vestido nuevo, aunque sea de organdí azul, me ilusione más que tener buena conciencia y haber hecho una aportación extra a las Misiones.

A mitad de su estancia en el Pabellón del Eco, Ana fue un día a Tejas Verdes para remendar los calcetines de los gemelos y poner al día la cantidad de preguntas que Davy había acumulado. Por la noche fue a la costa a ver a Paul Irving. Al pasar por delante de la ventana baja de la sala de estar de los Irving vio a Paul sentado en las rodillas de alguien, pero en cuestión de un segundo el niño había llegado volando hasta la puerta.

—Ay, señorita Shirley —anunció lleno de emoción—, ¡no se imagina lo que ha pasado! Algo espléndido. Ha venido papá... ¡Figúrese! Ha venido papá. Pase. Papá, esta es mi maravillosa maestra. Ya te he hablado de ella.

Stephen Irving se acercó a Ana con una sonrisa. Era un hombre alto y guapo, de mediana edad, con el pelo canoso, los ojos de color azul oscuro y unos rasgos tristes y duros, con una frente y una barbilla espléndidas. Tenía las facciones de un héroe romántico, pensó Ana, con un profundo escalofrío de satisfacción. Era decepcionante descubrir que un hombre al que se tiene por un héroe es calvo o jorobado o no tiene ni pizca de belleza viril. Habría sido terrible para Ana que el amor de la señorita Lavendar no se ajustara al papel.

—Así que esta es la «maravillosa» maestra de mi hijo, de la que tanto he oído hablar —dijo el señor Irving, estrechando cordialmente la mano de Ana—. Paul me ha hablado tanto de usted en sus cartas, señorita Shirley, que tengo la sensación de que ya nos conocemos bien. Quiero darle las gracias por lo que ha hecho por mi hijo. Creo que su influencia ha sido justo lo que necesitaba. Mi madre es una mujer de lo más buena y cariñosa, pero su carácter escocés, tan enérgico y práctico, no siempre es capaz de entender un temperamento como el de mi hijo. Usted ha suplido lo que a ella le faltaba. Gracias a las dos, creo que la educación de Paul en estos dos años ha sido casi ideal para un niño huérfano de madre.

A todo el mundo le gusta que lo aprecien, y ante los elogios del señor Irving a Ana se le puso la cara «como la flor que estalla en rubor sonrosado», y el atareado hombre de mundo pensó que nunca había visto a una muchacha más dulce y hermosa que esta maestra del «este», pelirroja y con unos ojos tan bonitos.

Paul se sentó entre los dos, feliz como en las nubes.

—No me imaginaba que vendría papá —dijo, radiante—. Ni siquiera la abuela lo sabía. Ha sido una gran sorpresa. En general... —Paul movió la cabeza, con un gesto muy serio— no me gustan las sorpresas. Las sorpresas te quitan toda la ilusión de la espera. Pero en este caso está muy bien. Llegó anoche, cuando yo ya me había acostado. Y cuando a la abuela y a Mary Joe se les pasó la sorpresa, subió a verme con la abuela. No querían despertarme hasta esta mañana, pero me desperté y vi a mi padre. Le aseguro que me levanté de un salto.

—Me abrazó como un oso —dijo el señor Irving, sonriendo y pasando los brazos alrededor de los hombros de Paul—. Casi no reconozco a mi niño, ¡ha crecido tanto, y se ha vuelto tan fuerte, y se le ha oscurecido el pelo!

—No sé quién de los dos se alegró más de ver a papá, si la abuela o yo —dijo Paul—. La abuela lleva todo el día en la cocina, preparando las cosas que le gustan a papá. Dice que no se fía de Mary Joe. Es su manera de demostrar su alegría. Yo prefiero sentarme a hablar con papá. Pero voy a salir un momento, con permiso. Tengo que traer a las vacas para Mary Joe. Es una de mis tareas diarias.

Mientras Paul iba a cumplir con su «tarea diaria» el señor Irving habló con Ana de varios asuntos, pero ella tenía la sensación de que en el fondo estaba pensando en otra cosa. Por fin afloró.

—Paul me contó en su última carta que había ido con usted a visitar a... una vieja amiga mía... La señorita Lewis, la de la casa de piedra de Grafton. ¿La conoce bien?

—Sí, es una amiga muy querida —fue la tímida respuesta de Ana, que no dio ninguna pista de la emoción que la sacudió de los pies a la cabeza. «Presentía» que el amor asomaba a la vuelta de la esquina.

El señor Irving se levantó, fue hasta la ventana y se quedó mirando el mar, dorado, inmenso y bravo, donde un viento enloquecido tocaba el arpa. El silencio se prolongó unos momentos en la salita de paredes oscuras. Luego, el señor Irving dio media vuelta y, con una sonrisa entre tierna y nostálgica, examinó el rostro comprensivo de Ana.

—No sé cuánto sabes —dijo.

—Lo sé todo —contestó Ana sin rodeos. Y enseguida añadió—: es que la señorita Lavendar y yo tenemos una relación muy íntima. Ella nunca hablaría de estas cosas sagradas con cualquiera. Somos almas gemelas.

—Sí, yo también lo creo. Bueno, voy a pedirte un favor. Me gustaría que le preguntes a la señorita Lavendar si quiere verme. ¿Puedes preguntarle si puedo ir?

¡Cómo no! ¡Por supuesto! Sí, ahí había una historia de amor, de las buenas, con todo su encanto, su poesía y sus sueños. Algo tardío quizá, como la rosa que florece en octubre cuando tendría que haber florecido en junio, pero a pesar de todo sigue siendo una rosa, llena de dulzura y de fragancia, y con el brillo del oro en su corazón. Nunca estuvieron los pies de Ana más dispuestos a hacer un recado que a la mañana siguiente, cuando cruzó los hayedos hasta Grafton. Encontró a la señorita Lavendar en el jardín. Ana estaba nerviosísima. Se le enfriaron las manos y le temblaba la voz.

—Señorita Lavendar, tengo algo que decirle... Algo muy importante.

Ana no creía que su amiga pudiera adivinarlo, pero se puso muy pálida y, con una voz muy apagada y baja, en la que no quedaba ni rastro de su chispa y su color habituales, preguntó:

—¿Ha vuelto Stephen Irving?

—¿Cómo lo sabe? ¿Quién se lo ha contado? —Ana estaba decepcionada, molesta porque algo se hubiera anticipado a su gran revelación.

—Nadie. Tenía que ser eso, por cómo lo has dicho.

—Quiere venir a verla —anunció Ana—. ¿Puedo decirle que sí?

—Sí, claro —asintió la señorita Lavendar con inquietud—. No hay ningún motivo para que no venga. Viene como vendría cualquier antiguo amigo.

Ana, que tenía su propia opinión sobre el caso, entró corriendo a escribir una nota en el escritorio de la señorita Lavendar.

«Es delicioso vivir como en los cuentos —pensó con alegría—. No hay duda de que todo saldrá bien... tiene que salir bien... y Paul tendrá una madre afín y todos serán felices. Pero el señor Irving se llevará de aquí a la señorita Lavendar, y a saber qué será de la casita de piedra... así que la situación tiene dos caras, como todo en la vida.» Una vez escrita la importante nota, Ana la llevó personalmente a la oficina de correos de Grafton, donde abordó al cartero y le pidió que la dejase en la oficina de Avonlea.

—Es muy importante —le advirtió con preocupación. El cartero era un hombre mayor y cascarrabias, sin el más mínimo parecido con un mensajero de Cupido, y Ana no estaba nada segura de poder confiar en su buena memoria. Pero el hombre dijo que haría todo lo posible por acordarse, y la chica tuvo que conformarse con eso.

Charlotta Cuarta detectó que el misterio envolvía la casa esa tarde: un misterio del que la habían excluido. Veía que la señorita Lavendar paseaba por el jardín con aire de preocupación. Y también Ana parecía poseída por el demonio de la inquietud, y no paraba de dar vueltas, de subir y bajar. Charlotta Cuarta aguantó hasta que se le agotó la paciencia y, aprovechando la tercera visita de Ana a la cocina en su romántico peregrinar sin rumbo, decidió hablarle sin rodeos.

—Señorita Shirley, por favor —dijo, moviendo la cabeza con tal indignación que sacudió los lazos azules—, está claro que la señorita Lavendar y usted tienen un secreto, y creo, señorita Shirley, y disculpeme si soy descarada, que es cruel no contármelo, teniendo en cuenta que somos buenas amigas.

—Charlotta, cariño, te lo contaría todo si fuera mi secreto... pero es de la señorita Lavendar. De todos modos, te diré algo... pero si al final no pasa nada no puedes decir ni una palabra a nadie. Esta noche vendrá el Príncipe Encantado. Vino hace mucho tiempo, y se marchó, por una tontería; se fue muy lejos y olvidó el camino secreto y mágico del castillo encantado donde la fiel princesa lloraba por él hasta quedarse sin lágrimas. Pero de pronto ha recordado el camino, y la princesa sigue esperando... porque nadie más que su amado príncipe podría llevársela.

—Ay, señorita Shirley, ¿qué significa eso, en prosa? —preguntó en voz baja la desconcertada Charlotta.

Ana se echó a reír.

—En prosa: que un viejo amigo de la señorita Lavendar viene a verla esta noche.

—¿Quiere decir un novio? —preguntó la literal Charlotta.

—Puede que sí... en prosa —contestó Ana, muy seria—. Es el padre de Paul: Stephen Irving. Y no sé yo lo que puede pasar, pero esperemos lo mejor, Charlotta.

—Espero que se case con la señorita Lavendar —afirmó rotundamente Charlotta—. Algunas mujeres quieren quedarse solteras desde el principio, y me temo que yo soy una de ellas, señorita Shirley, porque tengo poquísima paciencia con los hombres, pero la señorita Lavendar nunca quiso. Y me preocupaba mucho pensar qué iba a ser de ella cuando me hiciese mayor y tuviera que irme a Boston. Ya no quedan más chicas en nuestra familia y quién sabe lo que haría si viene aquí una extraña que se ríe de sus fantasías, que no deja las cosas en su sitio y que no está dispuesta a que la llamen Charlotta Quinta. A lo mejor encuentra a una chica con menos mala suerte que yo para romper platos, pero no encontrará a nadie que la quiera más.

Y la fiel criada fue corriendo a abrir la puerta del fogón con un sollozo.

Esa noche cumplieron con el rito de cenar, como de costumbre, en el Pabellón del Eco, aunque lo cierto es que nadie probó bocado. Después de cenar, la señorita Lavendar subió a su dormitorio a ponerse el vestido de organdí azul y Ana le arregló el pelo. Estaban las dos nerviosísimas, a pesar de que la señorita Lavendar fingía indiferencia y serenidad.

—Mañana sin falta tengo que coser ese desgarrón de la cortina —dijo con preocupación, examinándolo como si fuera lo único importante en ese momento—. Esas cortinas no han durado tanto como deberían, teniendo en cuenta lo que me costaron. Vaya, Charlotta ha vuelto a olvidarse de limpiar el polvo de la barandilla de la escalera. Tengo que hablar con ella sin falta.

Ana estaba sentada en la escalera del porche cuando Stephen Irving llegó por el camino y entró en el jardín.

—Aquí se ha detenido el tiempo —observó, mirando alrededor maravillado—. La casa y el jardín no han cambiado nada desde la última vez que estuve aquí, hace veinticinco años. Siento que vuelvo a ser joven.

—Ya sabe usted que el tiempo siempre se detiene en un palacio encantado —dijo Ana, muy seria—. Es cuando llega el príncipe cuando empiezan a ocurrir cosas.

El señor Irving sonrió con cierta tristeza, observando en la expresión de Ana el brillo de la juventud y la esperanza.

—A veces el príncipe llega demasiado tarde —dijo. Él no le pedía a Ana que tradujese sus palabras y que hablase en prosa. Lo «entendía», como todas las almas gemelas.

—No, eso no pasa cuando el príncipe es único y vuelve con su princesa única —contestó Ana, negando enérgicamente con la cabeza mientras abría la puerta del cuarto de estar. En cuanto el señor Irving hubo entrado, Ana cerró la puerta y se volvió para tranquilizar a Charlotta Cuarta, que estaba en el vestíbulo, deshaciéndose en reverencias, sonrisas y palabras solícitas.

—Ay, señorita Shirley —suspiró—. Me he asomado a la ventana de la cocina... Es guapísimo... y tiene la edad perfecta para la señorita Lavendar. Ay, señorita, ¿usted cree que está muy feo escuchar detrás la puerta?

—Está feísimo, Charlotta —dijo Ana tajantemente—, así que ven conmigo y vamos a alejarnos de la tentación.

—No soy capaz de hacer nada, y es horrible esperar dando vueltas —se lamentó Charlotta—. ¿Y si al final él no quiere casarse con ella, señorita Shirley? Con los hombres nunca se sabe. Mi hermana mayor, Charlotta Primera, creía que estaba prometida, y resulta que él cambió de opinión, y ahora ella dice que nunca volverá a confiar en un hombre. Y sé de otro caso de un hombre que creía que quería muchísimo a una chica y al final descubrió que era su hermana. Cuando un hombre no sabe lo que quiere, señorita Shirley, ¿cómo va a estar segura una pobre mujer?

—Vamos a la cocina a limpiar las cucharas de plata —propuso Ana—. Es una tarea que por suerte no requiere pensar demasiado... Porque esta noche yo no puedo pensar nada. Así pasaremos el rato.

Pasó una hora, y justo cuando Ana dejaba la última cuchara reluciente, oyeron cerrarse la puerta principal. Asustadas, las dos buscaron consuelo en los ojos de la otra.

—Ay, señorita Shirley, si se va tan a pronto quiere decir que no hay nada y que nunca lo habrá. —Fueron corriendo a la ventana. El señor Irving no tenía intención de marcharse. La señorita Lavendar y él fueron paseando por el camino central hasta el banco de piedra.

—Ay, señorita Shirley: le ha pasado el brazo por la cintura —susurró Charlotta Cuarta, maravillada—. Ha debido de pedirle que se case con él, porque si no ella nunca se lo permitiría.

Ana le pasó el brazo por la cintura a la rolliza Charlotta Cuarta y bailaron por la cocina hasta que se quedaron sin aliento.

—Ay, Charlotta —dijo Ana llena de alegría—. No soy profetisa ni hija de profetas, pero voy a hacer una predicción. Habrá una boda en esta casa de piedra antes de que las hojas de los arces se pongan rojas. ¿Necesitas que te lo diga en prosa, Charlotta?

—No, eso lo entiendo. Una boda no es poesía. ¡Pero bueno, señorita Shirley, si está usted llorando! ¿Por qué?

—Ay, porque es todo precioso... como en los cuentos... y romántico... y triste —explicó Ana, pestañeando para quitarse las lágrimas—. Es todo maravilloso... pero también tiene una parte triste, no sé por qué.

—Claro, siempre hay un riesgo al casarse —asintió Charlotta Cuarta—, pero al fin y al cabo, señorita Shirley, hay muchas cosas peores que un marido.

Capítulo *XXIX*
POESÍA
Y PROSA

E l mes siguiente Ana vivió en un estado que, en un lugar como Avonlea, podía llamarse un torbellino de actividad. Los preparativos de su modesto equipaje para Redmond pasaron a segundo plano. La señorita Lavendar iba a casarse y la casa de piedra se convirtió en el escenario de interminables consultas, planes y deliberaciones, con Charlotta Cuarta siempre revoloteando alrededor en un delicioso estado de ilusión y asombro. Un día llegó la modista, y con ella el placer y la tortura de elegir modelos y probarse vestidos. Ana y Diana se pasaban la mitad del tiempo en el Pabellón del Eco, y había noches que Ana no podía dormir, preocupada por si había acertado al aconsejar a la señorita Lavendar que eligiese el marrón en lugar del azul marino para la ropa de viaje y en vestir a su princesa de seda.

Todos los relacionados con la historia de la señorita Lavendar estaban muy contentos. Paul Irving fue corriendo a Tejas Verdes a comentar la noticia con Ana en cuanto su padre se lo contó.

—Ya sabía yo que podía confiar en que mi padre elegiría una buena madre para mí —dijo con orgullo—. Es una suerte tener un padre en el que puedes confiar, maestra. Me encanta la señorita Lavendar. Y la abuela también está contenta. Dice que se alegra mucho de que papá no se case con una yanqui porque, aunque la primera vez salió muy bien, no es probable que eso ocurra dos veces. La señora Lynde dice que hacen una pareja perfecta y cree que a lo mejor la señorita Lavendar deja de tener ideas raras y se parece a los demás, ahora que va a casarse. Aunque yo espero que no deje de tener ideas raras, maestra, porque a mí me gustan. Y no quiero que sea como los demás. Ya hay demasiada gente igual. Usted lo sabe, maestra.

También Charlotta Cuarta estaba contenta.

—Ay, señorita Shirley, todo ha salido de maravilla. Cuando el señor Irving y la señorita Lavendar vuelvan de su luna de miel, me iré a vivir con ellos a Boston... y eso que solo tengo quince años, y mis hermanas nunca se fueron hasta los dieciséis. ¿Verdad que el señor Irving es fantástico? Adora el suelo que ella pisa, y a mí a veces me hace sentir muy rara cuando veo los ojos con que la mira. Es indescriptible, señorita Shirley. Doy mil gracias por que se quieran tanto. En el fondo es lo mejor que hay, aunque hay quien puede vivir sin ello. Tengo una tía que se ha casado tres veces y dice que la primera vez se casó por amor y las otras dos solo por pura necesidad práctica, y que con los tres fue feliz, menos cuando se murieron. Pero yo creo que corría un riesgo, señorita Shirley.

—Ay, qué romántico es todo —suspiró Ana esa noche, hablando con Marilla—. Si no me hubiera equivocado de camino ese día, cuando íbamos a casa del señor Kimball, nunca habría conocido a la señorita Lavendar, y si no la hubiera conocido nunca habría ido allí con Paul... y él nunca le habría contado a su padre en una carta que había estado en casa de la señorita Lavendar justo cuando el señor Irving estaba a punto de irse a San Francisco. El señor Irving dice que cuando recibió esa carta decidió enviar a su socio a San Francisco y venir a Avonlea. Llevaba quince años sin saber nada de la señorita Lavendar. Alguien le dijo que iba a casarse, y él creyó que se había casado y nunca más volvió a preguntar por ella. Al final todo ha salido bien. Y yo en parte he ayudado. A lo mejor es como dice la señora Lynde, que todo está predestinado y tenía que pasar inevitablemente. Pero aun así es bonito pensar que una ha servido de instrumento del destino. Sí, la verdad es que es muy romántico.

—Yo no veo nada romántico por ningún lado —dijo Marilla con aspereza. Pensaba que Ana estaba demasiado alterada con la boda y que tenía un montón de cosas que preparar para irse a la universidad, en vez de «escaparse» al Pabellón del Eco cada dos por tres para ayudar a la señorita Lavendar—. Primero dos jóvenes bobos discuten y se enfadan; luego Steve Irving se va a Estados Unidos y al cabo de un tiempo se casa, y según todo el mundo es muy feliz. Después su mujer muere, y pasado un tiempo decente decide volver a casa y ver si su primer amor lo acepta. Ella se ha quedado soltera, probablemente porque no se ha cruzado en su camino nadie agradable que la quisiera, así que vuelven a verse y al final se casan. Dime tú qué tiene todo esto de romántico.

—Nada, tal como usted lo dice —reconoció Ana, como si le hubieran echado encima un jarro de agua fría—. Supongo que en prosa se ve así, pero cambia mucho si lo miras con los ojos de la poesía y... yo creo que es mucho más bonito... —Ana se recuperó, le brillaron los ojos y se le encendieron las mejillas— mirarlo a través de la poesía.

Al ver aquella cara tan joven y radiante, Marilla se abstuvo de hacer más comentarios sarcásticos. Quizá cayera en la cuenta de que en el fondo era mejor tener, como Ana, «la visión y la facultad divina»: ese don que el mundo no puede conceder ni arrebatar y que consiste en ver la vida a través de un cristal que transfigura... ¿o que revela?, y que hace que todas las cosas parezcan bañadas por la luz celestial, con un atuendo de gloria y frescura invisible para quienes, como ella y Charlotta Cuarta, solo sabían ver las cosas en prosa.

—¿Cuándo será la boda? —preguntó, momentos después.

—El último miércoles de agosto. Van a casarse en el jardín, debajo de la pérgola de madreselva... Donde el señor Irving se lo pidió hace veinticinco años. Eso, Marilla, *es* romántico incluso en prosa. Solo estarán la señora Irving y Paul, Gilbert, Diana y yo, y los primos de la señorita Lavendar. Y se irán de viaje de novios a la costa del Pacífico en el tren de las seis. Cuando vuelvan, en otoño, Paul y Charlotta Cuarta se irán a vivir con ellos a Boston. Pero el Pabellón del Eco se quedará tal como está... aunque van a vender la vaca y las gallinas, claro, y a tapiar las ventanas... y vendrán a pasar todos los veranos. Estoy muy contenta. Me habría dolido mucho, cuando esté en

Redmond el próximo invierno, pensar en la querida casa de piedra abandonada y desierta, con las habitaciones vacías... o peor aún, ocupada por otras personas. Pero ahora puedo recordarla como la he visto siempre y esperar felizmente que en verano vuelva a llenarse de vida y alegría.

Había en el mundo más romanticismo del que recayó en los enamorados de mediana edad de la casa de piedra. Ana se dio de bruces con él un atardecer, cuando fue a El Bancal por el cortafuegos del bosque y llegó al jardín de los Barry. Diana y Fred Wright estaban a los pies del sauce. Vio a Diana apoyada en el tronco gris, con la mirada baja y las mejillas muy coloradas. Fred, con la cara muy cerca y dándole la mano, balbuceaba algo en un tono muy serio. No existía en el mundo nadie más que ellos en ese instante mágico, y ninguno de los dos vio a Ana, que lo entendió todo a simple vista y, deslumbrada, dio media vuelta para volver deprisa y con sigilo por el bosque de píceas, y no paró ni una sola vez hasta que llegó a su buhardilla, sin aliento, y por fin se sentó junto a la ventana y trató de tranquilizarse.

—Diana y Fred están enamorados —susurró—. Ay, me parece tan... tan... de adultos.

De un tiempo a esta parte, Ana no se libraba de la sospecha de que Diana no decía la verdad sobre el melancólico héroe byroniano de sus primeras fantasías. Pero como «las cosan tienen más fuerza cuando se ven que cuando se oyen» o se sospechan, el descubrimiento de que efectivamente era así tuvo casi el impacto de una sorpresa. A esto le siguió una extraña sensación de leve soledad... como si Diana hubiera entrado en un mundo nuevo y cerrado una puerta, dejando a Ana fuera.

«Las cosas están cambiando tan deprisa que casi me asusta —pensó con cierta pena—. Y me temo que será inevitable que algo no vuelva a ser igual entre Diana y yo. Ya no puedo contarle todos mis secretos... Podría contárselos a Fred. ¿Qué verá en Fred? Es alegre y simpático... pero no es más que Fred Wright.»

Esta pregunta es siempre de lo más desconcertante: ¿qué ve una persona en otra persona? Pero qué suerte, a pesar de todo, que sea así, porque si todo el mundo viese lo mismo... Bueno, como dice un antiguo proverbio indio: «Todo el mundo querría a mi mujer». Estaba claro que Diana veía algo en Fred

Wright, por más que Ana no llegase a entenderlo. Diana fue a Tejas Verdes al día siguiente, a última hora, tímida y pensativa, y se lo contó todo a Ana en el íntimo retiro de la buhardilla. Las dos lloraron, se besaron y se rieron.

—Soy muy feliz —dijo Diana—, aunque me parece ridículo pensar que estoy prometida.

—¿Qué se siente al estar prometida? —preguntó Ana con curiosidad.

—Bueno, eso depende de quién sea tu prometido —dijo Diana, con ese desquiciante aire de superioridad que adoptaban siempre quienes estaban prometidos con quienes no lo estaban—. Es precioso ser la prometida de Fred... pero creo que sería horrible estar prometida con cualquier otro.

—Eso no nos tranquiliza demasiado a las demás, teniendo en cuenta que solo hay un Fred —dijo Ana, riéndose.

—Ay, Ana, no lo entiendes —Diana se ofendió—. No quería decir *eso*... Es muy difícil de explicar. Da igual. Ya lo entenderás algún día, cuando te toque.

—Qué cosas tienes, queridísima Diana. Ya lo entiendo. ¿De qué sirve la imaginación si no te permite ver la vida a través de los ojos de otras personas?

—Tienes que ser mi dama de honor, Ana. Prométemelo, estés donde estés cuando vaya a casarme.

—Vendré desde el último rincón del mundo si hace falta —prometió solemnemente Ana.

—Bueno, aún falta mucho para eso —dijo Diana, poniéndose colorada—. Tres años como mínimo, porque yo solo tengo dieciocho y mi madre dice que ninguna hija suya se casará antes de los veintiuno. Además, el padre de Fred va a comprar la granja de Abraham Fletcher para dársela a Fred, y dice que tiene que pagar dos tercios antes de ponerla a su nombre. Pero tres años no es demasiado tiempo para aprender a llevar una casa, y todavía no he hecho ni una sola labor para el ajuar. Mañana mismo empezaré a hacer tapetes de ganchillo. Myra Gillis tenía treinta y siete tapetes cuando se casó, y yo pienso tener tantos como ella.

—Supongo que es totalmente imposible llevar una casa solo con treinta y seis tapetes —reconoció Ana, seria pero con los ojos chispeantes.

A Diana le dolió.

—No esperaba que te reirías de mí, Ana —le reprochó.

—Cariño, no me reía de ti —protestó Ana, arrepentida—. Solo te estaba tomando el pelo un poquito. Creo que vas a ser el ama de casa más encantadora del mundo. Y me parece precioso que empieces a hacer planes para el hogar de tus sueños.

Ana no había terminado de decir «el hogar de tus sueños» cuando la frase prendió en su imaginación, y al momento se puso a construir el suyo propio. Y allí estaba, por supuesto, el hombre ideal: moreno, orgulloso y melancólico; pero, curiosamente, Gilbert Blythe también parecía empeñado en aparecer, para ayudarla a colgar cuadros y planificar jardines, además de ocuparse de otras muchas tareas obviamente indignas de un héroe orgulloso y melancólico. Ana intentó desterrar la imagen de Gilbert de su castillo en el aire, pero, por alguna razón, él insistía en quedarse, y Ana, que tenía prisa, decidió dejar de intentarlo y seguir adelante con su arquitectura imaginaria, con tanto éxito que, antes de que Diana volviera a abrir la boca, «el hogar de sus sueños» ya estaba en pie.

—Supongo, Ana, que te resultará raro que Fred me guste tanto, cuando es tan distinto del tipo de hombre con el que siempre he dicho que me gustaría casarme: uno alto y esbelto. Pero en cierto modo no me gustaría que Fred fuese alto y esbelto porque... entonces no sería Fred. Claro que —añadió Diana, con mucha pena— vamos a ser una pareja de albóndigas. Aunque en el fondo eso es mejor a que uno sea bajito y gordo y el otro alto y delgado, como Morgan Sloane y su mujer. La señora Lynde dice que cuando los ve juntos siempre piensa que parecen la i y el punto.

«Bueno —pensó Ana esa noche mientras se cepillaba el pelo delante de su espejo con el marco dorado—, me alegro de que Diana esté tan feliz y contenta. Pero cuando me toque a mí... si es que algún día me toca... espero que sea un poco más emocionante. Claro que Diana también pensaba lo mismo antes. Siempre la he oído decir que nunca se conformaría con un compromiso vulgar y corriente, que él tendría que hacer algo magnífico para conquistarla. Pero ha cambiado. A lo mejor yo también cambio. Eso no: no pienso cambiar. Ay, qué cosas tan desconcertantes son los compromisos cuando les toca a tus amigas íntimas.»

Capítulo XXX
UNA BODA
EN LA CASA DE PIEDRA

Llegó la última semana de agosto. La señorita Lavendar iba a casarse. Dos semanas después Ana y Gilbert se irían a la Universidad de Redmond. En el plazo de una semana la señora Rachel Lynde se mudaría a Tejas Verdes y pondría a sus lares y sus penates en la habitación hasta entonces libre, que ya estaba preparada para recibirla. Había vendido en una subasta todos los enseres domésticos superfluos y en ese momento disfrutaba de la agradable tarea de ayudar a los Allan a hacer el equipaje. El señor Allan pronunciaría su sermón de despedida el domingo siguiente. El viejo orden cambiaba rápidamente para dar paso al nuevo: así lo sentía Ana con un poso de tristeza que amenazaba con destruir su ilusión y su felicidad.

—Los cambios no resultan del todo agradables, pero son estupendos —observó el señor Harrison en tono filosófico—. Dos años son más que suficientes para que las cosas sigan exactamente igual. Si se dejan más tiempo empiezan a criar moho.

El señor Harrison estaba fumando en el porche de su casa. Su mujer había hecho el sacrificio de dejarle fumar dentro de casa siempre y cuando se sentara al lado de una ventana abierta, y él correspondía a esta concesión saliendo a fumar fuera siempre que hacía buen tiempo, de modo que los dos daban muestra de buena voluntad.

Ana había ido a pedirle a la señora Harrison unas dalias amarillas. Diana y ella irían esa tarde al Pabellón del Eco para ayudar a la señorita Lavendar y a Charlotta Cuarta con los últimos preparativos de la boda. La señorita Lavendar nunca había tenido dalias: no le gustaban, y habrían desentonado en su bonito jardín antiguo y retirado, pero ese verano había muy pocas flores en Avonlea y en los pueblos vecinos, por la tormenta del tío Abe, y las chicas pensaron que el antiguo jarrón de barro, normalmente consagrado a las rosquillas, quedaría perfecto lleno de dalias amarillas para adornar el rincón oscuro de las escaleras de piedra, con el papel rojo del vestíbulo al fondo.

—Me imagino que empezarás las clases en la universidad dentro de dos semanas —añadió el señor Harrison—. Te vamos a echar muchísimo de menos, Emily y yo. Y la señora Lynde estará en vuestra casa. Esas dos son de lo que no hay.

Es imposible trasladar al papel la ironía del señor Harrison. A pesar de la buena amistad que había entre su mujer y la señora Lynde, lo mejor que se podía decir de la relación entre esta última y el señor Harrison, incluso en el nuevo orden de las cosas, era que cultivaban una neutralidad armada.

—Sí, me voy —dijo Ana—. Y mi cabeza se alegra mucho... pero mi corazón lo siente una barbaridad.

—Supongo que acapararás todos los honores que se concedan en Redmond.

—Puede que intente conseguir uno o dos —confesó Ana—, aunque esas cosas ya no me parecen tan importantes como hace dos años. Lo que busco, más allá de los estudios, es aprender a vivir de la mejor manera posible y aprovechar la vida al máximo. Quiero aprender a entender las cosas y ayudar a la gente y a mí misma.

El señor Harrison asintió con la cabeza.

—Justo de eso se trata. Para eso tendría que ser la universidad, y no para producir licenciados tan atiborrados de vanidad y conocimientos librescos que ya no les cabe nada más. Tienes mucha razón. No creo que a ti puedan hacerte demasiado daño en la universidad.

Diana y Ana fueron en el carro al Pabellón del Eco después del té, con todas las flores que lograron reunir en sus diversas expediciones de saqueo de los jardines propios y ajenos. La casa de piedra rezumaba actividad. Charlotta Cuarta iba corriendo de un lado a otro, con tanto brío y tanto ímpetu que sus lazos azules parecían realmente dotados del poder de estar en todas partes al mismo tiempo. Los lazos azules de Charlotta ondeaban en el fragor de la batalla como el penacho del yelmo de Navarra.

—Gracias a Dios que han venido —dijo con devoción—, porque hay montones de cosas que hacer... Y el glaseado de esa tarta no cuaja... y todavía hay que limpiar toda la plata... y llenar el baúl de viaje... y los pollos para la ensalada andan aún cacareando y correteando por el gallinero, señorita Shirley. Y en la señorita Lavendar no se puede confiar para nada. Menos mal que hace un rato vino el señor Irving y se la llevó a dar un paseo por el bosque. El cortejo está muy bien donde tiene que estar, pero cuando se mezcla con cocinar y fregar todo se estropea. Esa es mi opinión, señorita Shirley.

Ana y Diana se esforzaron tanto que a las diez de la noche hasta Charlotta Cuarta estaba satisfecha. Se hizo mil trenzas en el pelo y se fue a la cama rendida de cansancio.

—Estoy segura de que no voy a pegar ojo, señorita Shirley, por miedo a que algo salga mal en el último momento... Que la nata no monte... o que al señor Irving le dé un pasmo y no pueda venir.

—No tiene costumbre de que le den pasmos, ¿verdad? —dijo Diana, con los hoyuelos bien marcados en la sonrisa. Para Diana, Charlotta Cuarta era, si no precisamente una belleza, sí una eterna alegría.

—Esas cosas no pasan por costumbre —observó Charlotta Cuarta, muy digna—. *Pasan,* sin más, y ya está. A *cualquiera* le puede dar un pasmo. No hace falta aprenderlo. El señor Irving se parece un montón a un tío mío al que un día le dio un pasmo cuando iba a sentarse a cenar. Pero puede que todo salga bien. En este mundo hay que esperar lo mejor, prepararse para lo peor, y aceptar lo que Dios quiera.

—Lo único que me preocupa es que mañana no haga buen tiempo —dijo Diana—. El tío Abe predijo lluvia a mitad de la semana, y desde esa tormenta siempre creo que hay mucho de verdad en lo que dice el tío Abe; no lo puedo evitar.

A Ana, que sabía mejor que Diana cuál había sido la relación del tío Abe con la tormenta, esto no la inquietaba demasiado. Durmió el sueño de los justos y amaneció a unas horas intempestivas cuando Charlotta Cuarta vino a despertarla.

—Ay, señorita Shirley, siento mucho despertarla tan temprano —lloriqueó la chiquilla por el ojo de la cerradura—, pero es que aún queda mucho por hacer y, señorita Shirley, me da miedo que llueva, y quiero que se levante usted y me diga qué le parece. —Ana se acercó corriendo a la ventana, con la esperanza de que Charlotta Cuarta hubiera dicho eso solo para sacarla de la cama. Pero, por desgracia, la mañana no parecía propicia. El jardín de la señorita Lavendar, que debería estar espléndido a la luz pálida y virginal del sol, yacía sombrío a los pies de la ventana. No soplaba el viento, y unas nubes hoscas oscurecían el cielo y los abetos.

—¡No es para tanto! —dijo Diana.

—Seguimos esperando lo mejor —señaló Ana con determinación—. Si no llueve, un día fresco con esta luz gris perla en realidad es mucho mejor que un día de calor.

—Pero es que va a llover —se lamentó Charlotta, entrando en el dormitorio. Estaba muy graciosa, con sus mil trenzas en el pelo, atadas en las puntas con hilo blanco y disparadas en todas las direcciones—. Aguantará hasta el último momento, y luego se pondrá a llover a cántaros. Y todo el mundo se empapará... y llenaremos la casa de barro... y no podrán casarse debajo de la madreselva... y da muy mala suerte que no haya sol para la novia, diga usted lo que diga, señorita Shirley. Ya decía yo que todo iba demasiado bien y eso no podía ser.

Parecía como si Charlotta Cuarta hubiera leído una página del libro de la señorita Eliza Andrews.

No llovió, aunque siguió con pinta de que podía llover en cualquier momento. A mediodía la casa estaba decorada, la mesa lista y preciosa, y arriba esperaba una novia «engalanada para su esposo».

—Qué novia tan dulce —dijo Ana, embelesada.

—Maravillosa —coreó Diana.

—Todo está listo, señorita Shirley, y por ahora no ha pasado nada horrible —anunció Charlotta con alegría antes de ir a vestirse a su cuartito. Se deshizo todas las trenzas y se recogió la cascada de rizos en dos coletas, que ató no solo con dos lazos sino con cuatro, de un flamante color azul vivo. Los dos de arriba parecían unas alas enormes que salían del cuello de Charlotta, un poco al estilo de los querubines de Rafael. A ella le parecían preciosos, y después de ponerse deprisa y corriendo un vestido blanco, tan almidonado que se sostenía por sí solo, se miró en el espejo con gran satisfacción... satisfacción que duró solo hasta el momento en que llegó al vestíbulo y, al echar un vistazo por la puerta del cuarto de invitados, vio a una chica alta, con un vestido algo ceñido, de un blanco reluciente, y unas flores que parecían estrellas en las ondas suaves del pelo cobrizo.

«Ay, nunca llegaré a parecerme a la señorita Shirley —pensó la pobre Charlotta con desesperación—. Creo que eso viene de nacimiento; no parece que ese *aire* se pueda aprender, por más que practiques.»

A la una habían llegado los invitados, incluidos la señora y el señor Allan, que oficiaría la ceremonia ya que el párroco de Grafton estaba de vacaciones. La boda se celebró sin formalismos. La señorita Lavendar bajó las escaleras para reunirse con el novio y, cuando él le dio la mano, levantó los grandes ojos castaños y lo miró con una expresión que a Charlotta Cuarta, que interceptó la mirada, le hizo sentirse más rara que nunca. La pareja salió a la pérgola de madreselva, donde esperaba el señor Allan. Los invitados se distribuyeron a su gusto. Ana y Diana se sentaron en el banco de piedra, con Charlotta Cuarta entre las dos, estrujándoles la mano con las suyas, temblorosas y frías.

El señor Allan abrió su libro azul y dio comienzo a la ceremonia. Justo cuando se declaraba a los novios marido y mujer ocurrió una cosa muy bonita y muy simbólica. El sol apareció de pronto entre las nubes, derramando una cascada de luz sobre la feliz novia. Por un instante, el jardín se llenó de sombras danzarinas y luces parpadeantes.

«Qué bonito augurio», pensó Ana mientras se acercaba a besar a la novia.

Las tres chicas se separaron entonces de los risueños invitados que rodeaban a la pareja nupcial y fueron corriendo a comprobar que todo estaba a punto para el banquete.

—Gracias a Dios que todo ha terminado, señorita Shirley —dijo Charlotta Cuarta con un suspiro—. Ya están casados, pase lo que pase. Las bolsas de arroz están en la despensa, señorita, y los zapatos viejos detrás de la puerta, y la nata para montar en la escalera del sótano.

A las dos y media, el señor y la señora Irving se pusieron en camino, y sus invitados fueron a despedirlos a la estación de Bright River. Cuando la señorita Lavendar —perdón, quería decir la señora Irving— salió de su casa, Gilbert y las chicas le echaron el arroz mientras Charlotta Cuarta lanzaba un zapato viejo con tan buena puntería que le dio al señor Allan de lleno en la cabeza. Pero el momento más especial estaba reservado para Paul, que salió del porche tocando con furia la enorme y antigua campana de bronce que adornaba la repisa de la chimenea del comedor. Paul solo pretendía animar y hacer ruido pero, al extinguirse el estruendo, de todos los rincones, recodos y cerros al otro lado del río llegó el repique de las «campanas nupciales de las hadas», que resonaron claras, dulces, leves, cada vez más leves, como si los queridos ecos de la señorita Lavendar le dieran su enhorabuena y despedida. Y así, con esta bendición de dulces sonidos, la señorita Lavendar dejó atrás su antigua vida de sueños y fantasías, camino de una vida más plena, hecha de realidades, en el ancho y bullicioso mundo.

Dos horas después, Ana y Charlotta Cuarta volvían por el sendero. Gilbert se había ido a West Grafton, a hacer un recado, y Diana tenía un compromiso en casa. Ana y Charlotta habían vuelto a recogerlo todo y cerrar la casita de piedra. El jardín era un lago dorado de sol tardío, animado por el revoloteo de las mariposas y el zumbido de las abejas, pero la casita ya había cobrado el indefinible aire de desolación que sigue siempre a una fiesta.

—Madre mía, ¡qué solitario! —exclamó entre sollozos Charlotta Cuarta, que no había parado de llorar desde que salió de la estación—. El final de una boda no es mucho más alegre que un funeral, señorita Shirley.

Pasaron la tarde muy atareadas. Había que retirar la decoración, lavar los platos y guardar las exquisiteces sobrantes en una cesta que Charlotta Cuarta se llevaría a casa para deleitar a sus hermanos pequeños. Ana no descansó hasta dejarlo todo impoluto y, cuando Charlotta se fue con su botín, recorrió las habitaciones silenciosas para cerrar las persianas, con la sensación de quien pasea a solas por un salón de banquetes desierto. Después cerró la puerta y se sentó a esperar a Gilbert a los pies del álamo blanco, muy cansada pero aun así sumida infatigablemente en «largos, largos pensamientos».

—¿En qué piensas, Ana? —preguntó Gilbert cuando apareció en el paseo. Había dejado el caballo y la calesa en la carretera.

—En la señorita Lavendar y el señor Irving —dijo Ana como en sueños—. ¿Verdad que es precioso pensar en lo bien que ha salido todo... que vuelvan a estar juntos después de tantos años de malentendidos y separación?

—Sí, es precioso —contestó Gilbert, sin apartar los ojos de Ana—. Pero ¿no habría sido todavía más bonito, Ana, que nunca hubiera habido malentendidos y separación? ¿Que hubieran recorrido todo el camino de la vida de la mano, sin más recuerdos que los compartidos por los dos?

A Ana le dio un extraño vuelco el corazón y por primera vez le temblaron los ojos ante la mirada insistente de Gilbert y un rubor sonrosado coloreó su tez pálida. Fue como si un velo se levantara de su conciencia y le revelara realidades y sentimientos insospechados. Quizá, al fin y al cabo, el amor no llegaba a la vida con boato y estruendo de trompetas, galopando como un vistoso caballero andante; quizá se acercaba tranquilamente y sin alborotar, como un antiguo amigo; quizá, aparentemente, se expresaba en prosa hasta que un rayo de luz atravesaba de repente sus páginas y delataba el ritmo y la música; quizá... quizá... el amor se desplegaba con naturalidad a partir de una hermosa amistad, como se abre la rosa de corazón dorado en su vaina verde.

El velo cayó de nuevo, pero la chica que echó a andar por el sendero oscuro no era la misma que había llegado tan contenta el día anterior. Fue como si un dedo invisible hubiera pasado la página de la niñez para ponerle delante la de la mujer adulta, con todo su encanto y su misterio, su dolor y su alegría.

Gilbert, sabiamente, no dijo nada más, pero en silencio leyó la historia de los próximos cuatro años a la luz del sonrojo de Ana. Cuatro años de trabajo riguroso y feliz... y luego, la recompensa de los conocimientos adquiridos y un amor conquistado.

Detrás de ellos, en el jardín, la casita de piedra cavilaba entre las sombras, sola pero no abandonada. Aún no había dado carpetazo a los sueños, la risa y la alegría de vivir; habría veranos en el futuro para ella; entre tanto podía esperar. Y al otro lado del río, en púrpura resistencia, los ecos aguardaban su momento.

Títulos de la colección: